JN112546

DEADMAN'S ROAD

BY JOE R. LANSDALE

死人街道

ジョー・R・ランズデール

植草昌実 訳

新紀元社

DEADMAN'S ROAD

BY JOE R. LANSDALE

死人街道

Deadman's Road

装幀
坂野公一
(welle design)

装画
サイトウユウスケ

献辞

「死屍（しかばね）の町」の初稿は、*Eldritch Tales*の第十号から第十三号まで連載された。この作品はパルプマガジン、とりわけ『ウィアード・テールズ』へのオマージュである。そして、本書に収録した改訂版は、パルプマガジンに加えて、悪名高いＥＣコミックスや『ジョナ・ヘックス』シリーズ（特に初期の）、さらには *Curse of the Undead, Billy the Kid vs. Dracula, Jesse James Meets Frankenstein's Daughter* などのＢ級ホラー映画へのオマージュである。

この作品の初刊本は、アル・マナキーノに捧げた。本書は、さまざまな提案をして私に取り入れたり断ったりさせてくれた、兄のジョン・ランズデールに捧げる。ジョン、これはあなたの本です。気に入ってもらえますように。

有為である血肉の体を離れよう。
この身体は無常であり、幻であると知るべきである。

——チベットの死者の書

私たちはラザロを引き留められず、ラザロは身を揺さぶり、満身に悪意を浮かべながら、すぐさま私たちから遠ざかった。そして、死して安置され、甦るまでいた土の中へと戻った。

——ニコデモ福音書　第十五章第十八節（新約聖書外典）

屍肉を食うものや幽霊から
脚の長い獣から
夜に騒ぐものどもから
主よ、私たちをお守りください

——スコットランドに古くから伝わる祈りの言葉

CONTENTS

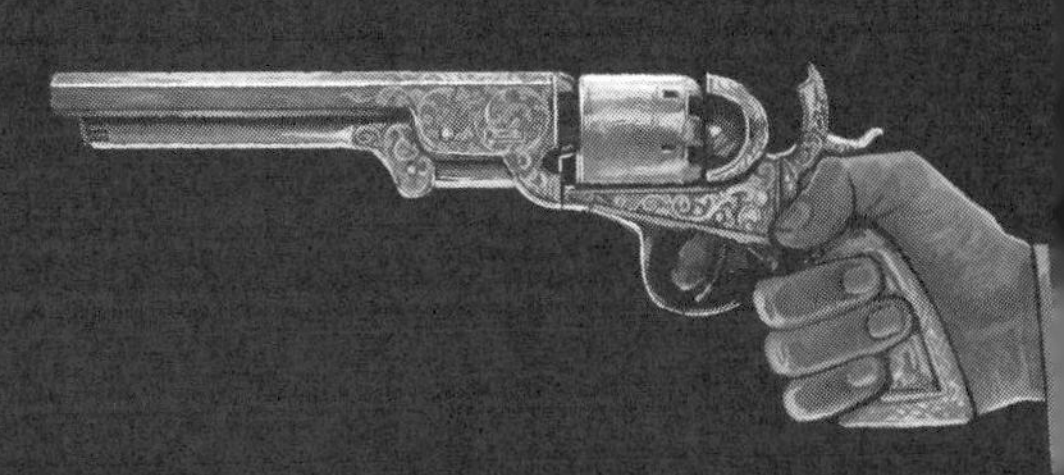

牧師の旅は果てしなく、果てしなく続く
The Reverend Rides Again and Again and Again and Again

子供の頃、私はコミックが大好きで、映画も大好きで、だから本も大好きで、なにより物語そのものが大好きだった。コミックと映画のおかげで本に出会い、そこから物語全体に広がっていったのだが、だからといってコミックや映画への思いが変わることはなく、自分の作品、とりわけ初期のものからは、それがはっきり見てとれることだろう。

中でも特にコミックに夢中になったのは、ジャンルをまるで気にしなくてよかったからだ。何をやってもいいのだから、ウエスタンにSFとか、ファンタシーやホラーとかを混ぜてしまっても、何の問題もない。ロマンスは言うに及ばず。そうそう、ときに怪しげにもなるだろうけれど、歴史ものだってかまわない。

コミックはジャンルを混合するものだった。混合することで鮮やかな色彩を増していく世界が、私はなにより好きだった。

映画を見るときも、ジャンルは気にしなかった。ミュージカル、ロマンス、犯罪もの、ドラマ、

コメディと、何でも見たが、中でも特に好きなのは、ファンタスティックな映画だった。特にユニヴァーサルのホラー映画はどれも心底楽しかったし、たとえばロジャー・コーマンみたいな監督が作る、安っぽくて怪しい映画にものめり込んだ。

こういった大好きなものが、私の中に蓄積され、今ある姿の基礎になっていった。

私が子供の頃にもっとも人気のあった映画は、おそらく西部劇だろう。今ではすっかり希少になってしまったが、熱中したものだった。テレビでも西部劇は、菓子パンにたかる蟻のように数限りなく放映されていた。とりわけすばらしかったのは、『ガンスモーク』（一九五五－七五　CBS）、『マーヴェリック』（一九五七－六二　ABC）、『西部のパラディン』（一九五七－六三　CBS）、『ローハイド』（一九五九－六五　CBS）、『幌馬車隊』（一九五七－六五　NBC／一九六二－六五　ABC）、スティーヴ・マックイーン主演の『拳銃無宿』（一九五八－六一　CBS）、『ボナンザ』（一九五九－七三　NBC）、『遙かなる西部』（一九六〇　NBC）。最後のはサム・ペキンパーが制作と脚本を手がけたシリーズで、主演のブライアン・キースはもっと評価されていい俳優だ。他にも、『シャイアン』（一九五五－六二　ABC）、Sugerfoot（一九五七－六一　ABC　日本未放映）、『バージニアン』（一九六二－七一　NBC）、『ブロンコ』（一九五八－六二　ABC）と、すばらしいというほどではなくても、よく見ていたシリーズを思い出す。さらに、偉大なるリチャード・マシスンも脚本に参加していたThe Lawman（一九五八－六二　ABC　日本未放映）や、『ララミー牧場』（一九五九－六三　NBC）、『テキサス決死隊』（一九五五－五八　CBS）などもあった。ＴＶ西部劇の黄金時代がどれほどのものだったか、おわかりいただけるだろう。

その後に登場したのが、すばらしくも度外れた『ワイルド・ウエスト』（一九六五－六九　CBS）で、まるで真面目ではないが、無類で、気が利いていて、見ていてワクワクする西部劇だった。今で言う〝ウィアード・ウエスタン〟の先駆だろう。放送された頃にはいっぱしの西部劇ファンだった私も、この無類さにはすっかりはまった。持ち前のホラー好きとも混じり合って、心に深くしまい込み、そして……自分のものにできるときを待っていた。

西部劇映画もあった。Ａ級のも、Ｂ級のも。土曜ごとの子供向け上映を見たあと映画館に残って、そのあとの二本立てを見ることがよくあったので、映画はずいぶん見たものだ。土曜日をまる一日、映画館で過ごしたこともある。そんなときかかる映画は西部劇が多くて、三本立てが三本とも西部劇、なんてこともあった。あの時代は、映画館でかかった映画がＴＶで放映されるまで、ずいぶん間があいたものだった。今は、映画館での公開が終わるとすぐにＤＶＤが発売され、同じ頃にＴＶでも放映される。それがほんの二、三週間後なんてことさえある。どうにも慣れることができない。

話を戻そう。あの頃は待たされたものだった。

ＴＶ放映を待っていた映画の一本に、*Curse of the Undead*（一九五九 日本未公開）があった。映画館で見る機会がなく、ようやくＴＶの深夜映画枠で見たときは、そのアイデアに心を掴まれた。

西部の吸血鬼。

こいつぁすげえ。

その後、何度か見るうちに、そのときの思いは薄れていった。下手な特殊効果のせいもあるだろう。それだけではない。そもそも、たいした映画ではなかった。が、『ローハイド』に出演していた俳優

（エリック・フレミング）が主演だったし、吸血鬼は実に怖ろしく見えた。人間っぽさのある吸血鬼で、牙だけでなく六連発の拳銃も扱うし、恋もする。この映画は、私の頭の深いところに突き刺さり、大きな痕を残した。

〝ウィアード・ウエスタン〟は、映画では他に、*Jessie James Meets Frankenstein's Daughter* と *Billy the Kid vs. Dracula*（二本とも一九六六日本未公開）もあった。

コミックでは『ジョナ・ヘックス』を読んでいたが、あとで読み返してそれほど怖くはないと気づきはしても、独特の奇妙なヒーローであることには、まちがいない。

あるとき、こういった好きなものが一つにまとまり、獲物を捕らえた鰐が水の中で体をぐるぐる回すように、私の頭の中の暗がりで回転しはじめた。

その回転は止まらなかった。

七〇年代の終わり頃、私はＴＶで *Curse of the Undead* を再び見て、自分ならもっと面白く作ることができる、と思った。そのとき、〝ウィアード・ウエスタン〟映画のアイデアがひらめいた。

問題は、そのアイデアをどこに売り込めばいいかわからない、ということだった。私は脚本を書いたことはもちろん、ろくに読んだこともなく、その頃はまだ小説を売り込んでもいなかった。

一九八〇年に *Act of Love* という小説を書き終え、のちに『テキサス・ナイトランナーズ』になる次の小説（当初の題名は *Night of the Goblins*）を五十ページ書きかけた私は、ずっと考えていた〝ウィアード・ウエスタン〟を「死屍（しかばね）の町」として、十五日を費やして書き上げた。自分が見たい、可能であればこの手で作ってみたいＢ級映画のつもりで。これは*Eldritch Tales*という雑誌に連載された。その後、これを映画にしたらどうなるか、と思い、書き方も知らないというのに、まる一日かけてこの小説を元に映画脚本を書き上げた。小説から脚本にしたさいには、細部をけっこう変更した。脚本はとてもよく仕上がった、と思った。

だが、映画化は実現しなかった。それでも、興味を持ってくれた人たちがけっこういてくれたので、脚本を出版した。そのあとも、脚本を手直しし、小説のほうも何年もかけて手を入れていった。

「死屍の町」を単行本にしたのは、スペース＆タイムという出版社だったが、そのさいに編集者が文章にかなり手を加えていた。文章をつなぐセミコロンが増え、私が「〜と言った」と書いたのに、「〜とつぶやいた」とか「〜と答えた」などと変わっているところが目についた。

私はセミコロンを嫌っているわけではない。使うときには使う。だが、あまりに多すぎた。校正のさいにだいぶ減らしたが、それでも締め切りに間に合わず、けっこう残してしまった。悪いのは編集者ではない。私だ。文章そのものにもっと真面目に取り組むべきだった。

この本にあらためて収録するにあたり、できるかぎり不必要なセミコロンは外し、登場人物にはつぶやかせたりせず「彼は言った」「彼女は言った」というふうに戻した。パルプ小説にも他の小説と同じように良い文章と悪い文章があって、「言った」のかわりに他の言葉を入れると、ごたついてすっきりしなくなる。

たとえば、「言った」のかわりに「吠えた」「唸った」と書くことはできても、実際に吠えたり唸ったりする人はいない。それっぽい声を出すことはあるかもしれないし、「つぶやいた」くらいならするだろうが、わざわざ書き分けるほどの違いはないものだ。同じことに違う言葉を使うと、読んでいて気が散る。「言った」の代替品は使いたくない。

彼は述べた。

彼は返事をした。

彼はつぶやいた。

彼は吠えた。

彼は唸った。

彼は命令した。

彼は放屁した。（おふざけはこれくらいにしよう）

挙げればまだまだあるだろう。

さらに悪いことに、「言った」を置き換えるだけでなく、多くを語ろうとしてかえってわかりづらくしてしまう例もある。

彼は熱意を込めて答えた。

彼は確たる意志を込めて言った。

彼は音をたてて息をついた。

彼は怒りをこめてつぶやいた。

参ったね。

こういう書き方をする作家は多く、ただ私が苦手だというだけなのは、わかっている。たまに使うこともあるが、言葉をいちいちつぶやいたり、唸ったり、吠えたり、わめいたり、イッたりしていたら、小説の文章は（最後に挙げたのくらい）ひどいものになってしまう。

「彼女は熱意を込めて答えた」こんな書き方をする小説家は、仕事が雑だ。

返答に熱意が込められているかどうかは、それを言った「彼女」という登場人物と、身を置いている状況から、わかるように書かなくてはならない。「言った」のかわりの言葉で済まそうなんて、手抜きもはなはだしい。

そんなふうに、あらためて手を入れた。もし漏れや見落としがあっても、この小さな本を許してやってほしい。私は自分の最初の意図に沿うよう、最善を尽くしたのだから。手を入れはしたが、書き直したというほどではないのだし。

その結果、娯楽小説として勢いを増し、仕上がりには自信をもつことができた。

小出版社の本ではあったが、『死屍の町』は注目され、映画化の話は何度も持ち上がり、最後にはフランスのプロデューサーが大金を積んで映画化権を買い取った……が、いまだ製作は始まっていない。

残念なことだ。なかなか面白い映画になるだろうに。

本としては、なかなか面白いものになっているのだから。

その後、牧師の物語の続きを書くようにと、何人もから言われてきたが、書こうと思うようなアイデアが出てこなかった。

最近になって、『死屍の町』のあとの牧師の冒険のアイデアが、いくつか出てきた。それを短編小説に書いて本書に収めたが、牧師はさらに暗く、皮肉っぽく、現実主義的な性格になっている。ただ、最後の——この本で初めてお目にかける短編「人喰い坑道」では違う一面を見せ、明るい方に向かっている。

銃を手に西部を旅し、邪悪なるものと闘う牧師の物語は、この一冊にすべて収めた。これからも、彼の物語を書くかもしれないし、やはり私が作った登場人物〝剃刀神（ザ・ゴッド・オブ・ザ・レイザー）〟と遭遇させてみたくもある。だが、先のことはわからない。

最後に一つ、書き添えておこう。二作の短編（「死人街道」と「亡霊ホテル」）で牧師を再登場させるとき、彼の名前を忘れていた。だから、昔レイ・スレイターという筆名で書いた、*Texas Night Riders* という西部小説の登場人物の名前を借り、レインズとした。ある読者から指摘されるまで、私はメーサーの名を忘れていた。「死屍の町」は *Texas Night Riders* よりもずっと出来がいいのに、どういうわけかレインズの名を思い出して置き換えてしまっていたのだ。今は、なぜそうしたのか、そちらのほうが思い出せない。私が書いたものを一作残らず読んでいて、もしかして同一人物なのでは、と思った読者のために、ここに書いておこう。

そのとおりだ。

ただ名前が違うだけだったので、この本では正しく統一した。ただそれだけのことだ。

私はここに収めた小説を楽しんで書いた。読者のみなさんも楽しんでくれるよう願っている。パルプ・フィクションへの回帰であり、娯楽のための読み物なのだから。偉大なる思想なんてものは、ここにはない。あるのはただ昔ながらの、勢いがあってわくわくする、刺激に満ちた物語だけだ。

こういう本が読みたかった、と思う人の手元に届きますように。

そして、私はまたいつか、牧師の新たな冒険の物語を書くかもしれない。

いや、きっと書くだろう。

でも、まずはここまで。

この本を楽しんでください。ロイ・ロジャーズとデール・エヴァンズが歌ったように、楽しい旅（ハッピー・トレイルズ）を。

ジョー・R・ランズデール（本人）

死屍(しかばね)の町

DEAD IN THE WEST

プロローグ

夜。木立ちを抜ける細い馬車道は左手に曲がり、鬱蒼とした松林に向かっていた。雲が流れ寄り、月を隠した。遠くから声がする。

「この臆病の、根性なしの、耳ばっかり長い驢馬野郎め。動きゃがれ」

駅馬車は道をひた走り、ランタンは御者台の両側で巨大な蛍のように揺らいでいた。馭者は馬たちを叱咤して速度を徐々に落とし、馬車はようやく東テキサスの松林に近い道端で停まった。

馭者のビル・ノーランは、助手席のジェイク・ウィルスンに片目を向けた。眼帯の下のもう一方の目は、インディアンの矢を受けて今はない。

「急ぐぞ」ノーランは言った。「遅れてるからな」

「車輪が外れるようなへまはしちゃいないぜ」

「お前が付けたんじゃないからな。下りて小便を済ませろ」

ジェイクは下りると林に踏み込んでいった。

「おい」ノーランが声をかけた。「どこまで行く気だ？」

「お客には御婦人(レディ)もいるから」

「走ってるあいだに漏らさなきゃいいだけだ、馬鹿野郎」

ジェイクの姿は木の間に見えなくなった。

小粋な身なりの若い男が右側の窓から顔を出した。

「おい」男は言った。「言葉には気をつけてくれ、馭者君。お客にはレディもいるから」

ノーランは身を屈めて若い男を見下ろした。「わかってるよ、お若い博奕(ばくち)打ちの旦那。あんたの隣のレディ、ルル・マギルは、七十五セントであんたのケツの穴を舐めてくれるよ」

賭博師は言い返そうと口を開きかけたが、声を出す前に車内に引き戻され、代わりにルルが鮮やかな赤毛の頭を突き出した。

「馬鹿ぬかすんじゃないよ、ビル・ノーラン」ルルは言った。「いくら出されようが、そんな真似するもんか。あたしはレディなんだ」

「誰がって?」

ルルの頭が引っ込んで、賭博師がまた出てきた。「レディは彼女一人だけじゃないんだぞ」

馬車の中からルルの甲高い声がした。「あたしがレディじゃないって言いたいのかい、この間抜け」

「小さな女の子も乗っているんだ。その子が眠っていなかったら、ぶちかましているところだ。わかったか?」

一瞬、ノーランの右手が隠れたかと思うと、旧式のコルト・ウォーカーが現れた。銃口は賭博師に向いている。

「わかってるさ」ノーランは答えた。「あんたこそ静かにしな。俺は寝た子を起こすのも、若僧に粋がらせておくのも、虫が好かないたちでね。馬鹿な頭でも吹っ飛ばされたかないだろ？　いいからおとなしく座ってな」

賭博師は頭をすっと引っ込めた。

彼は座席から山高帽を取ると、いつもより無造作に頭に載せた。

向かいに座っているブルネットの美女、ミリー・ジョンスンが、そのさまをじっと見ていた。その膝には幼いミニヨンが寄りかかり、眠っている。隣ではルルが腹を立てていた。

ちらりと目を向けた。彼女の顔は髪ほど赤くなっていた。

「あんた、強いんじゃなかったの」ルルが言った。

賭博師はうつむいた。


ノーランはコルトをしまい、葉巻をくわえた。懐中時計を開く。マッチをすり、火あかりで時刻を見た。溜息をついて時計をしまうと、ジェイクが行ったほうに目をやる。

戻ってくる気配はない。

「どこで小便するか気にするものかよ」ノーランはつぶやいた。

彼は葉巻に火をつけた。

ジェイクはズボンのボタンを留めた。

駅馬車に戻りかけたとき、近くの木から綱が下がっているのに気づいた。来たときは気づかなかったが、今は月が出てはっきり見える。近づいて引いてみた。

絞首の輪がしっかり結んである。誰かを吊したあとなのか、輪には血の染みがついていた――乾いているが、古くはない――むしろ最近だ。昨日か、もしかすると昨夜か。

輪に手をかけると綱に擦れ、指先に灼けるような感触があった。

「痛てっ……」

指をくわえ、手の傷を吸う。

彼が背を向けた隙に、大きな蜘蛛のような生き物が枝から綱を伝い、ジェイクの血のついたあたりまで下りてきた。そして、血を舐めはじめた。

生き物の姿が変わりだした。大きくなり、綱から飛び降り、地面で身を丸めながら、変化を続けていた。変身が終わると、それは素早く木々のあいだに消えていった。

ジェイクはそれに気づきもしなかった。馬車道のすぐ近くまで来て、木立を抜けようとしたとき、目の前に何かが立ちふさがった。それは人間のような姿をしていた。

ジェイクは悲鳴をあげかけたが、声を出すいとまもなかった。

ノーランはあくびをした。

畜生。眠くなってきた。それも、ひどく。

火の消えた葉巻を投げ捨てる。

新しい葉巻をくわえる。マッチの火で見ようと、時計を顔に近づける。

ばかでかい、爪の長い手が現れてマッチの火を消すと、彼の手を時計ごと握りつぶした。時計の砕ける音と、骨の折れる音が響く。だが、どちらもノーランの悲鳴にかき消された。

乗客たちが馬車から下りてきた。


後刻、さらに夜も更け、月は暗い雲に覆われ星も盲いたかのように光を失った頃、大幅に遅れたシルヴァートン発の駅馬車は、黒いポンチョをまとい帽子を目深にかぶった駅者に駆られ、マッド・クリークに着いた。

下りる乗客はいなかった。迎える親類や友人もいなかった。到着を知るのは駅者だけだった。これだけ遅れたのだから仕方ないだろう。

馬たちは目を剝き、怖れに息を荒らげた。駅者は錆びたブレーキで馬車を止め、綱をほどくと、埃が落ちるようにそっと地面に足をつけた。

駅者は馬車の後部にまわると、雨よけのカーテンを跳ね上げた。長い棺桶が無造作に積んである。彼はそれを難なく引き出し、肩に担いだ。そして、薪一本ほどの重さもないかのように道の真ん中に走った。ブーツが砂埃を舞い上げた。

棺桶の蝶番(ちょうつがい)が音を立てたが、すぐに静まった。乗客たちの寝息のほかに聞こえるのは、暗い灰色に沈む東テキサスの松林の彼方から響く雷鳴だけだった。

第一部　牧師

彼処にある者は死し者　その客は陰府のふかき処にあることを　是等の人は知らざるなり

——『箴言』第九章　第十八節

第一章

1

山から下りてきたのは長身痩軀の牧師で、乗ってきた牝馬は尻に腫れ物があるうえ、長旅のせいで背に鞍擦れができ、おまけに牧師ともども砂埃にまみれていた。

人も馬も、今にも頽れそうだ。

もとは白かったシャツと、黒いサッシュベルトで腰に留めた三六口径コルト・ネイヴィの銀色の輝きを別にすると、男の身なりは黒ずくめだ。神に仕える者みな同じように、厳格な面構えをしている。だが、明らかに聖職者らしくないものが、その男にはあった。青く冷たい、人を殺し慣れた者の目――人生で得たものを捨て続けてきた目だ。

そう、この男は殺しに慣れている。何人もの男が彼の三六口径の弾丸を受け、銀色に輝く拳銃と、その銃口から立ちのぼる黒い煙を目にして斃れていった。

だが、いずれも果たし合いであり、牧師にとってはそれも神の思し召しだった。彼、ジェビダイア・

メーサーは、主の復讐の手となり生きてきた。少なくとも、今日までは。

牧師はテントでの説教でよく語った。「兄弟よ、私は罪を滅ぼす。主の善をなす右手（めて）となり、罪を滅ぼすのだ」

自分が善をなしているとは思えないときもあった。だが、そんなときは自分の思いを押しやり、神の言葉に従った。

夜明けの光の中、馬が弱々しい足取りでのろのろと、牧師をマッド・クリークに運ぶと、冷たい風にのって鳥たちのにぎやかな囀（さえず）りが聞こえてきた。

天鵞絨（ビロード）のように草が茂る緑の丘に立ち止まり、牧師は――かつての聖者たちのように――町を見下ろした。板造りの家々が、鬱蒼とした森に挟まれるように並んでいる。

回転草（タンブルウィード）が彼に駆け寄るように転がってきた。この東テキサスの、人を目にすることのない旅の果てに、ようやく人家を見た。

帽子のひさしを下げると、彼は牝馬に拍車をかけて、マッド・クリークの町に向かって下りはじめた。神の教えを説くために。

2

主の神聖なる使者は、ゆっくり、だがやすやすと、用心深い狙撃兵のように町に入った。

馬具屋の前で馬を下りると、看板を見上げた。《ジョー・ボブ・ラインの店　馬具と鍛冶》

「用かい？」

目を下ろすと、形の崩れた帽子をかぶり、シャツも着ない肩からウールのズボンをサスペンダーで吊った少年が立っていた。ひどく機嫌が悪そうだ。

「手数をかけてすまないが、この馬をきれいにしてやってほしい」

「七十五セント。前払いで」

「洗うんじゃなくてブラシで。手抜きはするな」

少年は手を差し出した。「七十五セント」

牧師はポケットから手を出すと、その掌に銀貨を落とした。

「名前は？　またここに来たときには会わずに済むよう、聞いておきたい」

「デイヴィッド」

「いい名前だな。聖書ならダビデだ」

「ありがたくもないね」

「自分の名前だろう」

「おれの勝手だろ。つまらねえ」

「言葉遣いくらいきちんとしろ」

「おかしなやつだ」

「お前がな」

「あんた、銃を持ってるけど、牧師かい？」

「ああ、牧師だ。名はジェビダイア・メーサー。メーサー牧師と呼びなさい。明日には馬の手入れを済ませられるな？」

少年が答えかけたとき、オーヴァーオールの上に革のエプロンを着けた、ひどく機嫌の悪い顔の大男が、店の奥から出てきた。男を見るや少年がびくっとしたのに、牧師は気づいた。

「うちの小僧がお手間を取らせているようで」男は言った。

「馬の手入れを頼んだところです。御主人ですか」

「はい。ジョー・ボブ・ラインです。料金は二十五セントと、こいつはちゃんとご案内しましたか」

「もちろん」

デイヴィッドは固唾をのんで牧師をまじまじと見つめた。

「母親似でね」ジョー・ボブが言った。「いつもぼーっとしてる。きつく言わないとわからないやつなんです。もっと小さい頃はそうじゃなかったんだが」デイヴィッドに声をかけた。「おい、牧師さんの馬を連れていけ。すぐに仕事にかかるんだ」

「承知しました」デイヴィッドが答えた。彼は牧師に尋ねた。「馬の名前は？」

「ただ馬と呼んでいる。鞍擦れしているから気をつけてやってくれ」

デイヴィッドは笑みを浮かべた。「承知しました」早速、鞍を外しはじめる。

「しばらく馬を預かってもらいたいのですが」牧師はラインに尋ねた。

「そのぶんのお代はお引き取りのときで結構です」

デイヴィッドが牧師にサドルバッグを渡した。「これ、いりますよね」

「ありがとう」

デイヴィッドはうなずくと、馬を連れていった。

「この町にはいい宿がありますか」牧師はラインに尋ねた。

「宿は一軒だけ」ラインは通りの先を指さした。「ホテル・モントクレアです」

牧師はうなずき、サドルバッグを肩にかけると、通りを歩きだした。

3

雨風に晒(さら)された看板は、《ホテル・モントクレア》と読めた。通りに面した窓は六つ、どれにも青いカーテンがかかっている。窓は開け放たれ、朝の風にカーテンが揺れていた。

風が温かくなってきた。東テキサスの八月は、早朝にはまだ夜風の涼しさが残っているが、すぐに犬の息のように熱く、糖蜜のようにねばつく風になる。

牧師は汚れたハンカチーフで顔を拭(ぬぐ)った。帽子を取り、脂じみた黒い髪も拭う。ハンカチーフをしまい、帽子をかぶると、痛む背を伸ばしてホテルに入った。

食い過ぎた馬ほど腹の膨れ上がった男が、フロントでいびきをかいていた。汗が額から顔をつたって流れ落ちている。いびきをかく鼻に蠅が留まろうと苦闘している。蠅は何度も太った男の頭上を旋回し、ようやく額に落ち着いた。

牧師が卓上のベルを叩いた。

男ははっと目を覚まし、まず蠅を払った。汗ばんだ上唇を舌先で舐める。

「いらっしゃいませ。私がここの主人のジャック・モントクレアです」男は言った。

「部屋を借りたいのですが」

「喜んで」男は宿帳を広げ、牧師に向けた。「お名前をどうぞ」

牧師はサインをした。「居眠りなどして失礼いたしました。この暑さなもので……えー、一泊七十五セント、もし長くお泊まりでしたら、シーツは三日ごとにお取り替え……」

「長くなりそうです。食事は別料金？」

「さようで。お食事はカフェでどうぞ」望みを託すかのように言い加えた。「お荷物をお持ちしましょうか？」

牧師は肩のバッグを叩き、料金をモントクレアに渡した。

「ありがとうございます」モントクレアは言った。「お部屋は十三号室、最上階のいちばん左側になります。どうぞごゆっくり」

そして、宿帳を手元に戻すと、牧師の名を声を出して読んだ。

「ジェビダイア・メーサー牧師」

牧師は振り向いた。「何か？」

「牧師様でいらっしゃいましたか」

「もちろん」

「銃をお持ちの牧師様にお目にかかったことがないもので」

「今なら、あるでしょう」

「聖なる御言葉をお伝えになる方が、また猛々しいものを……」

「主の法(のり)を守る仕事は平穏なものだと誰が言えますか？　剣を持つ悪魔には剣で抗するものです。これも主の思し召しであり、私は僕(しもべ)にすぎません」

「わかります」

「そう簡単にわかるものではない」

牧師の縁の赤い目の、青く冷たい瞳を見て、モンテクレアは震えあがった。「差し出がましいことを申しました。お許しを」

「お気になさらず」

階段を上がっていく牧師の背を、モンテクレアは見送った。

「どうせ偽牧師さ」荒い息のまま、彼はつぶやいた。

4

十三号室に入ると、牧師は古ぼけて窪んだベッドに腰掛けた。寝心地は良くなさそうだ。立ち上がり、洗面器に歩み寄ると、帽子を取って顔と手を洗った。ことに手は、自分にしか見えない汚れがあるかのように、時間をかけて。丁寧に水気を拭き取ったあと、窓に歩み寄ると、外を見た。カーテンを開き、通りと向かいの建物に目をやる。ラインの店から鎚を打つ音が響き、荷馬車が車輪を軋ませて通っていく。町のはずれの方からは、鶏や牛の声が聞こえてきた。農家の多い、平和な町のようだ。

人出が増えてきて、通りがにぎやかになってきた。繋がれた騾馬(らば)の一団が持ち主に追われて、原地に向かって通りを渡っていく。

騾馬たちを見た牧師は、二十年も前、馬具屋のデイヴィッドとさほど変わらない頃の、みすぼらしい子供だった自分を思い出した。オーバーオールを穿き、聖職者だった父のあとについて、一群の騾馬に鋤を引かせて畑を耕し、大地にちっぽけな畝を築いていた。

サドルバッグをベッドに投げる。上着を脱いで埃を払うと、椅子の背に掛けた。ベッドに腰掛け、バッグを開くと、布包みを取り出した。

包みからウィスキーのボトルを取り出すと、布は椅子に置いた。ベッドに身を伸ばし、頭を枕に置く。ゆっくりボトルを傾けていると、天井を蜘蛛が這っていくのに気づいた。糾える運命のように入り組み張り巡らせた糸をたどって、部屋の一隅から別の隅へと向かっている。

牧師の左の頬が引き攣った。

ボトルを左手に持ち替え、右手は――考えるいとまもなく――拳銃を抜くと、彼は冷静に蜘蛛を撃った。

5

モントクレアがドアを叩いた。

天井の漆喰が砕けて、無表情な牧師の顔に降りかかった。

牧師は立ち上がり、拳銃をベルトに差すと、ドアを開けた。「牧師様、どうなさいましたか」モントクレアが言った。

牧師は戸口の柱に寄りかかった。「蜘蛛がいた。悪魔の使わせしものだ。いてはならない」

「蜘蛛？　蜘蛛を銃で撃ったと？」

牧師はうなずいた。

モントクレアは戸口に歩み寄り、室内に目をやった。窓から差す日の光が、細かく砕けて舞う漆喰をきらめかせている。雪のように。天井の弾痕を見上げた。まわりに肢がはみ出している。弾丸は蜘蛛の胴を射貫き、弾痕には体液が滲んでいた。

目を離したモントクレアは、ベッドの脇にボトルがあるのに気づいた。

「お見事ですな」モントクレアが言った。

「相手が人間なら眉間を射貫いている」

「しかしですな。牧師様であれどなたであれ、このホテルでは銃を撃っていただきたくはありません。ここでは心地よい御宿泊を提供して……」

「野宿のほうがましだ。客には礼金をはずむがいい」

モントクレアは言い返しかけたが、牧師の顔を見て黙った。

牧師はポケットから紙幣を掴み出した。「蜘蛛は一匹だから一ドル。天井の修理代に五ドルだ」

「牧師様、そんな……」

「蜘蛛代だ。穴はベッドの真上だから、雨漏りのないようにな」

「ごもっとも」モントクレアは言った。「しかし、ここでは快適な御宿泊を……」

「黙って受け取らないなら、止す」

内心とは裏腹に腹立たしげな顔を作って、モントクレアは手を差し出した。牧師はそのまま紙幣を渡した。

「充分でございます、牧師様。ただ、他のお客様は安心してお過ごしになりたいかと……」

牧師は室内に戻り、ドアに手を掛けた。

「どうかお静かに願います」と言うモントクレアの目の前で、ドアは音をたてて閉じた。

紙幣を手に階段を下りるあいだ、モントクレアは十三号室の天井の修理よりも良い金の使い道はないかと考えていた。

6

あの蜘蛛は昨夜（ゆうべ）の悪夢の断片だから撃った。これまでにない夢見の悪さだった。日が沈んで空が暗くなり、眠るときが迫ってくるのが、彼には厭わしかった。

記憶を歪（ひず）ませ、継ぎ合わせた夢だった。意識の底から亡霊のように浮かび上がってくる。中でも怖ろしいのは蜘蛛——いや、蜘蛛に姿を借りたものだった。それはいつも、何かを警告するかのように現れた。

まる一年も、眠るたびに同じ夢が繰り返し、重く暗くのしかかってくる。

まるで、彼を運命の導きに従わせ、ある場所に引き寄せていくかのように。

あるいは、薄れてしまった信仰心のかけらが集まって形をなし、彼を欺こうとしているかのように。

だが、その示す先が天国であれ地獄であれ、行き着けば見つかるものがある、と彼は直観していた。

このマッド・クリークに。

それもたしかではない。だいいち、とうの昔に神からは見捨てられている。ここでするのが命がけの勝負だとしても、神は味方してはくれないだろう。

彼は考えるのをやめた。ウイスキーを一口啜る。

天井を見上げた。「なぜ私を見捨てられたか？」

しばらくの沈黙の末、彼は歯を剥き出して笑った。乾杯するようにボトルを差し上げる。

「そう言うだろうと思っていたよ」

彼は地獄の飲み物を長々と呷った。

7

日がゆっくりと傾くにつれボトルは軽くなり、酔いがまわった牧師は夢を見るたびに訪れる、黒い渡し舟が待つ暗い河岸にいた。

ボトルは空になった。

朦朧としながら、牧師はベッドに身を起こし、サドルバッグから追加の渡し賃を出した。新しいボトルを包んだ布を剥がすと、コルク栓を噛んで引き抜き、続きを始めた。二口三口で手がベッドから落ち、ボトルは床に立った——落ちたひょうしに口から二、三滴こぼれはしたが。

開け放った窓から吹き込む風に、カーテンは青い舌のように蠢いた。

冷たい風は雨を含んでいた。雷鳴がやさしく響く。

牧師は悪夢へと踏み込んでいった。

迎えに来た舟に乗る。船頭は黒衣をまとい、その顔は頭巾に隠れている。垣間見えたその目はうつろで、髑髏（どくろ）さながらだ。牧師から渡し賃七十五セントを受け取ると、船頭は竿を差して舟を岸から離した。

河は悪魔の糞のように真っ黒だ。ときどき河面のあちこちに、死んだ目の白い顔が釣りの浮きのように浮かんできては、細波（さざなみ）も立てない黒い水に流され、沈んでいく。

櫂（かい）が動いてもいないのに、舟は河を昇っていく。

冥府の河の岸辺には東テキサスの風景が広がり、そこにこれまでの人生のさまざまな場面が、その場にいる人々が演じているように、牧師の目に映る。

だが、そこに見えるものは忌々しいばかりで、良い思い出はない。つい悪態が口をついて出る。

岸辺に映った場面は少年時代で、彼は妹と暗い部屋のベッドの上で、汗まみれになって抱きあい、農場の家畜のように体を交えている。思い出の中では、それは愛と熱情に満ちた、天鵞絨（ビロード）に包まれているような甘美な夜だった。だが、今目にしたものは剥き出しな情欲でしかない。見たくもない。目をそらそうとしたが、かえって見入るばかりになる。舟の行く先には父親の姿が現れ、子供たちのしていることを見るや悪態をつき、二人を責める。少年の彼はパンツをひっ摑むと外に（そう、記憶のとおり窓から）飛び出し、走る――河べりを走るその姿は、燻（いぶ）しガラスのかけらを通して見るように、夕闇に溶け込んでいく。

そして舟は往く。

南北戦争が終わった年、南軍のために闘った十八歳の——まだ子供の彼は、死については知りすぎているほど知り、他の多くのものを失った。

彼が殺した男たちが、北軍の軍服を血に染めて河沿いに並び、悲しげな顔で彼に手を振っている。痛みや苦しみを抱えているようには見えない。むしろ滑稽だ。

場面が変わる。連射する海軍拳銃は、先込めの雷管式だったのが、次第に元込め式のリヴォルヴァーに変わる。鏡を片手に、投げたコインを肩越しに撃ち抜く。カードが舞い散る。

戦争の後に殺したやつら——神の名のもとに、その罪を彼が罰した男たちが、河岸に列をなし、笑顔で（ある者は血まみれの顔で）彼に手を振る。

（汝らの中、罪なき者まず石を擲（なげう）て）

目をそらせられない。死者たちが闇の中に遠ざかるのを、彼は見送った。

人生の場面はまだ川沿いに映りつづけている。見たくもない。

対岸に目を移したが、何も良くはならない。見えるものは同じだ。

舟は進んでいく。

そして、その行く手——河面に、いつものように現れるのは、夢の中でも最悪の場面だ。

蜘蛛のような肢（あし）が——蜘蛛のものなら十本のはずだが、数限りなく——河面から伸び、蠢く。膨らんだ胴体が浮かび上がる。蜘蛛に似た巨大な怪物の赤い眼には、暗く邪悪な知性が宿っている。

蜘蛛の怪物は河幅よりも大きい。肢が左右の岸に届いている。

船頭は舟の向きを変えない。ただ竿を差し続けている。

牧師は銃に手をかけようとするが、そこに銃はない。丸腰で、睾丸を縮み上がらせ、怯えている。

叫ぼうとしても口が開かない。恐怖が唇を縫い合わせてしまったかのように。

なぜ蜘蛛を怖れるのか、わからない。大きさではない。眼が赤いからでもない。多いときには一度に三人を相手にし、あっさり地獄に送ったが、そのあいだでさえ瞬時の間も怖れはしなかった。

それに、今は夢を見ているのだ（ああ、夢であってくれ）。

気づくと、蜘蛛の赤い眼から目をそらせなくなっている。その眼が彼自身の罪と弱さを吸い上げているかのように。

舟は進む。

蜘蛛の怪物は黒い剛毛に縁取られた顎をかっと開き、舟はそこに向かって進み、舳先が、そして船頭が、悪臭を放つ口の中に入っていく。一瞬にして闇に閉ざされ、もう赤い眼も見えない。背後で顎は閉じ、光は一筋もなくなる。今いるここは地獄だ――

汗まみれになって目を覚ました。

冷えきった体をベッドに起こしても、震えは止まらなかった。

稲妻が絶え間なく空に走った。厚いカーテン越しに見えるほどで、風でカーテンが開かれた窓にはなおさらに眩しく光る。カーテンは風に煽られ、壁に釘付けされた亡霊がもがくようにはためいている。雨が吹き込み、ベッドを、そして牧師のブーツを濡らした。濡れたブーツは稲妻を受けて、蛇の皮のように光った。

ベッドから降り、ボトルを拾い上げて、ウィスキーをぐいと飲む。何も感じない。喉を灼きも、腹の中で燃え上がりもしない。日なた水を飲んだような感じだ。

窓を閉めようと歩み寄ったが、気が変わった。

風雨の吹きすさぶ窓の外に、稲妻よ我が頭を南瓜よろしく打ち砕け、とばかりに顔を突き出す。

雷は餌には食いつかなかった。

雨は髪を濡らし、顔を伝い落ち、汗も涙も流し去ってシャツの胸元に滲み、襟に滴った。

「私は許されないのか」彼は声を絞り、問うた。「愛していただけなのだ。心から、偽りなく、他の男が女を愛するのと同じように。草原で番う牛どもなどではなかった。兄妹であることなど関係なく、愛しあっていたのだ。聞こえるか馬鹿野郎、あれは愛だったんだ」

言い終えるや、いきなり笑いだした。シェイクスピアが書いた台詞か、いつか読んだジャック隊長ことジョン・ウォーレス・クロウフォード（一八四七―一九一七　アメリカの冒険家、教育者、詩人）の拙い詩のようだ。

その笑いも長くは続かなかった。

また天を仰ぎ、痛いほど勢いよく降る雨を両目に受ける。「主イエスよ、あなたの愛で、私の肉の弱さをお許しください。私に試練をお与えください。お許しが得られるのであれば、私は仰せのとおりにいたします」

いつものように、答えはなかった。

牧師はボトルを手にベッドに戻った。雨はさらに荒々しく降り、シーツの端まで濡らした。が、かまわなかった。

酒を一口飲み下し、これまでの人生を顧みる。薄汚れ偽りに満ちた、暗い人生でしかない。

神などいない。自分の口をついて出る祈りなど、風にただようブタクサの綿毛ほどのものでもない。

ベッドを降り、上着のポケットから聖書を取り出す。読み返し手擦れのした古い聖書。だが、牧師はとうの昔に何も思わなくなっていた。祈りの言葉は金を稼ぐ手段にすぎない。そう考えるようになって、もうずいぶん経っていた。

ベッドに戻り、ヘッドボードにもたれる――片手にボトルを、片手に聖書を持って。また一口、酒を呷った。

「嘘だ」と叫ぶと、彼は渾身の力で、窓に向かって聖書を投げた。「持って帰れ、この下司野郎！」

狙いは外れた。聖書は開いた窓を抜けて外に飛んでいくはずだった。だが、上の方の窓枠に当たり、ガラスを砕いた。あのでぶのモントクレアに、また修理代を支払わなくては。

窓ガラスの破片とともに、聖書はたくさんの羽根をはためかす鳥のように、夜空に飛び出すかのように見えた。その先の闇を見据えたまま、牧師がボトルの口に唇をつけると、聖書は鳩舎に戻る鳩のように跳ね返ってきた。ボトルに衝突して叩き割ると、その勢いで彼の顔をしたたかに打った。ボトルの破片を受けた顎から血が滴る。

牧師は居住まいを正した。

聖書は膝の上だ。開いている。

「黙示録」第二十二章、第十二節の余白に、血の染みがついている。

彼は読んだ。

「視(み)よ、われ報(むくい)をもて速やかに至らん。各人の行為に随(したが)いて之(これ)を與(あた)うべし」

血の滴(しずく)は、続く第十四節に導いた。

「おのが衣(ころも)を洗ふ者は幸福(さいはひ)なり、彼らは生命の樹にゆく権威を與えられ、門を通りて都に入ることを得るなり」

ゆっくりと、牧師は聖書を閉じた。

毛のかたまりが喉に詰まっているようだ。我が身もベッドも、吹き込む雨とこぼれたウィスキーでずぶ濡れになり、血のにおいさえ漂っている。

咳込み、ベッドの脇に膝をついて、彼は両手を握りしめた。

「御心のままに、主よ、御心のままに」

そのままの姿勢で、彼は一時間のあいだ、祈り続けた。こんなに長く、無心に祈ったのは初めてだった。

そのあと、彼は顔の血を洗い流し、シーツからガラスの破片を払い落とすと、服を脱いでベッドに横になった。

眠りに落ちる前に、主に導かれたこのマッド・クリークでの試練に自分は値するのだろうか、と、彼は考えた。

いや、考えることではない。どのような試練であれ、あらんかぎりの力で立ち向かうだけだ。

彼は眠った。

夢は見なかった。

8

日が沈み、空に昇った金貨のような月が、マッド・クリークとその周辺をこの世ならぬ光で照らし出し——そして、夜のものどもがうろつきはじめた。

馬具屋は戸締まりを忘れた——南京錠は溶けたバターのような泥の中に落ち、地面の戸締まりをするかのように半ば埋もれている。

ファーガソンズの町外れでは、生後一ヶ月の女の赤ん坊が死んだ。翌朝、嘆きの声を聞きながら、医者は自然死の診断をするだろう。

数ヤード四方の中でペットが何匹も行方をくらまし、翌朝には一匹だけ、小さな犬が腹を裂かれて死んでいるのが見つかった。狼にやられたようだ。

たしかに、その夜は狼の遠吠えが聞こえた。声から察して、ことに大きなやつだったようだ。

その時はもう来ていた。

9

翌朝、牧師はスーツにブラシをかけ、サドルバッグから出した新しいシャツに着替え、ブーツを磨いた。

朝をウイスキーで始めるなどというまねはしなかった。欲しいのはベーコン・エッグと一杯のコーヒーだ。

彼はモリー・マガイアのカフェに朝食をとりに行った。

店は忙しげにざわついていた。

ウェイトレスたちはキッチンとテーブル席のあいだを、集めたものを運ぶ蟻のように行き来している。その手の盆の上には、パンケーキやベーコンや目玉焼きを盛りつけた皿や、湯気を立てるコーヒーポットが載っている。

牧師が入口からうかがうと、爺さんがウェイトレスの尻を摑むのが目に入った。ウェイトレスは慣れた手つきでその手を払いのけ、笑顔はそのままに爺さんの前に皿を置いた。

壁沿いのテーブル席に保安官のバッジが見えた。付けているのは、中背だが肩幅の広い、整ってはいるが悲しげな顔の男だった。ちょうど会いたかった相手だ。同席しているのは、インディアンの鹿革靴（モカシン）よろしく風雨にさらされた顔の、老人と呼んでもいい年格好の男だった。

二人は手振りまで交えてさかんに話していたので、声をかける好機を待とうと、牧師は空いていた隣のテーブルに着いた。

彼は二人の会話に耳を傾けた。もとよりしないことだ。が、経験から身につけ、必要なときにはする。町から町へと宣教してまわるうちに、その土地を知るにはまず盗み聞きだと知ったのだ。それで知ったことを説教に交えれば、ある特定の人物だけが気づくように伝言をすることもできる。たとえば、隣人の妻に邪念を抱く男の話を聞いたときは、その話を説教に密かに織り交ぜ、神様はご存じだぞ、とその男に気づかせる。

頃合いは早くも、注文した皿が置かれたときに来た。彼らの罪が浮かび上がるまさにそのとき、牧師は（機を逃すことなく）割って入り、神への懺悔を求める。

昨夜（ゆうべ）、牧師は説教の原点を自らの霊感に見いだした。福音を広めるのだ。今、彼は再び神の使いとなり、説教はこれまでのような、酒を買う金を稼ぐ手段ではない。

もっとも、盗み聞きのような悪癖は、あっさり抜けるものではないが。

「ということは」老人が保安官に言った。「何も出てこなかった、ということか」

「ああ、何もね。今朝は馬車道をたどってみた。乗客の髪一筋さえ見つからなかったよ……インディアンに襲われたのかもな。あるいは、強盗に遭ったか」

「馬鹿を言うな」老人が言った。「マット、ここではもう何年もインディアンがらみの事件は起きていない。女連れの呪い師の件だけだ。あいつらの片もすぐにつけたじゃないか」

「吊したのはあんただ。俺じゃない。そのときはいなかった」

「ユダはイエスに釘を打たなかった、ってわけか」老人はにやりと笑った。「若いの、自分だけいい子のふりはするな。あの二人を引き渡したのはお前だ。あれでよかったのさ。相手はインディアンだし、女には黒人の血が混じっていた」

「だが、何もしてはいなかった」

「いいインディアンは死んだインディアンだけさ。黒人もメキシコ人も、混血もな」

マットの顔が不快げに曇ったのを牧師は見てとった。が、保安官は何も言わなかった。

「この話はもういい」老人は言った。「インディアンでもなく、強盗でもないんだな。乗客の荷物は残っていたそうだな?」

マットはうなずいた。「強盗とは思えない。妙に行儀がいいしな。乗客を降ろし、どこかに連れ去ったあと、馬車をわざわざ通りの真ん中で止めて、ご丁寧にブレーキまでかけてくれたんだからな。ついでに馬に餌をやってくれてもよかったんだが」

二人とも黙り込んだのを折に、牧師はテーブルに歩み寄った。

「失礼します」牧師は保安官に言った。「少々お話をしてもよろしいでしょうか」

「どうぞ。こっちはケイレブ・ロング。臨時の副保安官です」

自分を値踏みするようにケイレブに、牧師は一礼した。

保安官に目を戻すと、牧師は言った。「私は神に仕える者です。町から町へと渡り歩き、神の御言葉を伝えています」

「それがあんたのメシの種だな」ケイレブが言った。

牧師は老人に目を向けた。これまでそう言われたときはどうしていたか思い出したが、今は怒る気にはならないのに気づいた。うなずいて答える。

「まさに、そこが肝心です。神に仕える身でも、生身には変わりない。食べなければ生きていけません。ですが、持っているのは御言葉だけです。主の御言葉をもって永遠の救いを広めるのみです」

「何か売りつける気か？　押し売りはお断りだね。見てもわからないようなものはいらん」

「いえ、主について語るとつい熱が入ってしまうもので」牧師は言った。

「始めたのはあんただ」ケイレブが言った。

「ごもっとも」

「失礼」マットが口をはさんだ。「牧師さん、前置きは結構だから、本題を聞かせてもらえないか。用件は？」

「幕屋(テント)を借り、そこで一夜、福音を告げて祈り、迷える魂を主の元に導く集会を開かせていただきたいのです」牧師はケイレブに目をやった。「もちろん、そこでは喜捨もお願いします」

「問題はないが」マットは答えた。「この町にも牧師はいる。あちら次第だな。私の知るかぎり、あんたが必要とする幕屋を持っているのは、このあたりでは彼だけだ。布教の旅に持っていったとか」

「なるほど」牧師が言った。

「通りを南に行くと」マットは表を指さした。「カルホーン牧師の教会がある。牧師が認めるなら、私も許可しよう」

「感謝します」

ケイレブが立ち上がり、朝食代をテーブルに置くと、片足を上げて高らかに放屁した。

カフェは静まり返った。客たちの目がケイレブに集まった。

「お騒がせ」彼は言った。「気にしないでくれ。おふくろに行儀ってものを教わらなかったもんでね」

そして、マットに「またな」と言うと、「教会で会おうぜ、牧師さんよ」と声をかけ、出ていった。

「独特のユーモアのセンスがある方ですな」牧師は言った。

「不作法な男なんだ」

「たしかに」

「あんたを追い払う気でいた」

「もう少しでうまくいくところでしたよ」

「あいつは教会が嫌いでね。子供の頃、母親が牧師に強姦されたらしい」

「あなたは？　やはりお嫌いですか」

「あんたは心から神に仕えているか？」

「そのつもりでいます」

「ならば、俺のために祈ってくれ。今はそれが大事に思えてならない」

マットは立ち上がると、代金を置き、店を出ていった。

彼を見送り、牧師は誰にともなく言った。「あなたのために祈ります」

10

朝食を済ませた牧師は、店を出かけた。ドアを開くと、黒髪の美しい女が入ってきた。牧師は立ちすくんだ。自分の妹のように見えたのだ。女を通そうと身を引くまで、しばし時間がかかった。

通り際に彼女は笑みを向け、牧師は帽子に手をやり一礼した。

女のあとから、銀髪の老人が入ってきて、眼鏡越しでも五十歩先の野牛(バイソン)を倒しそうな目つきで、牧師を見た。

老人は若い女の手を取ると、テーブルまで連れていった。そして席に着くと、ドアを押さえたまま立ち尽くしている牧師に、また目を向けた。

牧師は一礼し、女が笑みを返すと、急いで出ていった。

教会に向かう途中、牧師の心は重かった。彼女が妹であるわけがない。それほど似てもいないのだ。

しかし、その姿を見て妹の記憶が蘇り、彼の股間を熱くした。

あの女性もまた神が与え給うた試練なのか？　だとしたら、これ以上のものはない。牧師はインディアン・ラトルのように震えていた。
馬具屋の前を通りかかると、デイヴィッドが馬の世話をしていた。少年は手を振った。牧師は手を振って応え、通りを歩きつづけたが、あの女性の面影は薄らぎもしなかった。
デイヴィッドには聞こえなかったが、牧師が馬具屋の前を通ったとき、屋根裏で干し草に埋もれていた木箱がほんのわずかに、牧師がいた方に動いた。まるで方位磁針（コンパス）の針が北を指すかのように
――牧師の方に。

第二章

1

　ジェビダイア・メーサーが通りの外れまで来ると、正面に白い壁の大きな教会が、白い十字架を天に掲げて建っていた。隣には片屋根の家があり、柵で囲まれた庭では、カルホーン牧師が猛然と鍬をふるって雑草を刈っていた。

　聞かなくても、彼が牧師であることは一目でわかった。カルホーン牧師はジェブの父親と同じ、洗礼派の厳しい信念を、仮面をつけているように顔に浮かべていた。小さすぎる庭で雑草を刈るさまは、主が罪人を刈り取っているかのようだ。

　カルホーンは顔を上げ、鍬に寄りかかって立つと、額の汗を袖で拭った。そして、ジェブに目を向けた。いつもそうしているのだろう、眉をひそめて柵に歩み寄り、もたれた。

　ジェブも柵に手をかけた。

「おはようございます。私はジェビダイア・メーサー牧師です。お願いにまいりました」

「お願いとは？」

「良きキリスト教徒であればお断りにはならないかと」

「そうできればいいのだが」カルホーンは答えた。

「保安官からは許可を得ていますが、あなたがよろしければ、このマッド・クリークで一晩、福音を伝える集会を開きたいのです。あなたはお許しくださるだろうと保安官は言っていましたが、問題が起きるのではと気にしているようでした。もっとも、起きそうにはありませんが——互いに神に仕える身ですから」

「ほほう」カルホーンは言った。

ジェブは笑みを浮かべた。彼はめったに笑わないし、笑うとしたら要求があるときだけだ。この老牧師は舌先だけでは落とせない、と彼は気づいた。

「あなたは幕屋（テント）をお持ちだと、保安官から聞きました。福音の集会を開くにあたり、貸していただきたいのです」

「まだ許可はしない。私が許したら、と保安官は言ったのだね？」

「そう聞きました。お貸しいただけるのであれば、相応の借り賃はお支払いします」

「相応というのは？」

「あなたのご希望で」

「七十五セントでは？」

「相場ですな」ジェブは金を出そうとポケットに手を入れた。

「日を決めよう」

「あなたのお勤めの邪魔をしたくはありません。決めていただければ」

「よい心がけだ。では、土曜で」

ジェブは金を出しかけて、手を止めた。

「土曜とは。カルホーン牧師、お気持ちに添いたいのですが、少し難しいようです。土曜に人が集まるのは酒場のほうですので」

「受けるも断るもきみ次第だよ、メーサーくん」

「メーサー牧師、です」

「きみ次第だ」

ジェブは眉をひそめた。「承知しました」そして、カルホーンが差し出した手に銀貨を叩きつけた。

カルホーンは銀貨を数えると、ズボンのポケットにしまった。

「きみは本当に牧師なのかね？」彼は尋ねた。

「そうは見えませんか」

「銃を持つ牧師はめったにいないからな。だいいち、主に仕える者が持つものではないだろう、メーサーくん」

「メーサー牧師、です」

「平和を広める使命を負う者だろうに、それではそこらの拳銃使いと変わりない」

「主の使命は平和のうちに果たせられるものとはかぎりません。異端者には剣を……銃を向けざるをえないときもあるでしょう」ジェブは笑みを浮かべた。「それに、あなたはまだ、私の説教をご存じない。お聞きになればおわかりになるでしょう」

冗談と思ったのだろうが、カルホーンは顔には出さなかった。

「テントを持っていくかね、メーサーくん。私はこれから用事がある」

「もちろん、お借りしていきます」

2

聖堂の中はがらんとしていた。信者席の列の向こうに、説教壇が一段高く置かれ、その後ろの壁には、雑な作りの大きな十字架に、雑な作りのキリスト像がかかっていた。

信者席の真ん中の通路の先にドアがあった。カルホーンは開くと、ジェブを招いた。中に手を入れて灯油ランプを取り出し、火を灯す。ランプを差し上げるカルホーンを先に、二人は軋む階段を降りていった。

厚いカーテンに覆われた高い窓があるのにジェブは気づいた。隙間から光が入ってくる。奥行きのある部屋で、天井の高さは教会の他の部屋と同じくらいのようだ。二階があったようだが、今は取り壊されて、そのときの廃材が犬の糞のようにただ積み上げられている。

箱、樽、包み、大箱が並んでいる。壁際には銃架がしつらえられ、埃をかぶった銃器がずらりと並んでいた――ウィンチェスター・ライフル、二連式散弾銃（ショットガン）、骨董品よろしきシャープス小銃が二挺。そばには「**弾薬**」「**銃器**」と書かれた大きな箱がいくつか積んであった。

「銃がお嫌いなのに、ずいぶんお持ちですな」ジェブは言った。

「あてこすりは言わないでくれ、若い人よ。この教会はもとは武器庫として建てられた、無法者やインディアンから町を守るための要塞みたいなものだ……もっとも、どっちも襲ってくることはなかったがね。銃はこのまま残っているし、ほとんどの窓には鉄格子がはまっている。町議会に諮（はか）って、来年にはこのがらくたを処分し、窓の鉄格子も外す予定だ。そうすればこの教会もより良い使い方ができる」

「箱の中身は？」

「道具だ。衣類もある。使い道のないものばかりさ。拳銃だの弾（たま）だのね」

ジェブは銃架に歩み寄った。銃器の中には錆が浮いているものもあったが、ほとんどは良好な保存状態だ。煉瓦の壁は機密性が高く、湿気も寄せつけなかったのだろう。

「テントはここだよ、メーサーくん」

「メーサー牧師、です」ジェブは振り返った。

3

またあの女を見た。

カルホーンの手を借りて馬鹿でかいテントを引き上げると、ジェブは馬車を雇ってモントクレアホテルまで運び、少年たちを大勢集めて自分の部屋まで運んだあとのことだ。

ホテルから歩道に出て、少年たちに代金を――もちろん、一人七十五セントだ――払っていると、妹に似たあの黒髪の女が、あの年嵩(としかさ)の男と連れだって通りかかった。

彼女は老人の腕にしっかり手をかけていたが、牧師に気づいて振り返った。距離は離れていたが、すぐそばに落雷したかのように、彼は感じた。心は沈み、股間は痛いほどに固くなった。

階段を上り、部屋の扉に錠をかけると、彼は女の姿を思い浮かべながら自慰をした。

そのあと、ウィスキーを飲みはじめた。

サドルバッグから残っていたボトルを出し、ベッドで飲みはじめた。神が与え給うた新たな機会には、自分はまったく相応しくない。むしろ台無しにしたほどだ。二度と手を触れまいと決めた悪魔の水を飲み、妹を思い出させる女との姦淫を望み、それを鎮めるために十代の少年よろしく我が手を用いた。狂犬のように、衝動に駆られて。

今日もまた夜が来るし、眠れば夢を見る――地獄の川を、蜘蛛の怪物に向かって、船で下っていくのだ。

ノックの音がした。

驚いた牧師はボトルを左手に持ち替え、先ほど百合の蕾から露を絞り出した右手で、ベルトから拳銃を抜いた。

ベッドに身を起こす。

再びノックの音。

「待ちなさい」牧師は言った。

ドアを開けた。

戸口で、馬具屋のデイヴィッドが彼を見上げていた。

4

「何も言うな」牧師は言った。「馬の手入れの追加料金七十五セントと、馬櫛代を取りにきたんだろう」

デイヴィッドは答えず、鼻をうごめかせた。

「酒場みたいなにおいだな——車軸を油で擦ったようなにおいもする」

「お前くらいの年頃なら知っているだろう」自分がしたことが露見して、牧師はきまりが悪くなった。

「まあね。でも、おれはまだ子供だから、女のことはわからないよ」

「何の用だ？」

「牧師は酒を飲まないものだと思ってた」

「普段は飲まない、たまに薬代わりにするくらいだ……で、何か用なのか？　節制せよと忠告に来たのか」

「牧師さん、昨日はもっと偉い人に見えたよ」デイヴィッドは顔いっぱいに笑みを浮かべた。

「その笑いをひっこめてやろうか」

デイヴィッドは真顔になった。「よしなよ」

「ならば、早く答えてくれ。でないと退屈で死にそうだ」

「その銃だよ。あんた、巧いのかい？」

「狙ったものを外したことはない。投げつけても当たるがな」

「やっぱりな、おれの目に狂いはなかった——射ち方を教えてくれよ」

牧師はドアを閉めようとノブを握った。「だめだ。親父さんに教われればいい」

「父ちゃんはこき使うばかりで何も教えちゃくれないんだ」

「立派な馬具屋になればいい。帰れ」

「代金は払うよ」

「本気か？」

デイヴィッドはうなずいた。

「なぜ教わりたい？」

「男なら知っておかなくちゃならないだろう。父ちゃんにはいつも、だめなやつだって言われるんだ。根性がないから男らしくなれないって」

「まだ早いだけだ。子供が無茶をするな」

「母ちゃんに似てる、夢ばかり見てるって」

「私も父親から同じことを言われた」

「本当？」

「そっくりそのまま、な」

「廊下に立ってなくちゃいけない？」

「それもそうだな」

デイヴィッドを部屋に入れると、牧師はドアを閉め、ベッドに腰掛けた。デイヴィッドは立ったままだった。

牧師はボトルを取り上げ、一口飲んだ。

「牧師が酒を飲むなんて知らなかったよ」デイヴィッドは言った。

「人は見かけによらないものさ」牧師は答えると、もう一口飲んだ。

「なんて言えばいいのか、よくわからないんだけど、これまで会ったことのある牧師さんとぜんぜん違う。本当に、イエスさまの右手みたいな人だ」

「そんなことはない」

気まずい沈黙が流れた。

「よし、射撃を教えてやる」牧師は言った。「明日の朝からだ。だが、金は取らない。そのかわり、頼みを聞いてくれ」

「言ってくれよ。何でも聞くから」

「落ち着け。まずは話を最後まで聞け。返事はそのあとだ。何もわからないうちに勢いだけで決めるんじゃない。わかったか」

牧師は床のテントを顎で指した。

「土曜の夜に説教をする。テントを張る人手が必要だ。ここに運び込むのに小僧たちを雇ったが、一人も使えなかった。ほとんど私一人で運んだようなものだ。ちゃんとテントを張れるやつはいるか?」

「おれ、やるよ。そういうのが得意な人も何人か知ってるし……」

牧師は手を上げた。「まだ続きがある。説教の案内をするチラシを新聞社で刷ってもらうから、配るのにも何人かほしい。場所を時刻を知らせるチラシだ。町で配るやつらを集めてくれるか?」

「よろこんで」

「よし、じゃあ頼んだ。私はちょっと頭が痛いから休む」

デイヴィッドはうなずいた。「牧師さん——それ、きっとお酒のせいだよ。もう飲んじゃいけない」

「飲む飲まないは自分で決める。さあ、蹴り出されないうちに行け」

「がってん承知」

「まて、あと一つ。射撃を教えたあと、テントの支柱にするから、木を切るのを手伝ってくれ」牧師は立ち上がった。「それから、この金を親父さんに渡して、牧師に荷馬車を借すよう伝えてくれ。手伝いがいるからお前を雇いたい、ともな。親父さんも喜ぶだろう。息子が仕事に汗しているところを見せて、上機嫌にさせてやれ」

「了解」デイヴィッドが言った。「支柱を切って、テントを立てて、チラシを配って、荷馬車を貸すよう父ちゃんに言って――あとは、代わりにおれが説教しようか？」

「面白いな。エディ・フォイ（一八五六－一九二八　ニューヨーク出身のコメディアン）のつもりか。さあ、もう行け」

デイヴィッドは出ていった。

ドアを閉めると、牧師はベッドに腰掛け、ウィスキーのボトルを口元に持っていきかけた。が、デイヴィッドの言葉を思い出し、手が止まった。「よくわからないんだけど、これまで会ったことのある牧師さんとぜんぜん違う。本当に、イエスさまの右手みたいな人だ……」

「ふざけるな」牧師は吐き捨て、立ち上がった。

ボトルを片手に、窓辺から通りを見下ろした。まばらな人通りの中、デイヴィッドが道を横切るのが見えた。振り向くと鏡が目に入った。そこに見えた自分の姿は到底気に入るものではなかった。

窓辺に戻り、ウィスキーを外に向かってぶちまけ、空き瓶は銃の台尻で叩き割ってゴミ箱に捨てた。

鏡の前に戻り、自分をよく見る。見苦しい姿の前で腹をくくった。我が身を縛る鎖のごとき酒は捨てた。これからは神の思し召しのままに。デイヴィッドが言ったように、主の右手となるのだ。

いきなり拳を叩きつけ、鏡を砕くと、手が切れた。こう思うのも、こんなまねをするのも、初めてではない。

血の滴る手を洗面台に差し伸べ、割れた鏡に映る自分を見る。なぜか、さっき見たときほど見苦しくはなかった。「主よ、私は努めています」

ゆっくりと、儀式に則るように、彼は手を洗い清めた。目には見えないがねばつく臭い汚泥を、その身から取り除くかのように。

そのとき、閃いた。黒髪の女が試練であるのなら、デイヴィッドは主が差し伸べた救いの手なのだ。牧師は力を得た。そして、迷いは消えた。

割れた鏡に目を向け、彼は声をあげて笑い、独りごちた。「この安ホテルの支払いは、高くつきそうだな」

第三章

1

日が沈む頃、ジョー・ボブ・ラインは仕事を切り上げた。

デイヴィッドは先に帰らせた。息子の馬鹿話を聞かずに、一人で帰りたかった。それほど今日の仕事は堪えた。

店の戸締まりをし、でかい灰色の南京錠を掛け金に通したときには、あたりはすっかり暗くなっていた。かちりと施錠したとき、その音と同時に、何か動くような――軋むような音がした。

馬がたてたんだろう。

通りの外れ、理髪店の裏にある家に向かい、ラインは歩きだした。冬眠明けの熊ほどに腹が減っていた。あいつがちゃんと晩めしを仕度していればいいんだが。今晩は疲れて、殴る気にもなれない。

ラインが家に帰り、ポーク・アンド・ビーンズとコーンブレッドの匂いの中に踏み込んで間もなく、馬具屋のドアがかすかに震えた。解錠もされていないのに、南京錠が外れ、地面に落ちた。一陣の冷たい風が中から吹いてドアを開き、通りを駆け抜けた。

ドアが閉じた。南京錠が飛び上がり、元にあった掛け金に戻った。

何も起きなかったかのように。

2

夜の町はその犬のものだった。誰に飼われてもいない。やつは見張り、警戒し、闇に沈んだ通りを走りまわる。

性悪だから、住民から撃たれることもある。ゴミをあさり、生きものの死骸を食い、ときには家畜を襲って、やつは生き延びている。

何年前だったか、メイザー爺さんの兎小屋を襲撃して大虐殺をしたうえ、品評会で賞をとった牡豚まで咬み殺した——並の野良犬にはできない。

棒で打ちかかってきた子供を咬んだことも、町じゅうの野良犬を一匹残らず、尻尾を巻いて逃げるまで追いまわしたこともある。大声で追われ、石を投げつけられ、銃で撃たれても、ものともしないまま何年もこの町にいる。生き延びる術を知っているばかりではない。賢い犬だ。

日の高いうちは身をひそめていた。日が沈み、家々が夕食時を迎え、酒場も賑わいだす頃になり、ようやくうろつきはじめる。ゴミをあさる時分だ。その夜は馴染みの場所に行った。モリー・マガイアのカフェの裏だ。金曜の夜ごとにベインズおじさんが馬車ですっかり運び出してしまうまでは、旨い残飯がふんだんにある。

今晩はことに気前がいい。チリソースと、干からびたビスケットと、ふやけたパンケーキのにおいがする。

木のゴミ箱に前足をかけ、押し倒した。音を立てて中身が路地にこぼれる。涎が滴り落ちるが、すぐに食おうとはしなかった。カフェの裏口に目をやり、路地の左右をうかがう。誰も来ない。

ゴミ箱に頭をつっこみ、歯と前足で紙くずや空き缶をよければ、あとは食うだけだ。まずはシロップと、ついでにチリソースもついたパンケーキをたいらげる。もとより感謝の気持ちなどないが、食うのに夢中なばかりにヘマをした、とすぐに気づいた。

においではない。感覚とは別のところで、それを捉えた。ゴミ箱から頭を上げて、あたりをうかがう。

鼻面に皺を寄せ、唾液の泡に濡れた長く黄色い牙を剥き出す。そして、低く唸った。

闇の中で何かが動いた。

犬は気に入らなかった。幼い頃以来、感じたことのないものが襲ってきたのだから。

恐怖だ。

これまでは、恐怖に打ち勝ってきた。だから生き延びてこられた。だから大きく、強くなれた。

犬は歯を咬み鳴らし、動くものに飛びかかった。そのあと、一声だけ鳴いて、死んだ。

3

ネイト・フォスターはマッド・クリークきっての酔いどれというだけでなく、人類創世以来もっとも身なりのきちんとした酔いどれだった。黒いフロックコートを（夏の暑い盛りでも）着込み、縞模様の細いズボンを穿き、非のうちどころのない形の山高帽子を頭に載せていた。

今晩の彼は町の誰よりも先に、すでにビール六本と、ウィスキーのボトル二本を空けていた。それというのも、他の連中より二時間早く飲みはじめていたし、そうできるだけの余裕もあった。この町の酔いどれの王たるネイト・フォスターは銀行員で、好きなだけ酒が買えるだけの給料を得ていたのだ。

今晩はとくに身なりをきちんとしていた。が、飲みはじめるのも早かったぶん、ウィスキーがまわるのも早かった。

酔いがまわったところで、彼は夜の散歩と洒落込み（小学校の校長ベッシー・ジャクスン先生に言わせれば、散歩ではなく徘徊だ）、いつものようにソース抜きのステーキとハッシュド・ブラウンに、ビスケットを追加しようと、モリー・マガイアの店を目指した。腹ごしらえをしたら、酒の続きだ。

店が近くなった頃、彼は急に尿意を覚えた。喰う前に小便を済まそう。

ふらつく足を早め、モリーの店の裏に通じる細い路地に入る。少々手間取ってズボンの前を開けたが、何かにつまずいて転び、自分の小便をしたたかに浴びた。

「ちくしょう」とつぶやきながら、肘をついて起き上がった。ビールとウィスキーが喉を逆流してくる。

ネイトは右に目をやり、自分がつまずいたものを見ようとした。足元にわだかまる、黒い影を。

ポケットに手を入れマッチを取り出すと、親指の爪で擦って点火しようとしたが、なかなか点かない。

ようやく点いた火をその影に近づけた。犬だ。あのでかい、町の厄介ものの野良犬だ。なんてこった、喉がざっくり切られている。

とうに酔いは醒めていた。急いで立ち上がったが、誰かに、いや何かに見られているような気がした。

唇をなめ、ゆっくり振り返る。

誰もいない。

路地は闇に沈み、モリーの店の裏口から、剃刀で切ったかのような細い光が漏れているだけだ。

だが、視線は消えない。

路地に留まってその正体を知ろうとは思わなかった。彼は来た道をそのまま戻ろうとした。

小走りになるやいなや、大男の分厚い胸にぶつかった。

ネイトが見上げると、つばの平たい黒い帽子の下に、男の顔が見えた。その顔は……そんな馬鹿な……

男が屈んだので、ネイトにはそのインディアンの顔が、はっきりとではないが、誰かわかるほどには見えた。

「お前か」ネイトは言った。

「久しぶりだな」大男は答えた。

悲鳴の代わりに、胃袋からビールとウィスキーが噴出した。吐瀉物はインディアンの胸を汚した。

「良くない」インディアンは言った。「まったく良くない」

インディアンは腕を伸ばし、ネイトのコートの襟を摑んだ。そして彼を引っ張り上げると、顔を寄せてにやりと笑った。

4

マッド・クリークから十マイル離れた、馬車街道の通る森で、柔らかい土の下から、細長い白い手が伸び出した。

すぐそばから、さらに何本もの手が、土を押しのけて生えてきた。

しばしのち、ミリー・ジョンスンが顔から――いや、顔のあったところから――土を掻き落とした。

そして手を下ろすと、体についた土を剝がしはじめた。

ビル・ノーランはすっかり仕度を済ませていた。

ジャックナイフを開くように身を起こす。空の眼窩から泥の塊が落ちる。ノーランは手を眼帯に伸ばし、眼窩を塞いだ。

その隣で、豚が泥浴びをしているかのように地面が蠢くと、賭博師が飛び出してきた。

ノーランは折れた右手でその顔を殴った。

打ちかかった手首の関節は拳ほど大きく、殴られる前から首が折れていた賭博師は、唸り声をあげた。

脇からルルが這い上がってきた。ドレスが胴から股下まで裂けている。片方の乳房がなくなっていた。切り取られたか、咬み裂かれたか。当の本人は気にする様子もない。彼女は立ち上がった。

ジェイクが勢いよく起き上がり、あたりに土を撒き散らした。その胸には幼い少女、ミニヨンがしがみついていた。彼女は血を吸ってふくらんだダニのように、地面に滑り落ちた。しばらくうつぶせのまま横たわっていた。背中で裂けているのは服だけではなかった。肉も裂けて背骨が剥き出しになっていた。

かれらは揃ってよろよろと立ち上がり、街道の端を歩きだした。

マッド・クリークに向かって。

5

マット・ケイジ保安官はデスクに向かいコーヒーを飲んでいた。ドアが開き、ケイレブが入ってきた。

「座れよ、屁こき爺」マットが言った。

「こいても気にするな……猫の小便の他に飲めるものはあるか？」

マットは笑ってデスクの引き出しを開けると、一方の手でショットグラスを二つ、もう一方の手で安ウィスキーのボトルを掴み出した。

ケイレブはデスクを挟んで、保安官の前に座った。「ちょっと話そうぜ」

マットはウィスキーをグラスに注いだ。一つめを満たし、もう一つに注ぎかけて、手を止めた。底で蠅が死んでいる。

「かまうもんか、そのまま注げよ」ケイレブが言った。

彼は手を伸ばし、マットの手からボトルを取ると、グラスになみなみと酒を注いだ。そして、グラスを手に取り、一口つけた。マットは顔をしかめた。

「インディアンと暮らしていた頃、こんなことを聞いたよ」と、ケイレブ。「どんなひどい死に方をしても、神様はちゃんと御許(みもと)にお招きくださる。シチューに飛びこんだ蠅なんて、具の肉みたいなもんさ。混ぜちまえば同じだ。俺は今もそれを信じてるね。だから風邪ひとつひかない」

「まいったね。ケイレブ、なぜ俺と組む気になった?」

「なんでかな」

ケイレブはグラスを呷り、口元についた蠅を払い落とした。

「もう一杯たのむ」

マットは注いでやった。

ケイレブはグラスを掲げた。「女の脚に乾杯。先っぽに足首があって、根元におまんこがある脚に」

二人はグラスを空けた。

「なあ」汚れた袖で口を拭い、ケイレブが言った。「こんな夜はインディアンを吊るした晩を思い出すよな。縛り首にはうってつけの夜だった」

「やめろ、ケイレブ」

ケイレブはシャツの襟元に手を入れると、革紐に通して首からかけている、一対の女の耳を取り出した。

「しまえよ」マットが言った。

「弱気になる歳か?」

「見ると気分が悪くなるだけだ」マットは立ち上がった。「巡回の時間だ」と言うと、帽子を手に取った。

「行ってこい」ケイレブが言った。「酒を相手に番をしててやる」

「ありがたいね。ついでに蠅をあと二、三匹、取っておいてくれ。あとな、らっぱ飲みはするなよ」

マットは出ていった。

ケイレブはボトルを手に取ると、口からぐいと飲んだ。

6

保安官事務所の前に立ち、マットは通りを見渡した。

ケイレブの言うとおりだ。どういうわけか、インディアンを吊した夜を思い出す。あの夜、ケイレブを殺しておくのだった。なぜ、あの男に脅されたままでいられるのか、自分がわからない。それればかりか、友人のように扱っている。あの屑を。蠅を食うような下司野郎が、インディアンの女に何をしたか……。その場にいなかったのが幸いだ。

それだけじゃない、あいつを止めようともした。

細めた目を通りに向ける。あの夜のことをありありと思い出す。やつらがインディアンと連れの女を連れ去ろうとしたときも、ここに立っていた。先頭に立ったケイレブは、ボウイナイフを手にしていた。

「通せよ、マット」ケイレブは言った。「お前には関係ないことだ。あのインディアンと黒んぼを渡せ」

「できるか」マットは答えた。

デイヴィッド・ウェブが一歩前に出た。見るからに打ちひしがれた様子だ。泣いていた。「あいつは俺の娘を殺したんだ」ウェブがわめいた。「人殺しなんだ。あんたは保安官じゃないか。このマッド・クリークの保安官に選ばれたんだろう。正義が何だか知ってるなら、やつらを俺たちに引き渡してくれ」

マットは拳銃の銃把に手をかけたまま、毅然と立っていた。

ケイレブと目が合ったとき、やつは言った。「お前は人殺しのインディアンと黒んぼを匿(かくま)ってるんだぞ。誰の味方なんだ？　マット、どいてくれ」

彼は道を開けた。

男たちは留置場に入り、壁に掛けてあった鍵で扉を開けると、インディアンとその妻の白黒混血(ムラート)の女を檻房から出した。

二人は荷物のように運び出された。インディアンは羽交い締めにされていたが、マットに顔を向けると、ただ「あんたを忘れない」とだけ言った。

通りに出た一群は、二人を馬車に押し込んで手足を縛り上げた。馭者が馬に声をかけると、馬車は走り出し、男たちは走って後を追った。

ケイレブは残っていた。マットに歩み寄り、足元に鍵束を投げた。「若僧、正義を成したな」

そして、馬車を追って走り去っていった。

縛り首の夜の記憶は遠ざかり、マットは歩道から踏み出し、巡回を始めた。

7

マットは夜の巡回が好きだった。職務の中でいちばん好きだと言っていいほどに。この町は自分のものだ、という気になる。今晩は出歩く人も少ないが、誰かに出会えばかならず会釈をした。誰もが家にいるか、そうでなければモリー・マガイアの店か、酒場の〈デッド・ドッグ〉にいるだろう。酒場に行き、スイングドア越しに中をうかがう。たいして込んでいないし、客たちはみな疲れた顔をしている。

バーテンダーのザックも退屈だろうが、顔には出さない。酔いつぶれてテーブルの下で眠っているやつが一人。この町にたった一人の酒場女(サルーン・ガール)は、カウンターで眠っている客に寄りかかっていた。眠いが店がうるさくて眠れない、と言いたげな顔をしている。テーブル席で気乗りなくカードの勝負をしている男たちもいる。

戸口のマットに気づいて、ザックが入るよう手まねをした。

マットは笑ってかぶりを振ると、酒場を離れた。

通りを歩きながら家々の戸締まりを確かめる。今夜も異状はない。モリー・マガイアの店に向かう路地にさしかかったとき、ふと足が止まった。ゴミ箱の中に何かがいて、出ようとあがいているような音がしたのだ。

あの厄介な野良犬にちがいない。

マットは拳銃を抜いた。今夜こそ引導を渡してやる。路地に踏み込んだ。月の光が射してくる。鍔の広い帽子をかぶった大男の影が立っていた。見覚えのある影だ。

マットの足がすくんだ。

拳銃の撃鉄を引き、影を見据える。

「誰だ？」と呼びかける。「私は保安官だ。答えろ」

返事はない。影はじっとしている。

マットは踏み出した。

声が聞こえた。「あんたを忘れない」本当に声だったのか。風の音のように聞こえた。

風はないのに。

「誰だと聞いているんだ」

影は震え、溶けるように形を変えた。鍔広の帽子をかぶった男の輪郭は消えた。そこにいるのは狼の影だった。

マットは目をしばたたかせ、拳銃を構えたまま後じさりしはじめた。影は膨らみながら近づいてくる。

マットは向きを変え、路地から駆けだした。モリーの店を通り過ぎ、足が止まるまで走った。

ふと、自分のしていることが馬鹿馬鹿しく思えた。

足を止めたが、振り返りはしなかった。何も聞こえない。もし風の他に聞こえるものがあれば、それは自分が想像した音だろう。人間の姿をしたものが狼に変わるなんて、あり得ない。この一年、町じゅうが手を焼いていた大きな犬の影を見ただけだ。何を怖がっているんだ。ケイレブに言われたとおりかもしれない。弱気になっているようだ。

そのとき、背後から足音のような音が聞こえた。

振り向いて、あの野良犬の脳天に弾(たま)をくらわすんだ。

だが、向きを変えることができない。後ろにいるものが怖ろしくて、目を向けられない――ばかでかい野良犬でも、狼でもないことは、もうわかっているのだから。そこにいるのは、まったく別のものだ。

急ぎ足で教会に向かった。

背後の足音は、彼が何をしようとしているかを探るように、一旦は止まったが、そのままついてきた。何かはわからないが、巨大なものだ。息遣いでわかる。

マットは駆けだした。

通りには人ひとりいない。行く先には教会が灯台のようにそびえ、屋根の上に高く掲げられた白い十字架が、路上に十字の黒い影を落としている。

マットは息を切らせながら、追ってくる何かの荒い息遣いを聞き、それが間近に迫り今にも飛びかかってくるような気がして、息を深く吸い足を早めた。心臓が破裂しそうだったが、追ってくるものの熱い息が襟首にかかるように感じ、走り続けた。

帽子が飛んだ。息が上がりだした。教会は目の前だ。

通りの両側から、建物が奇妙な角度でたわみ、のしかかってくるように見えた。普段より暗く、聞こえるものは自分の呼吸と、後を追ってくる何かの息遣いだけだ。

十字架の影に踏み込むと、生温かい風を受けたように感じた。階段を上がって教会の玄関前に立ち、拳銃を構えながら振り返った――が、何もいなかった。

誰もいない通りの真ん中に、彼の帽子が落ちているだけだった。建物には何の変わりもなかった。通りに向かって曲がるはずもなく、まっすぐ立っているし、明かりも灯っている。モリーの店の賑わいや、〈デッド・ドッグ〉で誰かが弾くピアノの音が、遠く聞こえてきた。

マットは教会の玄関扉に寄りかかり、息を整えた。顔のこわばりがほぐれ、笑みが浮かんだ。その場に坐り込み、声をあげて笑った。拳銃をホルスターに戻す。

「何もない」彼は言った。「何もなかったんだ」

だがそのとき、長く無気味な遠吠えが、通りじゅうに響き渡った。マットにはその声が、憎悪に満ちた嗄れた笑い声のように聞こえた。

8

しばらくのち、保安官は用心しつつ教会から離れ、帽子を拾った。帽子をかぶろうとして、彼は悲鳴をあげた。

天辺が咬み裂かれて、今にもちぎれそうになっていたのだ。

帽子を手に、保安官は事務所に逃げ帰った。

9

賭博師は死人にしてはうまく歩いていたが、ミリーもまずまずだった——靴を片方なくしてはいたが。

他の死人どももがんばってはいるが、ミリーほどには歩けない。賭博師は長い脚で大股に歩いていく。

一番乗りを目指すかのように。

空がしらじら明けてくると、賭博師だけを別にして、死人たちの足取りは遅くなってきた。賭博師は足早に歩いていた。

森を抜け、野原を歩くうちに、ミリーは人家を目にした。そこが自分が姉のブエラと暮らしている家で、ブエラが帰ってこない姉の身を案じ、馬車が事故にあったのではないかと思っているとは、気づきもしなかった。今のミリーは爬虫類のように、感覚からくる衝動に動かされていた。

家には明かりが灯っていなかった。静まり返っている。地平線には金髪の幼子が顔を上げたかのように、太陽がのぞいていた。

片足だけ靴を履いた女は地下貯蔵庫の入口に向かった。家に人の気配を感じ、空腹を覚えた。地平線に目をやる。太陽はその頭をさらに上げて、細い金髪のような光が空を下から明るくしはじめていた。

彼女は地下への短い階段を下りると、後ろ手にドアを閉めた。

だが、そこは貯蔵庫ではなかった。地下室はとうに使われておらず、黒ずんだ水がたまっていた。ミリーは気にもとめなかった。太陽の光を怖れ、すぐに食べたいという欲求に追われているだけだった。

彼女はそのままゆっくりと踏み込み、水に沈んでいった。片方だけのモカシンが流れていく。水に沈むと同時に、髪についていた泥や、身を食(は)んでいた蛆どもが離れ、漂っていった。そのまま深く、深く、深く、地下室の床に足がつくまで、暗い水の下に沈んでいった。

夜が明けきる頃、他の死人たちは慌てて立ち止まり、馬車街道沿いに地面の軟らかいところを探した。誰もが一心に、素手で地面に浅い墓を掘りはじめた。

それぞれが穴に身をおさめ、土や木の葉をかぶった。最後に顔を覆い、手を土の下にひっこめた。

だが、賭博師だけはそうはしなかった。仲間たちから離れ、町の表示板の前を通りすぎるところだった。

マッド・クリーク

10

夜明けのほんの少し前に、馬具屋の戸口から南京錠が落ち、スイングドアよろしくドアが開いて揺れた。

冷たい風が吹き込み、ドアは閉まった。南京錠は元の位置に戻った。

第二部　集結

そして聖なる畏れを胸に目を閉じる
彼は神の召す甘露を味わい
楽園の乳を飲んだのだから。

——コールリッジ

第四章

1

寝ぼけ眼（まなこ）を割れた鏡に向けた牧師は、洗面器の水に両手を入れた。手を洗ってから顔を洗い、タオルで拭（ぬぐ）った。

窓に近づき、外に目をやる。

間もなく日が昇る。灰色の空がピンクと赤に引き裂かれていく。

男が一人、通りを歩いてきた。早いが、妙な足取りだ。骨の病気でも持っているのか。男は酒場に着くと、スイングドアを摑んで引いた。ドアには錠がかかっていた。

日は昇りきり、朝の光が通りを流れていく。酒場の前にいる男は朝日を浴びて呻いた。頭と両手の先から煙が上がった。

男はドアの掛け金を力任せに引っぱった。

腕が肩から外れ、袖を残して抜けた。手はまだ掛け金をしっかり摑み、血の気のない白い腕がドアからぶらさがっている。

男は立ったまま、自分の腕をしばらく見ていたが、残っているほうの手でそれをもぎ取ると、上着のポケットにねじ込んだ。ポケットからは肘から指先までが突き出していた。

急ぎ足で、男は通りを歩いた。ドアというドアが開くか確かめた。

だが、とうとう道の真ん中で、うつぶせに倒れた。

牧師は階下に駆け下りた。

2

倒れた男に駆け寄ると、牧師は身を屈めた。男は体から煙を上げていた。上着からはみ出した腕は、縮んだペニスのように萎れ、ポケットに染みを残して路上に落ちた。

そろそろと手を伸ばし、脈を探ろうと首に触れた。

脈拍はない。おかしな感触に気づいた。離した手に目をやる。腐臭を放つ肉が、黴(かび)の生えたものに触れたように、指先についていた。牧師はあわてて地面に手を擦りつけた。

急に肩を摑まれ、彼は驚いた。

牧師は立ち上がりざまに振り向いた。その手は忠実なる相棒、コルト・ネイヴィがおさまっているサッシュベルトに伸びていた。

老人の鼻先を銃口で捉えたとき、そのかたわらにカフェで出会った、妹に似た女性がいるのに、牧師は気づいた。彼女は驚きに目を丸くし、口まで開いていた。

「待ちなさい」老人が言った。「私たちはあなたと同じ、良きサマリア人（びと）だ。この男が倒れるのを見てきたところでね。それにしても、速い銃さばきだな」

牧師は銃を下げた。老人が死体を検分しているあいだ、彼は女性をよく見た。記憶していたよりもさらに美しかった。彼女もまた主が遣わしめたか。

老人に目を向けると、牧師とまったく同じように、死体に触れたあとで手を地面に擦りつけていた。

「ここまでひどい状態は初めて見る」彼は言った。「臭いからして、死後一週間は軽くたっているようだ」

「歩いていましたが」牧師が言った。

「言われるまでもないよ、お若い方。もちろんわかっている。私たちも倒れるところを見たのだから」

死体は崩れ続けていた。さらに煙をあげ、中が空になった服がへたりだした。頭部は肉がほとんどなくなり、頭蓋骨だけがきれいに残っていた。が、それも煙をあげだした。

老人は立ち上がった。「待つように。すぐ戻る」そして、診療所に駆けていった。

「もう遅いのでは」牧師が言ったが、老人は振り向かなかった。

「あの人は医師です」女が言った。

牧師は彼女に向けた目を、診療所に入っていく老人に戻した。

「わたしの父でもあります」

牧師はまた彼女に目を向けたが、「そうですか」としか言えなかった。そのまま、ただじっと見ているだけだった。彼女から目を離すことができなかった。

医師が戻ってきた。手押し車を押してくると、牧師にシャベルを渡した。

「これで何を?」牧師は拳銃をサッシュベルトに戻すと、片手でシャベルを受け取った。

「この男を手押し車に入れてくれ。できるだけ土を混ぜないようにな」医師は言った。

そして、服の襟元から、死者の首のあたりの肉をすくい上げた。頭蓋骨だけは髪も肉もなくしたまま、形を保っていたが、他の部分はもはや原形をとどめてはいなかった。頭蓋骨を囲む水たまりのようになっている。そこにたくさんの蝿が群がるさまは、プディングの上のレーズンのように見えた。

牧師はためらわず、残骸をすくい、手押し車に投げ込んだ。

3

医師は蝿を追い払うと、人体と衣類の残骸を載せた手押し車を診療所に運んでいった。彼の娘と牧師はあとに続いた。

待合室を抜け、短い廊下を渡り、右に曲がる。暗い部屋があった。医師はランプの芯を伸ばし、点火した。その部屋は研究室だった。中央に長いテーブルがある。壁は棚で埋まり中にはガラス容器や試験管の類が並んでいた。容器の中には、さまざまな色の液体を入れたものもあった。壁際のテーブルには、顕微鏡をはじめ多種多様な機材が置かれている。濃紺のカーテンが窓を覆っていた。この部屋の中では昼夜もわからないだろう。

部屋を見渡す牧師に、医師は目を向けた。

「ここにいるのが好きでね」と、彼は言った。「まだ名前を聞いていなかった」

「ジェビダイア・メーサー牧師です。握手できないのはご容赦を」

「私もだ。そこの手洗い鉢で洗うといい。この子は私の娘、アビー。私は医者のピークナー。町では〝先生(ドク)〟としか呼ばれないがね」

「はじめまして」と牧師は挨拶したが、状況を考えると、なんだか馬鹿馬鹿しい。「ドク、このような死体を見たことは?」

ドクはかぶりを振った。

「ハンセン病の可能性は?」アビーが尋ねた。

「いや、それは考えられない……この残骸を見てくれ。死んでから何週間もたっているだろうに、まったくわけがわからん。ここにいる三人ともが、歩いているのを見たんだからな」

「こういう病気だとしたら、私たちにも感染するのでしょうか」牧師が言った。

「わたしは大丈夫」アビーが言った。「触ったのはあなたと父さんだけですから」

「憎まれ口を叩くところをみると、心配しているんだろう」ドクが言った。「手を洗いなさい。消毒しよう」

牧師は従った。アビーは水差しから新しい水を注いでくれた。洗い終えた手をタオルでぬぐうと、ドクが薬液をかけ、乾くまでそのままにしているように言った。

「これでよし」と、ドクは言った。「そこの事務室で休んでいきなさい。コーヒーを出そう。私も、この残骸をテーブルに移してから、御一緒するよ」

「父さん、手伝いは？」アビーが尋ねた。

「一人で大丈夫だ」

アビーは研究室を出て、牧師を事務室に案内し、湯を沸かそうと焜炉に薪を入れた。部屋は暑かったので、彼女はドアを開けて風を通したが、まだ朝も早いというのに、外の空気はさらに暑く、たいして涼しくはならなかった。

コーヒーを淹れているあいだ、落ち着いているようだったアビーの手が、かすかに震えていた。

牧師は尋ねた。

「気づかれちゃった」アビーは言った。「いつも医師の助手らしくしているつもりだけれど」

牧師は手を上げてみせた。彼の指も震えていた。「あなただけではありませんよ」

アビーは笑って答えた。満面の笑みで。

「子供の頃から、死は身近にありました」アビーは言った。「父の仕事が医師ですから、避けられるものではありません。十代の頃にはもう、看護師として父を手伝っていました。母が高熱に倒れたときはそばに付きっきりで、父と共に手を尽くしましたが、助けられませんでした。……いろいろな症例を見てきましたが、あんなのは初めてです」

「私もですよ」

コーヒーがはいり、アビーは机の引き出しからカップを二つ出すと、自分と牧師に注ぎ分けた。カップを受け取ったとき、彼女の香りに腰から下が熱くなり、牧師は我が身を忌々しく思った。

アビーが離れたとき、牧師は失望と安堵を同時に覚えた。

机の角に腰掛け、長いスカートの下で脚を組むアビーの動きは、牧師の目を惹きつけた。彼女はカップを手にとり、一口コーヒーを飲むと、カップごしに牧師を見やった。

「コーヒーがどうかしましたか、牧師さん？」

「失礼。あなたがとても魅力的なので」

「でしょう。町の男は誰でもそう言います。牧師さんなら少しは違うことを言うかと思った」

「口の巧いたちではないもので」

「ごまかさないで。言いたいことがあるんでしょう」

「たぶん。ですが、ここで口にするのは適切ではない」

「もったいぶらないで、牧師さん」

「ジェブと呼んでください」

「ねえ、ジェブ」

「もう行ったほうがよさそうだ」

「コーヒーも飲んでないのに。それに、父は話したいことがあるでしょう」

　牧師はコーヒーに意識を集中させた。「本当に、もうおいとましないと」これは言い訳ではなかった。デイヴィッドに射撃を教えることになっていたのだ。これまでの出来事に気をとられ、忘れるところだった。牧師はアビーにデイヴィッドとの約束について話した。

「それは素敵。わたしも御一緒したいわ。射撃の練習のあとはピクニックにしましょう」アビーは笑顔を向けた。「大人が汗をかいているのを見るのは好きだし、今日は暑くなりそうだから」

　牧師はどう答えたらいいかわからなかった。返事を考える間もなく、ドクが入ってきた。

「コーヒーはまだあるか?」

　アビーは笑顔で応えた。「もちろん」自分のカップを置くと、父のカップにコーヒーを満たした。

ドクは机をまわって自分の椅子に座ると、カップに口をつけた。何か考えている。

「あんなものは見たことがない」ドクは言った。「一度たりともね。あれが病気だとはとても思えない」

「だとしたら、何と?」牧師は問うた。

「わからん」ドクは答えた。「いろいろ考えてはみたが――どれも考えにすぎない」

「どんな考え?」アビーが尋ねた。

「今は言いたくない。我ながら馬鹿げているからな」

「それはないと思うけど」アビーは笑った。

ドクは笑顔で答えた。「本で調べるあいだ、静かにしていてくれ」

「父さん、わたし今、牧師さんとピクニックに行く相談をしていたの――ねえ、牧師さん」

どう答えればいいか牧師にはわからなかった。まだ相談はしていない。アビーが切り出して、彼が返事をする前にドクが入ってきたのだから。だが、アビーの申し出を断ることはできないようだ。主が彼女を遣わした、というよりは、投げつけてよこしたかのようだ。だとしたら、なおさら逃れるわけにはいかない。それに、あまりに長く一人だけで過ごしてきた。今はデイヴィッドやアビーとともに過ごす時間が必要なのだろう。

「ええ」牧師は答えた。「良い御提案かと思います」

「それはいいな」ドクが言った。

「牧師さんには帰りに寄ってコーヒーを飲んでいってもらうわ」と、アビー。「そのときに、調べてわかったことを話してあげて」

ドクは目を上げて、娘に笑いかけた。「何もわからないかもしれんが」と言うと、牧師に顔を向けた。「お立ち寄りいただけるとありがたいな、牧師さん。町の住人でない人と話したいんだ。連中とは始終話しているが、この時期はトウモロコシもろくにとれないから、話題といえば天気のことばかりだ。それも、一言で済んでしまう――『暑いね』と。相手が変われば新しい話もできるというものだ」

「できそうですね」牧師は答えた。「ご招待に感謝します。でも、お言葉に甘えてよいものかどうか。ピクニックにお誘いいただくことで、アビーさんのお仕事の邪魔になりませんか」

「心配ないわ」アビーが答えた。「今日は仕事はしませんから」

「いいんですか」

「いいの」と彼女は言うと、ドクにウインクした。「老先生はわたしをずっとこき使っているから」

「では、子供と約束があるので」と牧師は言うと、デイヴィッドとテントの支柱のことをドクに話した。

「誰にも言っていることだけれど、子供は待たせないように」アビーが言った。「ピクニックの仕度をします。その前に、玄関までご案内しないと」

4

アビーは牧師を通りまで連れていった。

「帰りにコーヒーを飲んでいってね」

「その頃には私にうんざりしているかもしれませんよ」牧師は答えた。

「まさか」

牧師はアビーにただ心惹かれるだけではなく、共にいる心地よさを感じはじめていた。笑いさえしている。何年も笑うことはなかったのに。だからか、今は顔が痛む。

二人は通りを見やった。ホテルの前に馬車が停まっている。デイヴィッドが馭者台からこちらを見ていた。驚いている様子だ。

「お弁当を持ってくるわ」アビーは牧師の腕に触れると、診療所の脇の路地に入っていった。

牧師は馬車に歩み寄り、デイヴィッドを見上げた。

「あの人も一緒かい?」デイヴィッドが言った。

「お前がかまわないならな」

「おれがどう答えても、聞いてはもらえないだろうな」

牧師はちょっと考えた。「仲良くできないようだったら、射撃の標的になってもらうさ」

こらえきれず、デイヴィッドは笑いだした。

5

アビーがバスケットを持ってきて馬車に積み込む頃には、デイヴィッドの笑いはおさまっていた。アビーを嫌いになれる者はいないだろう。彼女がそばにいると警戒心は消え失せるし、気持ちが明るくなる。牧師にもデイヴィッドにもないものを持っている。二人の悲観的な魂にとって、彼女が一緒にいることは良いはたらきをした。御者台を代わって馬車を走らせだしたとき、もし妻と息子がいて、共に出かけるとしたらこんな感じなのだろうか、という思いが、何度も牧師の胸に浮かんだ。

心地よさと落ち着きの悪さを、彼は同時に感じていた。

街道を三、四マイル行き、道端に馬車を停めた。牧師は木立を見やった。

「斧は研いできたか？」

デイヴィッドは言った。「二本持ってきたよ。一本は牧師さん、もう一本はおれのだ」

「よし」牧師は言った。「手本を見せてやる」

「ちゃんとできるのかい？」デイヴィッドが言った。

「何言ってるの」アビーが笑った。


牧師とデイヴィッドが木を切り、皮を剥ぎ、積み込むうちに、正午になった。アビーは日陰で小説を読み、ときどき声をあげて笑っていた。

昼食どきには地面にチェックの毛布を敷き、アビーがバスケットを開いた。三人はフライドチキンと自家製のパンを食べた。水差しのお茶は氷がすっかり解けていた。どれもおいしかった。

物事がうまく運んでいくのに牧師は驚いていた。アビーとは話がはずんだ。たとえば本の話だ。二人とも本をよく読んでいた。アビーが好んで読むのは大衆小説だったが、牧師はその話題を楽しんだ。デイヴィッドは本を読んではいなかったが、彼ともよく話した。この少年は頭の回転が速く、町の噂話は漏らさず覚えているので、アビーは彼から情報を得るよう牧師に勧めた。

なんとも楽しいひとときで、この三人でずっと過ごしていたいと、牧師は願った。だが、それを強く望んではいけない、とも思った。これまで生きてきて望んだものはみな、手にするや塵のようにはかなく消えてきたからだ。自分がヨナのように不運を招き、手にしたものをだいなしにし、出会った人々を不幸にするだろうと思っていた。もし願いが叶えば、すぐ悪いことになる、と。

他者を救済し、幸福をもたらすために働く者としては、呪いをかけられたようなものだった。自分が井戸から汲んだ水を、自分が味わったことはない。汲んだあと長居をすれば、水を汚すことになる。間違いなく。

「さあ」デイヴィッドが口を切った。「射撃の練習をはじめようよ」

「急ぐことはない」牧師は言った。

「撃ってみたいんだ」

「正当な理由だな。もう一杯お茶を飲んだら、はじめよう」

6

牧師とアビーとデイヴィッドが楽しく過ごしていたとき、モリー・マガイアのカフェの料理人セシルは、古い油を捨てに裏口を出て、木製の大きなゴミ箱から突き出した、ぴかぴかの靴を履いた一対の足を見た。

彼は油の缶を置き、ゴミ箱をのぞきこんだ。中に入れたはずのゴミはみな路地にぶちまけられていた。中に収まっていたのは男が一人と、黄褐色の巨犬——ここ一年ほど町を荒らしていた野良犬だ。

セシルの身長は六フィートを超え、体重も二百ポンドはある。彼は海軍時代に錨（いかり）の刺青を入れた太い腕を伸ばすと、足を掴んで引っぱった。死体は上がらない。頭から流れた血が固まり、ゴミ箱の底に張りついているのだろう。おまけに、死んだ犬がのしかかっている。

セシルは足を握り直し、気合いとともに引き上げた。

髪の毛と頭皮をゴミ箱の底に残して、死体は抜けた。

セシルは死体を路地に投げ出した。首がぶらぶらしているほかは、全身が硬直している。口からは、革砥のように黒くなった舌が長く突き出していた。

「誰かと思ったら、あんたか」死体を見下ろして、セシルは言った。「おはよう、銀行員——ついてなかったな」

これは去年、セシルの農地を抵当で取り上げたときに、ネイトが言った言葉だった。「破産とはついてなかったな。私は自分の仕事をするだけだ」

「だいぶ見栄えがよくなったな」セシルは言った。「これまでで一番ってくらいだぜ、屁こき野郎」

股間にむずがゆさを覚え、セシルはズボンの前を掻くと、あらためてゴミ箱を覗き込んだ。犬の様子がよく見えた。ボールみたいに丸められている。鼻面は潰れて頭にめり込み、両眼は飛び出して昆虫の触角のようだ。犬もネイトもひどい腐臭を発していた。

セシルは白いシャツのポケットから葉巻を出し——仕事中にふかしたら、うっかりチリソースに灰を落としかねない――火をつけた。普段は仕事が一段落した夕方に一服するのだが、彼はこの出来事を祝いたかった。ろくでなしの駄犬にゴミ箱をひっくり返されることはもうないし、町の名士にして飲んだくれの馬鹿野郎、彼の農地を抵当に取り上げたわが友ネイト・フォスターは死んだ。
セシルは厨房に戻ると、料理用のシェリーを一杯ひっかけてから、ケイレブと昼食に来ていた保安官に知らせるため、客席に向かった。

7

犬の死体はゴミ箱に入れたままにし、保安官とケイレブは葬儀屋にネイトを運びこむと、ドクを呼びにいった。

ドクは来たものの、ネイトにはもう打つ手はなかった。保安官と、葬儀屋のスティーヴ・メーツ、それにケイレブは、ただ死体を囲んで立っているだけだった。

「死んじまってますかね、先生（ドク）」メーツが言った。

「息を止めてるだけってこともないだろう。舌を見りゃわかる」と、ケイレブ。

「まったく、なんてこった」マットはそう言いながら安置所を出ていった。

「おやおや」ケイレブが言った。「保安官どのはご気分がよろしくないようで」

ドクは相手にしなかった。身をかがめてネイトの顔を見る。左目に這っている蟻を払いのけた。

頭を摑み、向きを変えてみる。

「首が折れていそうだな」ケイレブが言った。

「ああ、折れている」ドクは首にある内出血と、その真下に開いた傷に目を向けた。

「犬に咬まれたか」メーツが言った。

「そのとおり」と、ケイレブ。「そしてフォスターは犬の鼻面を陥没させ、丸めてゴミ箱に放り込むと、自分も頭から飛びこんで首を折った、というわけさ」

「そうか」とメーツ。「そのとき咬まれたのかもな」

「二人とも静かにしてくれ」ドクが言った。「気が散る。犬に咬まれたのは死んだあとかもしれん」

「すると、首を折ったのは？」と、メーツ。

「よほど体格のいい、力のあるやつだろう」と、ドク。「もっとも、そこまで大きいやつもあまりいないだろうし、犬の様子を見るかぎり、とんでもない馬鹿力の持ち主だ。おまけに、人の首の折り方を知っている」

「素手で拳闘するでかい黒人を見たことがある。あいつならできるだろう」と、ケイレブ。「たやすくな」

「近所に住んでるのか」ドクが言った。

ケイレブは笑った。「見たのはカンザス・シティだったね」

「マットの仕事を減らしてやりたかったんだがな」と、ドク。「ケイレブ、屁は外で放ってくれ。臭くてかなわん」

ケイレブは帽子に手をかけ、大仰に一礼して笑った。「お気遣い恐縮です、ドク。忘れませんよ」

「お前さんに神の御加護を」

ケイレブが出ていくと、メーツが言った。「あいつを怒らせるとろくなことになりませんよ。些細なことを根に持って、仕返ししたがる」

「ケイレブなんぞどうでもいい」

ドクは首の傷をさらに検分した。「問題はこの傷だ。気がふれたやつがつけたのかもな」

「人間が、ですか」

「メーツ、狂犬病にかかったやつを見たことがあるか？」

「ありません」

「ひどいもんだよ。あの病気は脳をだめにする。まず光に堪えられなくなり、ひどい喉の渇きを覚えるようになる。犬みたいに相手に嚙みつく。そうなると手もつけられない——十人がかりでも抑えられなくなる」

「ネイトはそんなやつに嚙まれたんですか」

「そういう話じゃない。ただ、この傷は犬に咬まれたものじゃない。もちろん、人間の歯ではこんな傷はつかないが。私は考えていることを口に出すたちでね」

「人間でも動物でもないとしたら、咬んだのは何ですかね」

「歯のある植物かもな」ドクは笑った。

「やっぱり、犬に咬まれたんだと思いますよ」メーツが言った。

「ケイレブもそう言っていたな。だが、そうしたら、犬を叩き潰してネイトともどもゴミ箱に投げ込んだのは何者か。そんなまねができるような、とんでもない馬鹿力の持ち主がネイトも犬も殺したのか。ネイトの首を折ったうえで、嚙みつくようなやつがね。たぶんそいつは、狂犬病に感染している」

「本気でそう思ってるんですか？」

「思いついたことを口にしただけだ。死亡診断書を書くよ。死因は首の骨折と、失血。原因は不明」

ドクは帽子をかぶり、出ていった。

8

デイヴィッドは牧師に言われたとおりにした。短い枝を何本か持って街道を横切り、木立に入った。枝を深さ二インチほど地面に差し込み、地上に三インチほど出るようにした。

牧師が立っているところから、街道を挟んで枝を差した木立までの距離は、拳銃の狙いをつけるにはそこそこの距離になった——まして、日陰の小さな標的を狙うには。

デイヴィッドは準備を済ませると、拳銃を手にした牧師のところに戻った。彼は牧師の脇に立ち、街道越しに木立を透かし見た。枝を見つけるのに少し時間がかかった。

「見えるかい？」

「年寄りじゃないぞ」

「弾はある？」

牧師はデイヴィッドを見下ろした。「十分すぎるほどな」上着のポケットから銃弾の箱を二つ出して見せた。「軍の小部隊が使うくらいはあるが、そんなには撃たないだろう」

「しゃべってるだけじゃ弾は飛ばないわ」バスケットと毛布を馬車に積み終えたアビーが声をかけた。

「的確だな」牧師は彼女に笑いかけた。信じられない。こんなに楽しい思いをするのは何年ぶりだろう。

牧師は努力してアビーから目を離した。両手を後ろで組んで立ち、目を輝かせてこちらを見るその姿は、実に美しかった。

「よし」牧師は言った。「これは一八六一年型のコルト・ネイヴィ、三六口径のリヴォルヴァーだ。型は旧いが、今の弾が撃てるように改造してある」

「新しいのを買えばいいのに。父ちゃんは四五口径のがいいって言ってた」

「私はこれをずっと使ってきた。手になじんでいる。銃の善し悪しは口径では決められない。自分の手に合う銃がいちばんいいんだ」

牧師はゆっくり撃鉄を起こし、構えると、撃った。

枝が一本吹き飛んだ。

さらに同じことを五回繰り返し、残り五本の棒も消えた。

「すごいや」と、デイヴィッド。「でも、ゆっくりだね」

「教える約束をしたのは射撃だ。早撃ちじゃない」

「早撃ちも教えておくれよ」

「枝を立てにいってこい」

デイヴィッドは従った。彼が枝を立てているあいだ、アビーと牧師は黙って、ただ見つめあっていた。何も言う必要はなく、静けさは心地よかった。

デイヴィッドが戻ってきた。「おれの番だよね」

「まあ待て」牧師は拳銃に弾丸を込めると、サッシュベルトに戻した。

そして、銃を抜いた。そこまではデイヴィッドにも見えた。牧師の手が震えたように見えたが、その一瞬のうちに銃を構え、照準を合わせ、撃鉄を起こし、銃声とともに一本目の枝が飛び、銃火と硝煙がさらに続いた。立てたばかりの枝はもうなかった。

「すげえ（ゴッド）！」デイヴィッドが言った。

「言葉には気をつけなさい。主は私たちのように、射撃が巧いだけでは御心を動かされはしない」

「びっくりしたよ。ワイルド・ビル・ヒコック（一八三七―七六 開拓時代のガンマン）みたいだ」

「私の方が上だろうな」牧師は真顔で答えた。

「撃ってもいいかい？　やってみたいよ」

「早撃ちはまだ無理だ。撃つだけだぞ」

デイヴィッドはうなずき、牧師は弾丸を込めた。「ホルスターを使わないのかい？　早撃ちには要るんじゃないの？」デイヴィッドは尋ねた。

「小説の中だけのことだ。ヒコックもサッシュベルトを使っている。あとは照準器をこんなふうに削り落としてしまえば」牧師は銃を見せた。「引っかかる心配もない。ホルスターは銃を抑えつける。サッシュベルトか、お前が今しているベルトのほうがずっといい。さあ、枝を立ててこい」

デイヴィッドは走っていくと、新たに枝を立てた。今回はたくさんの枝を一摑みにし、一列に並べて立てた。そのあとで数えた。十一本だ。

そして、牧師のもとに駆け戻った。

牧師は拳銃を手渡した。「準備ができたら、しっかり握って、銃身が自分の指だと思って構えろ。狙おうとするな。自分の指先を枝に向けると思えばいい。自然に狙いがつくようになる。引き金はそっと引け」

デイヴィッドは拳銃を構え、撃鉄を上げ、発砲した。枝からは大きく逸れた。弾丸は街道の縁にめり込んだ。

「狙おうとしすぎたな。銃と一体になれ。体の一部、鉄の指だと思えばいい」

「ベルトに差して、抜いて撃ってみてもいいかな」

「男らしさを失う覚悟はあるか」

デイヴィッドはちょっと考えた。「ちんぽこを吹っ飛ばすかもって？」

「そういうことだ」

アビーが笑った。

「御婦人の前で失礼を」デイヴィッドが言った。「うっかりしてた」

「気にしないで」アビーが答えた。

デイヴィッドは道の向こうに拳銃を向け、撃鉄を起こし、引き金を引いた。弾倉が空になるまで撃った。枝には当たらなかったが、撃つたびに着弾は近づいていった。

彼は空になった拳銃を牧師に返した。「当たらない」

「時間と忍耐が必要だ」牧師は言った。「何度も撃つあいだに、銃の重さに慣れるし、腕に筋肉もついてくる。そうなったら、銃はもう腕の一部だ」拳銃を差し上げて見せた。「弾を打ち出すのが銃身でなく、自分の体のように思えてくる」

牧師はまた弾丸を込めると、拳銃をサッシュベルトに差した。デイヴィッドに教えてはいるが、そのさまをアビーに見せている自分に、彼は気づいた。

彼は左手で拳銃を抜くと、撃鉄を上げて連射した。六本の枝が消えた。

「うわっ！　ワイルド・ビル・ヒコックより巧いや」

「さっきも言ったぞ」

またも装填し、サッシュベルトに戻す。今度は右手で撃つと左手に投げ、手を交互に替えながら連射して六本を倒した。

合わせて十二射。左手で六連射、手を交互に替えながらさらに六連射し、一弾も外していない。

アビーが拍手した。

「ありがとうございます」牧師は一礼した。そして、デイヴィッドに言った。「弾がどんなふうに地面を削ったか、見てみるといい」

デイヴィッドは街道を横切り、走った。

十二本の枝が地面に倒れている。

十二本?

自分が立てたのは十一本だ。ちゃんと覚えている。

牧師が狙いを外さなかったのはまちがいない。デイヴィッドは自分が立てた覚えのない一本を見つけ、それが枝ではないと気づいた。

砂を払い落とし、それが何であるかを見てとった彼は叫んだ。「牧師さん、早く!」

9

牧師は拳銃をベルトに納めると、足早に木立の中の道を進んだ。アビーも続いた。

近づくと、デイヴィッドは屈み込んで棒を見つめていた。

いや、棒ではない。

腐敗が進み、付け根から断ち切られた人間の指だ。

牧師は地面を掘ってみた。手首が出てきた。

彼は掘り続けた。

すぐに、眼帯をつけた厳(いか)つい顔が、土まみれになって現れた。掘るうちに眼帯が外れ、土でふさがった眼窩から蚯蚓(みみず)が這い出した。

「ビル・ノーランだ！」デイヴィッドが言った。「行方不明になっていた、駅馬車の駆者だよ」

牧師は死体を掘り出した。


死体をすっかり土の下から出すと、牧師は言った。「デイヴィッド、馬車から毛布を持ってきてくれ」

デイヴィッドは走っていった。

アビーは牧師のかたわらに屈んだ。死臭が漂う。「今日はよく死体を見つける日ね。死因は何だと思う？」

「わからない。誰かが隠そうとしたようだが」

デイヴィッドが毛布を持ってきた。牧師はノーランの脇に毛布を広げると、デイヴィッドの手を借りて死体をその上に置き、上に覆い掛けた。

二人は死体を運び、テントのポール用に切った木の上に置いた。牧師はデイヴィッドをその脇に座らせ、アビーを隣に乗せると、マッド・クリークに向かう道に馬車を走らせた。死体の片手がずり落ちて毛布からはみ出し、日光の直射を受けた。かすかに煙が昇った。手はゆっくりとした動きで毛布の下に戻った。

気づいた者はいなかった。

10

三人はノーランを葬儀屋に運び、ドクを呼び出した。

「また会えたな」ドクは牧師に言った。牧師は黙ってうなずいた。

「手伝いは？」アビーが尋ねた。

「一人で大丈夫だ。デイヴィッドと牧師さんを頼む」

そう言うと、ドクは奥に入っていった。彼はメーツと死体の検分にとりかかった。銀行員の死体は裸にされ、洗ったうえで浴槽で氷漬けになっている。

ドクはそちらにちらりと見ると、メーツに目を戻した。

「腐らないようにね。明日も遅くにならないと葬式ができないもんで。人を集めるのに一苦労ですよ。無料(ただ)ってわけにはいきませんし」

「金は本人に出してもらおう」ドクが言った。

ドクはノーランの死体を調べた。手首は砕け、首には咬まれたような傷があった。彼は眉をひそめた。

「ネイトの首にあったのとそっくりじゃないですか」メーツが言った。

「たぶんな」

ドクは死体の衣服を脱がした。作業を終えると、手洗い鉢で手を洗い、ハンカチで拭った。

「ところで」と、メーツ。「死因は？」

「失血だ」

「その首の傷から？　深くは見えますが、そんなに血が出たとは」

「他には考えられん」ドクは上着を着ると出ていった。メーツはノーランを見下ろし、親しみを込めて手を触れた。

「ドクも歳だな」彼はひとりごちた。


メーツは床からノーランの衣服を拾い上げ、金目のものがないか探した。ネイトからは指輪と一ドル銀貨をもらった。財布もだ。中身はないが、いい財布だった。ネイトをここに運び込む前に、ケイレブが中身を取ったのだろう、と彼は思った。

損も得もほどほどでいい。

メーツは仕事に取りかかった。

11

外に出ると、ドクは言った。「死んだ者を調べたあとで言うことでもないが、腹が減ったよ。帰って何か食べよう。デイヴィッドも来なさい」

「ドク、おれ、もう帰らないと。人手がいるって父ちゃんが言ってたから。牧師さん、支柱は店であずかっておくよ」

「親父さんに怒られないか」牧師が言った。

「あずかり賃を取ると言っておくよ」

「さすがだな。頼んだぞ」

デイヴィッドは外に駆け出そうとしたが、立ち止まり、振り返った。「牧師さん、ちょっといいかな」

牧師は彼について外に出た。

「言いたかっただけなんだけど」デイヴィッドは口ごもった。「楽しかったよ」

「私もだ」

「アビーさんも楽しそうだった。逃がすんじゃないぜ」

「魚みたいに言うな」

「でも、わかるだろ」

「まあな。だが、あの人の気持ちひとつだ」

「射撃を教えてくれてありがとう」

「また来るといい。アビーを撃たずにすんでよかったよな」

デイヴィッドは笑った。「アビーさんだったら、おれも外さなかったろうさ。枝じゃ細すぎる」

「そこが大事なところだ」

二人は握手をした。

デイヴィッドは御者台に乗り、馬に合図をすると、馬具屋に向かい馬車を走らせた。

12

ドクとアビーの家は、診療所とは奥の通路でつながっていた。質素だが居心地のよい住まいだった。アビーがポーク・アンド・ビーンズとトルティーヤに、コーヒーも用意した。食事のあと、三人はドクの書斎に移った。葉巻の匂いのする部屋で、書棚には本がぎっしりと並んでいる。書斎は診療所の事務室につながっていた。

三人はドクの机を囲んで座り、ドクが口を切った。「人に話すか、話さないでおくか、一日じゅう考え、本で調べもしたが、結局は話すことにしたよ。牧師さん、きみは神に仕える立場で、不滅の魂のそばにいる人だから、ぜひ聞いてほしい。カルホーンに話そうかと思ったが、あいつにはわかるまい。だから、この三人のあいだだけにしておく。娘はとうに私の頭がおかしいと思っているが、ずっと一緒に暮らしているしな。それに牧師さん、きみは他の連中とは違う。神に仕えるだけでなく、現実をしっかり見ているからね」ドクの目は牧師の銃に向いていた。今、私が必要としている相手は、人の魂についても、私たちを取り巻く現実についても、ちゃんと理解している人なんだよ。牧師さん、死人が歩くと思うかね」

「何ですって?」アビーが言った。

ドクは娘には答えなかった。牧師にまっすぐ目を向けている。驚きはしたが、牧師は言った。「私たちが生きるこの世界では、ありません」

「真面目な質問だ」ドクは言った。

「あなたがおっしゃりたいのは……わかりました。死者が歩くことはありえます。ごく特殊な状況においては。死後数日ののちに立って歩いたラザロがいます。彼はすでに埋葬されていました」

（新約聖書「ヨハネによる福音書」第十一章）

「今、話したいのは、死から甦った者ではなく、生ける死人のことだ」

「父さん」アビーが言った。「気は確か?」

「確かではないかもな」

「お話ししておられるのは、不死者（ノスフェラトゥ）のことでしょうか」と、牧師。「あるいは屍食鬼（グール）か、ゾンビでしょうか」

「すでにご存じとみえるな」

「少しですが。民間伝承の本を一、二冊読んだくらいです」

「よし。説明は省こう。今朝、通りに現れた男だ。あいつは倒れるよりずっと前に死んでいた」

沈黙が重くのしかかった。

「父さん」アビーが言った。「そんなこと、ありえない」

「午後いっぱい、自分にそう言い聞かせていたよ。死体を――と言っても、その断片をだが――検鏡したり、あれこれ検査してみたりしながら。だが、結局あれは、とうに死んで腐った人体でしかなかった。あの男はまちがいなく死んでいたし、その体は太陽熱で腐敗が進んでいたんだ。内臓も調べたが、まちがいなかった」

「すでに死んでいた。腐敗が進んでいた。ドク、正直なところ、私には理解できません」

「牧師さん、私は正気な医者だ。あの男は倒れるよりずっと前に死んでいた。太陽がアイスクリームを融かすように、死体の腐敗を早めていた。そういう病気だとは、とても考えられない」

「新発見かも」アビーが言った。

「死んでなおかつ歩きまわる病気だとすれば、そう言えるかもしれん。二人とも口を挟まずに聞いてくれ。牧師さん、私が考えていることはお見通しだろう。目を見ればわかる。この夏場に冬の風が吹き込むように、この町におかしなことが起きている。きみもそう考えているんじゃないのか」

「お見通しでしたか」牧師は言った。「この町には何かある、と気づいていましたし、私がここに来たのにも理由があると思っていました。自分の役割はわかりませんが、主の思し召しでここに導かれたのだ、と。それにしても、生ける死人——あるいは屍食鬼(グール)か吸血鬼か、とは」

「このマッド・クリークについて話すことにしよう。牧師さん、この町は呪われていて、そのせいで虫が食ったトマトが腐るみたいに、住人はみな死んでしまうんじゃないかと、私は怖れているんだ。だから、牧師さん、私はきみを見たとき、来るべくして来た人だ、と悟った——なぜかはわからないが。シチューの仕上げに鍋に振る唐辛子のようにね。インディアンと、その連れ合いの女に惨いまねをしたばかりに、この町は腐りだしているんだ」

「父さん」アビーが言った。「その話はしないで」

「そういうわけにはいかない。まず聞いてくれ。最後まで話を聞いて、頭のおかしい老いぼれの戯言(たわごと)だと思ったら、出ていってくれればいい。気にするな。牧師さん、この町を去るなら、止めはしない。むしろ当然だ。私が正気か、そうでないかは、話のあとで考えてくれ。私の頭に詰まっているのが堆肥だと思ったなら、そう言ってくれ——自分でもそのほうがいいと思うくらいだからな」

ドクは机の引き出しからウィスキーのボトルと、小さなグラスを三つ取り出した。アビーと牧師は断った。ドクはうなずき、自分のグラスにだけ酒を満たした。「飲まずにできる話じゃないからな」と言い、彼は語りはじめた。

第五章

医師の物語

ひと月ばかり前、その馬車が町に来た。派手な塗装をした馬車だった。側面には赤、黄色、青、緑と鮮やかに、蛇の絵が描かれていた。車体に黒々と書いてあるのは「薬種馬車」の文字だ。御者台にいたのはインディアンの男だった。黒人の血も混じっていたかもしれない。まあ、よくはわからんがね。これまでに見たこともない男だった。おそろしく肩幅が広くて、背の高さも七フィート近くあったよ。

その男には連れがいた。黒人の女だった。肌の色は薄いほうだった。きれいな女だったよ。インディアンも黒人も、この町では歓迎されない。だが、町は今よりも活気があったし、みな二人に興味を持った。そうでなければ、立ち寄りもさせなかったことだろう。

黒人女は手相見だの占いだのをした。インディアンは薬を調合した。伝承に則（のっと）った薬だった。金を稼ぎたければ人が欲しがるものを売れ、と昔から言うだろう。二人は他愛のないものも売っていた。

恋わずらいの薬とか、縁結びのお守りとかね。くだらないが罪もないものさ。だが、主に売っていたのは薬で、それもよく売れた。なぜかわかるかな。たぶん、わからないと思う。砂糖と酢をアルコールで溶いたような偽薬じゃなかったんだ。ちゃんと効果のある薬だったからだよ。

私は面白くなかった。そう思ったのを恥じてはいない。私は経験を積んだ医者だ。田舎の町医者だが、自分の仕事に誇りを持っている。インディアンの薬売りにできる治療など自分にはたやすくできる。そう信じていたんだ。

ジェイムスンのばあさんには長年の患いがあった。両手ともひどい関節炎で、指が伸ばせなくなっていてね。関節が腫れあがるほどの炎症を起こしていた。ひどいときには皮膚にひび割れができるほどだった。私は知るかぎりの治療法をすべて試してみたが、痛みを多少やわらげるくらいにしかならなかったよ。痛みが治まっているあいだに、なんとか次に打つ手を見つけたかった。だが、痛みのやつは待ってはくれない。かわいそうに、ばあさんの両手はほとんど握ったままになってしまった。鳥の足先みたいだったよ。

そんな折、最近やってきたインディアンの調合する薬が、顔の疣（いぼ）を取ったり咳を止めたりする、と聞いたばあさんは、出向いて軟膏を処方してもらった。たしかにインディアンの薬の効果は、私も傍目に見ていたし、内心は驚いていたものだった。が、このときはもう、驚くなんてものじゃない、奇蹟を目のあたりにしたかと思うほどだったよ。手に軟膏を塗ると、すぐに痛みが治まった。ばあさんときたら、わざわざ軟膏を見せにここまで来たよ。効き目に喜んだばかりじゃない、私に藪医者ぶりを思い知らせたかったんだと思う。そのときは、何も言えなかったね。軟膏の効きめは、関節炎を治すだけじゃなかった。使いはじめて一週間で、ばあさんの両手は二十歳の娘のようにまでなったんだ。もし、ここでアビーの手と並べてみたとしたら、あのばあさんの手のほうがきれいに見えるくらいにね。

話が長くなるから、例を挙げるのはこれだけにしておくが、インディアンと黒人女は聖者のように祭り上げられ、町の連中も次第に、肌の色をあまり気にしなくなってきた。白人でない者は誰であろうと忌み嫌うケイレブ一人を残してね。おまけに、やつは病気ひとつしたことがない。昔から「馬鹿は風邪をひかない」と言うとおりに。

こんなふうに、町の連中の目にはインディアンと黒人女の肌の色は日を追って薄れていき、二人は馬車を駐めた町外れに居着くようになった。

そうなると、具合が悪くなったらまず馬車に行け、とばかりになって、こっちはあがったりというわけさ。私にまわってくる患者といえば、指にささった刺を抜くくらいなもので、町の連中はインディアンを頼りにするようになった。腹が立ったよ。この小さな町に住んで、産まれる赤ん坊を取り上げ、迎えの来た年寄りを看取り、ずっと住人たちの病気を診てきて、自分がひとかどの医者だと思い上がっていたのかもしれないがな。

私は二人と話したくて、馬車まで出向いた。町の人たちに代わって礼を言いたかった、というのは嘘じゃないが、インディアンはこっちの魂胆をあっさり見抜いたよ。自分たちのしていることに私が興味を持っているだけでなく、あわよくば治療法を盗もうとしているんだとね。たしかに、それは認めよう。

インディアンは笑顔で迎えたが、その目はすでに腹の底まで見て取ったかのようで、私は自分が愚か者だと思わずにはいられなかったね。おまけに、アビーの前ではちょっと恥ずかしいんだが、私は連れの黒人女から目が離せなくなってしまった。ただきれいだというだけじゃない、これまでに出会ったことのない女だったんだ。背が高く、クリームを入れたコーヒーの色をした肌は滑らかで、髪はインディアンがしているような三つ編みにまとめていた。そして、あんなに青い目を見たのは初めてだった。その目を向けられて、動けなくなってしまったよ。きれいな女だった――アビー、許してくれ――この私でさえ、年甲斐もなく心が騒いでしまうほどにな。

私はうろたえた。母さんにすまないと思ったよ、アビー。すぐに立ち去って、馬車にはもう二度と足を向けなかった。インディアンに魂胆を見抜かれたうえ、さらに見下されたくはなかった。それに、けっして自分のものにはなり得ない、あの美しい黒人女には、もう会いたくなかったのだ。

その夜はあの女の夢を見た。どんな夢かは想像がつくだろう。私はすっかり心を奪われていた――すまんな、アビー、でも話してしまいたいんだ――彼女に抱きしめられたまま、心臓が停まってしまい、という夢だった。汗だくで目を覚ましたあとは、母さんに申し訳ない気持ちしかなかったよ。神よ、亡きわが妻の魂に御加護を。

こんな話をしたのも、あの二人連れの印象がどれだけ強かったか、知ってもらいたいからだ。

二人が来て一週間ほどたった頃、雨が降りだした。季節外れの大雨が何日も続いた。はじめのうちは誰もが歓迎していた。畑は乾いて水を必要としていたし、おかげで夜は涼しくもなった。だが、ほどなくして状況はひどいものになった。雨は止まず、道はぬかるみ、人々は体調を崩しはじめて、インディアンに助けを求めた——薬を売ってくれ、とね。そのとき、ウェブの娘も病気になったんだ。

知らせを受けたときのことを忘れはしないよ。私は診療所にいなかった。鉄砲玉を抜いてくれ、というやつも来ないから、アビーに留守番をさせて、酒場で一杯ひっかけていたんだ。酒場でつぶす時間が長くなっていた。それまでよりもずっとね。これまでは黒い鞄を持った、ちょっとした神様みたいだった自分が、異教徒の薬ほどの役にも立たない、能なしの年寄りになってしまったように思っていた。ばかばかしく聞こえるかもしれないが、壁に掛けた散弾銃(ショットガン)を取って、銃口を顎の下に当て、足の指で引き金を引こうと思ったことは、一度や二度じゃない。自分が役に立たなくなったと思うと、年寄りならばなおさら、落ち着いて考えたり、他の道を探そうとしたりはできなくなって、おしまいにしてしまえばいい、と捨て鉢になるものだ。

だが、私には踏みとどまる良識があったし、なによりアビーを置いていくわけにはいかなかった。加えて、いずれ潮目が変わって町の連中が私の方に戻り、またあの神様もどきの立場にまつりあげられるだろう、という気もしていたからな。

バーで飲んでいるときに現れたデイヴィッド・ウェブは、なんとも惨めな姿をしていた。雨の跳ねで泥だらけになって、顔はすっかりやつれていた。今にも倒れそうな様子だった。

酒を飲んでいても医者は医者だ。私は席を立つと、具合が悪そうだな、とウェブに声をかけた。やつは答えた。ここ数日、娘のグレンダにつきっきりで寝ないで看病しているが、良くなる気配もない、とね。

診療所に連れてきなさい、と私が言うと、ウェブの顔つきが変わった。蹴飛ばされた犬がポーチの下に隠れたときにするような顔だった。

「でも、ドク」とウェブは答えた。「インディアンのほうがいいと思ったもので」そう言うと、知り合いがいないかとテーブル席のほうに行った。私はあらためて、一人気楽に酒を飲んだ。

その夜、真夜中過ぎだったが、ドアを叩く音がするので起きていくと、ウェブがかみさんと立っていた。やつが抱きかかえているブレンダは、腕にかかった布巾みたいに見えた。死んだ人は見慣れているから、この子がついさっき死んだところなのは一目でわかったが、まずは二人を中に通した。打つ手はないかと診てはみたが、もちろん手遅れだった。ウェブが泣く声は今も耳に残っているよ。

娘の肺の具合が悪くなったので――肺炎だとはすぐにわかったよ――彼はインディアンのところに連れていったそうだ。インディアンに薬を処方してもらったが、娘は死にそうだ。そこであわてて診療所に連れてきたという。女の子は死んでから二時間ほどしかたっていないようだった。家からここに来るまでのあいだに死んでしまったのだろう。

わかりやすく説明したが、それを聞いてウェブは怒り狂った。酒場に行って、酔った客たちに娘の死を語ると、連中はみなカッとなった。ケイレブがすかさず、肌の色が濃いやつらは腹黒いなどと煽りたて、酔っぱらいたちを暴徒に変えはじめた。これまでしてもらってきた良いことを、誰もがみな、すぐに忘れてしまった。ほとんど奇蹟に近いことを起こしてもらってきたというのに、白人の幼い女の子が死んだばかりに、連中は邪悪な敵をでっちあげるほうを選んだんだ。

悪いことは重なるもので、その夜インディアンは町を去ることにしていたから、さらに後ろ暗く見られた。子供に毒を盛って逃げるように思われかねなかった。少なくとも、暴徒になった町の連中にはね。

二人を捕まえて馬車から引き下ろしたが、それまでにはケイン・ラヴェルが首を折られ、バック・ウィルスンが顎を割られた。インディアンを取り押さえるのに十人では足りなかった。棍棒や銃の台尻で殴ってもね。しまいには女も殴り倒し、馬車に火を放った。

保安官のマットがようやく来た。ことを聞くや駆けつけてきたが、何を言っても聞きやしないから、銃をぶっぱなした。そして、町の衆に落ち着くように言うと、二人の安全を守るために拘置場に入れた。だが、ケイレブはそんなことで引き下がるやつじゃなかったし、ウェブはもう法律も何もかまっちゃいなかった——ただ、目には目をと復讐に凝り固まっていた。暴徒たちは激昂したまま拘置場に押しかけ、インディアンと黒人女を引き渡せ、と要求した。

マットは連中を阻もうと頑張ったが、押し切られてしまった。何か理由(わけ)があってケイレブには逆らえないようで、結局マットは折れてしまい、インディアンと女は連れ去られた。連中は二人を馬車に押し込み、町外れまで運んでいった。

このあとの話は、町の衆から聞いた。そこを覚えておいてくれ。ほとんどの者がこの事件を恥じて、記憶の暗い隅に押し込み、忘れられっこないのに忘れたふりをしているってこともな。いつも考えるよ。連中がしようとしていることを知ったら、私は壁から古い散弾銃（ショットガン）を取って、なにがなんでも止めようとした。今も思うよ。

ケイレブと何人かの男は、女を藪に連れ込んで強姦し、馬車の荷台に縛り上げたインディアンに悲鳴を聞かせようと、耳を削ぎ、乳房を抉（えぐ）り、体じゅうをずたずたに切りさいなんだ。みながみな、そんなことをしたかったわけじゃない。だが、ケイレブを止めるやつは誰一人いなかった。暴力は人から正気を奪ってしまう。

女を殺したあとは、インディアンの番だ。連中は女の残骸を荷台に投げ込んだ。ハイレム・ウェイランドが言うには――私は一部始終をおもに彼から聞いたのだが――インディアンはまばたき一つしなかった。死んだ女に向けた目を暴徒に向けたが、凍ったように冷ややかな目つきだったそうだ。

連中はインディアンを馬車から降ろして樫の大木の下に連れていくと、首に綱をかけた。綱の端はウェブの馬にくくりつけてあった。インディアンは冷たい目のままだった。「私たちは何もしていない」と彼は言った。

娘に毒を盛った、とウェブがわめいたが、インディアンはこう答えた。「私の女は死んだが、あんたの娘さんは死んじゃいない」

娘に死なれたウェブは逆上して、あらんかぎりの罵言をインディアンに吐きかけ、やつが黙るとインディアンはこのマッド・クリークと、その住民すべてに呪いをかけた。ハイレムが言うには、インディアンが声をあげるとあたりは静まり返り、聞こえるのはコオロギの声だけになって、彼が唱える呪文にコーラスを添えるようにだんだん高まっていくようだった。インディアンは、自分には「力」があり、これまではその明るいほうを用いていたが、自分のために暗いほうを使い、この町に苦難をもたらす、と言った。そして、言葉がその「力」を運ぶ、とも。

そして、インディアンは詠唱しはじめた。ハイレムは二、三の部族の言葉や、ケイジャン・フランス語なら少し知ってはいたが、その祈りは彼が知らない言葉だった。アフリカかどこかの言葉じゃないか、なんて言っていたな。それでも、耳に残って離れない言葉が二つ三つあり、私が知ってるかどうか尋ねてきたよ。インディアンがそれらの言葉を口にすると、風が強まったり雷が轟いたりしたそうだ。

インディアンのどこの部族の言葉でもなかった。どこの言葉かはわからないが、私には覚えがあった。苦労して手に入れた、古い本で知った言葉だ。『死霊秘法(ネクロノミコン)』や『妖蛆の秘密』、あるいは『無名祭祀書』といった本だ。ウェンディゴや吸血鬼、屍食鬼(グール)や不死者(ノスフェラトゥ)といったものを意味する言葉で、時にはそんなものどもをまとめて示すものでもあった。私の蔵書によれば、その言葉を発することで魔道士は身の内に魔を召喚し、復讐のための力を得る。魔そのものが復讐のために存在するのだ。その力を用いれば、死者に常人を超える力を持たせて自在にあやつることができるが、自分の魂を地獄に堕とすことにもなる。

ハイレムが言うには、インディアンの声が止むやいなや、ウェブが馬の脇腹を叩いて走らせ、インディアンは宙吊りになった。足をばたつかせることもなく、ほんの一瞬のうちに死んでしまった。コオロギが静まり、強風が止んだ。だが、すぐさま風はまた荒れ狂いだした。木の枝を折り、葉を飛ばし、さらには雨も散弾のように降りだした。空を割るかのように稲妻が走ると、インディアンの死体を直撃し、あたりは真っ白な光で何も見えなくなった。

なんとか目が見えるようになった男たちは、インディアンの死体が消えているのに気づいた。稲妻が地獄に連れ去ったか。輪になった綱が煙をあげながら風に揺れ、大きな蜘蛛が——いや、蜘蛛によく似た生き物が、綱を伝い昇って木に移り、枝のあいだに消えた。

さっきまでそこにぶら下がっていたのが、怒れるインディアンだけではなかったと、ハイレムは気づいた。インディアンの胸に蜘蛛のようなものを見ていたからだ。彼を馬車に乗せるとき、破れたシャツの胸元に見た。最初は、インディアンの体に蜘蛛がはりついているのかと、ハイレムは思ったが、それは大きな痣だった。蜘蛛のような形の、毛の生えた大きな黒子と言ったほうがいいか。ただ、ハイレムはそれが「蜘蛛みたいに見えた」と言っていた。

これは、ことが終わってから、ハイレムがここに来て話していったことだ。あいつは罪悪感で、今にも頭がおかしくなりそうな様子だった。酔っぱらっているうちに暴徒に巻き込まれたのだ、と言っていた。あとになって、同じことを話しにくるやつが続々と出てきた。言い訳ではない、と声を揃えて言っていたが、そんなわけもあるまいよ。

死んだ黒人女を馬車道の傍に投げ出していったことに、ハイレムは罪悪感を抱いていた。あの女にもインディアンにも、もう何もしてやることはできないから、せめてちゃんと埋葬してやりたい、と言っていた。

そこで、私はハイレムを馬車に乗せて、現場に向かった。嵐はまだ続いていた。目の前に自分の手をかざしても見えないほど雨が降っていた。遺体を捜すのはひと苦労だったが、ちゃんと見つけた。牧師さん、あの女は皮を剥がれていたよ。猟の獲物の栗鼠（りす）みたいにね。馬車に積んでおいた古い木箱を柩がわりにして彼女を納めると、森の地面に穴を掘って埋めた。雨は降り続けていたし、張った根を切るのにも骨を折った。でも、せめて死んだあとだけでも、彼女が安らかにしていられるようにしたかった。酒に飽きたケイレブが戻ってきて、遺体を持ち去って町のどこかに吊るそうとするかもしれない。ハイレムが言うには、ケイレブはもう彼女の両耳を生皮の紐で括って首から下げていたし、抉った乳房の皮で煙草入れを作ると吹聴してもいたらしい。

埋葬を終えて町に戻るや、グレンダが生き返った、と聞かされた。

インディアンの薬が効いたのだ。あの子は一度死んで、生き返ったときには肺炎は治っていた。診療所に連れてこられたときは、緊張状態で硬直していたのだろうが、私にはわからなかった――本当はもっとましな医者なんだがね、牧師さん。仮死状態になるのも薬の効果で、子供は元気になったが、それより前にインディアンは吊された。

ウェブは急に怖れだした。インディアンの呪いを信じたのだろう。家族ともども荷造りをするや、その晩のうちに馬車で町を出た。振り向きもしなかったよ。ひどい雨降りの中を出ていったが、そのとき見たグレンダは生きていた。前のほうの座席に、母親が差す大きな傘の下で座っていたよ。肺炎がぶりかえさないように、と思うばかりだった。インディアンの薬の効き目がずっと続くものかどうか、わからないからね。

翌朝、酒場の裏でハイレムが死んでいた。ボウイナイフをしっかり握ったままだった。自分の喉を、耳から耳へざっくり切っていた。次の日には駅馬車が行方不明になった。それから今朝は、通りで濡れ紙みたいにぐずぐずに崩れたあの男。銀行員ネイトも殺された。モリー・マガイアの店の裏で、喉を掻っ切られたうえに首の骨を折られてね。さらにノーランの死体だ。やつの首にも同じ傷があった。ハイレムもネイトも、血がなくなっていた。ネイトが死んでいたところには、血が少し流れた跡があったが。ノーランはどうかわからないが、たぶん同じだろう。掘り出したときに見なかったかね？　いや、気づかないのが普通だ。

何日か前に赤ん坊が死んだ。死因は不自然なものではなかった。背中に小さな傷があったが、ベッドのシーツに血の染みが一、二滴ついたくらいの、小さなものだった。おむつのピンがたまたま開いていた上に寝返りをうったのだろう。

さっき話したような本には、魔は吸血鬼の如きものであり、敵を滅ぼし去るまでつきまとうものだ、と書かれている。目につく者はみな殺す。そして、飽きることはない。死体に入り込んで、好き勝手に使うこともできる。

この爺さんは頭がおかしい、と言いたいだろうが、あと一つだけ聞いてくれ。眠っているあいだに心に入り込んでくるやつのことを。あの夢をまた見たんだ。

黒人女の夢のことは話した。あの女に添い寝されて、心臓が止まる夢だ。その夢の、もっとはっきりした、もっと怖ろしくなったのを見た。あまりの怖ろしさに、起きたときは汗びっしょりになっていたよ。

目を覚ますと、ベッドの足のほうが向いている窓の、カーテンの隙間から顔が見えた。覗き込んでいて、鼻先が窓ガラスについていた。暗くてよく見えなかったが、あのインディアンだとわかった。会いに出向いていったとき、馬車で見たのと同じ表情を浮かべていた。こちらの腹の底まで見透かしているかのような顔だ。私に向けた目は、こう言っているようだった。「あの夢は気に入ったか？」

ランプを点けたときには、顔はもう消えていた。

肝心なことを話そう。あの女の夢だったことに変わりはない――が、ひとつだけ大きな違いがあった。女は死んで、皮を剥がれた姿になっていた――ハイレムと一緒に埋葬したときのままにね。その女と愛を交わす夢だったんだ。

どう思う、私は気が狂ったのだろうか？

第六章

1

「ドク、あなたは気が狂っているとは、私は思いません」牧師は言った。「ですが、お話をすべて信じたわけでもありません。あなたはご自分のお話を信じておられるが、ひどい思い違いをしているのかもしれませんから」

「窓に顔が見えたことは信じられるわ、父さん」アビーが言った。「でも、それは夢の続きでしょう。インディアンと黒人の女の人のことで、父さんも罪悪感を感じているから――でも、きっと治まる。性的な興味を抱いたのも、それだけ健康だというだけのことでしょう。でも父さんは、死んでしまったあとでも母さんのことを大事に思っているから、夢を見ただけで、母さんをだまして思い出を汚してしまったように思った。死んだ女性を相手にした夢も、罪悪感のせいでしょう」

ドクは少し赤面していた。「それはあるかもな」

「インディアンの力を妬んだことにも罪悪感を覚えておられるのでは」牧師が言った。「心のどこかに、彼に起きたことを自業自得だと思う気持ちがあるかもしれない。私たちはだれもが、多少なりともそのような思いを抱いているものです。ドク、あなたはただ自分を苦しめているだけです」

そう言いながらも、牧師は胸の内で自分に問いかけていた。我が身が覚える罪悪感はどれだけ多いのか。

「説明がつかないのは、ネイト・フォスターとノーランの首にあった、そっくりな傷だ。それから、通りで倒れた男のことも」

「わかりました、ドク。お話はすべて事実だとしましょう。これから何をすれば?」

「わからない」ドクは言った。「私の罪悪感や空想では片付けられないことが、今ここで起きている。この一連の出来事は呪いによるものだと思うが、その呪いにどう対抗すればいいかは」ドクは本棚を指さした。「あれらの本に書いてある」

三人とも、しばし黙り込んだ。

「ちくしょう」口を切ったのはドクだった。「私は馬鹿な年寄りになってしまったようだな。牧師さん、きみの言うとおりだ」

そして、空になったグラスにウイスキーを注ぐと、一息に空けた。「呪いと戦う方法を、私はすでに、頭の中に納めたよ」

2

牧師とアビーは通りに向かって路地を歩いていた。

「父さんの与太話を許してください」アビーが言った。「母さんが死んでしまってから、どこかおかしくて」

「謝ることはありませんよ。お父さんは信のおける方だ」牧師が今考えていることを付け加えなかったのは、アビーがまた謝らないようにというだけでなく、ドクは知っていることをすべて話してはいない、と思ったからだった。

「こんなことを言うのは慎みに欠けるかもしれませんが、ジェブ、また来てくださいね」

「お望みとあれば」

アビーは彼の手を取った。すぐに彼女は牧師の腕の中にいて、唇を重ねていた。彼が想像していたよりも、ずっと心地よかった。

二人は身を離した。牧師は少し狼狽しているようだった。当惑しているようでもある。

「ジョブ、お仕事に差し障るでしょう」

「牧師は路地で美しい女性とキスをするものではありませんからね」

彼女は笑みを浮かべた。「また会う約束、忘れないでね」

「また明日」二人はまたキスをし、牧師は別れの言葉をおいて足早に立ち去った。

3

アビーと牧師が惹かれあっているのにドクは気づいていたが、それで悩みはしなかった。むしろ喜んでいた。牧師は苦しみを抱えているようだが、まぎれもない善人だ。何に苦しんでいるのかはわからないが、自分が抱えているインディアンの事件への罪悪感に似たものだろうと、彼は感じとっていた。

だが、問題は罪悪感ではない。ドクの考えは変わらなかった。マッド・クリークは呪われている。ドクは診療所には戻らなかった。患者は来ないし、差し迫った用事もない。彼は本を読み続け、メモを取った。そして、不穏なものを見つけた。

4

牧師はホテルの部屋に戻ると、聖書の「黙示録」を開いた。

血の染みがついていた。あれは夢ではなかった。

窓辺に歩み寄り、外を見る。日はゆっくりと暮れていた。一時間もすれば夜になるだろう。

牧師はベッドに座り、拳銃の掃除をした。弾丸を装填し、上着のポケットにまだたくさん弾丸があることを確かめた。なぜそうしたのか、自分でもわからなかった。

5

ジョー・ボブ・ラインは日が落ちる少し前に馬具屋を出た。古い馬具を屋根裏に運んでおくようデイヴィッドに言いつけ、店の片付けも任せていった。

デイヴィッドはいつもなら、屋根裏をなんとも思ってはいなかった。だが、この何日かは、なぜだか不安で、入らないで済むよう言い訳をつくろおうとした。

父親が店にいてくれたらな、と、普段は思いもしないことを考えた。父親はいつ怒りだすかわからないし、一度怒ったら手がつけられないので、一緒にいると気が休まらないというのに。

もし父親が店にいてくれたなら、屋根裏に牽き具をしまいにいくのも怖くないのに。店に一人きりでいるうえに、暗い屋根裏に入るのは、どうにも気が進まない。

馬たちも落ち着かないようだった。ここ何日かそんな様子が続いている。天気のせいだ、と父ちゃんは言っていた。馬は恐がりだからな。

そうかもしれない。だが、デイヴィッドはこんな馬たちを見たことがなかった。そんなに恐がりには思っていなかったが、今はひどく怯えているようだ。

上から何かが自分を見下ろしているような気がして、デイヴィッドは屋根裏を見上げた。何かが——何か悪いものがいるのを、彼は感じた。

ばかばかしいのに、思い浮かんだら消えてくれない。屋根裏に悪いものがいる。くだらない。屋根裏にいる悪いものなんて、鼠だけじゃないか。他に何がいるものか。

繰り返し呟きながら、息を深く吸い、牽き具を手に梯子を登りはじめた。

登るにつれて、気味がわるくなってきた。何かが屋根裏の隅で待ち構えていて、落とし戸に近づいたら中から手が伸びてきて、捕まってしまうんじゃないか、という気がしてならなかった。ばかでかい手が自分の頭をひっ掴んで、狩人が猟犬の仔犬を選ぶように梯子から持ち上げると、下に投げ落とすさまが思い浮かんだ。

もう一段上がると、屋根裏から軋む音がした。錆びた蝶番みたいな音だ。

生きものの死骸のような臭いがした。

鼠が何匹か死んでいるのかもしれない。

また軋んだ。

デイヴィッドは足を止めた。

何も聞こえないが、死臭は強まっていく。

いたたまれないほどだ。

さらに一段上がって、屋根裏部屋を覗き込む。

古びた農具用の木箱が見えた。地面から掘り出したものか、外側に乾いた泥がついている。一瞬――まさに目にも留まらないほどの瞬間、デイヴィッドは蓋が閉じるのを見たように思った。中に誰かが隠れていて、慌てて蓋を閉めたかのように。

口の中はからからだった。あんな箱、見たことがない。

あと二段で屋根裏部屋に踏み込む。そのあとは、積んである干し草のあいだをすり抜けて、牽き具を壁の釘にかけておけばいい。

それだけだ。

でも、できない。

しなかったら、父ちゃんに牽き具の綱で撲たれる。でも、できない。足がすくんで動けない。ここだけ冬が来たかのように、ひどく寒い。どこかわからないけれど、すぐそばに蛇がいて、今にも飛びかかってきそうな感じがする。

デイヴィッドは肩にかけていた牽き具を外すと、ありったけの力で屋根裏部屋に投げ込み、梯子を下りた。

半ばまで下りたとき、また軋みが聞こえ、彼は足を止めた。

見上げると、落とし戸の隙間から、ぎらぎらした目がこちらを見下ろしていた。

デイヴィッドは転げ落ちるように梯子を下り、馬具屋の外に出て、扉を閉めた。南京錠をかけ、息を切らせながら両手で扉を押さえつけた。

扉に耳を押しつけた。だが、馬たちが落ち着かなさげに立てる音しか聞こえなかった。

屋根裏の目を思い出して、デイヴィッドはばかばかしくなった。あの目は鼠のだ。南京錠を外して中に戻り、牽き具をちゃんと掛けておくのがいいだろう。ちゃんとしておけば、あとで父ちゃんに撲たれずにすむ。

だが、日は暮れて、店の中は真っ暗になっている。とても戻る気にはなれない。

デイヴィッドは足早に家に向かった。

6

闇はまだ町を覆いつくしてはいなかったが、その指で町全体を摑み、ゆっくりと握り込んでいった。

夜歩くものたちは、町に集(つど)った。

馬具屋の小屋では馬たちが震え、屋根裏に怯えた目を向けた。屋根裏部屋から梯子を伝って、何かが水のように流れ、降りてきた。

7

保安官は事務所から暮れていく通りを見ると、玄関に錠を下ろした。

新しい帽子をかぶり、格子窓を背に机に腰掛けると、ウイスキーのボトルとグラスを出して、自分をねぎらう一杯を注いだ。

今夜は見回りには行かないと決めた。行くものか。もう見回りはしないかもしれない。他の町に引っ越そうかと考えている。西テキサスでもオクラホマでもいい。ただ、このマッド・クリークから出ていきたかった。

空いたグラスを満たした。グラスはすぐに空になった。ちくしょう、飲んでも酔えやしない。

8

ジムとメアリのグラス夫妻が外に孫娘の声を聞いたとき、二人は喜ぶというよりは、まず驚いた。あの子は死んでしまった、と思っていたからだ。

娘夫婦にどうやって知らせようかと、二人は考えていた。着かないと電報や手紙で伝えるのは気が進まなかったし、娘夫婦のいるボーモントまで出向いて、面と向かって孫が行方不明だと言うなどもってのほかだし、捜そうにも当の孫娘がどのあたりにいるものか、見当のつけようもなかった。

老夫婦は責任を感じていた。駅馬車に乗って遊びにおいで、と孫娘に言ったのは自分たちだったが、当の駅馬車が行方不明になってしまうとは。

その子が今、ここに来た。

耳になじんだミニヨンの幼い声が、ドアの外で呼んでいる。

二人は争うようにドアに駆け寄った。

開いたのはメアリだった。

日が落ちて間もない宵闇の中、ミニオンは夢にも思わないほど汚れきった姿で立っていた。布人形の首のところを片手で握りしめている。

「おばあちゃん」呼びかけた声は、冬の到来を告げる風のように冷たく、虚ろだった。

メアリが手を差し伸べたとき、ジムは「どうした、その目つきは」と声をかけたが、ミニヨンは祖母の腕に飛びこむと、その首筋に食らいついた。熱したナイフがバターを切るように、歯が首筋に食い込んだ。

メアリは悲鳴をあげた。喉を押さえたまま後ろざまに倒れ、ドアの脇柱に衝突した。

孫娘は祖母から素早く身を離すと、祖父に飛びついた。両手で右足にしがみつくと、股間に顔を突っ込んで睾丸に咬みつき、ズボンの布地ともども肉を裂いた。

ジムは腕を振りまわし、孫娘を床に叩きつけた。

メアリが死んでいるのは一見してわかった。白眼をむき、首から血が小川のように流れている。

ジムは一、二歩よろめき、帽子掛けにつかまって身を支えると、孫娘に目を向けた。

ミニヨンは猫のようにすばやく駆け寄った。片足をジムの膝に掛けると、そのままよじ登った。人形を投げ出して。両手の指が老人の首をがっちりと摑んだ。

「おじいちゃんにキスね」と言うや、首を伸ばしてジムの喉に歯を食い込ませ、首を捻って肉を裂いた。

ジムは床に倒れた。孫娘を引き離そうとしたが、もう腕は動かなかった。自分の血を舐める音を聞き、舌の動きを感じたが、やがて何も聞こえなくなった。


ミニヨンが食べ終えたあと、ジムの顔はほとんど残っていなかった。

そのあと、間をおかずに、顔のないジムは立ち上がった。目玉のあるトマトの断面に並べた角砂糖のような歯を何度か噛み合わせる。彼は飢えていた。

メアリも、首を斜めに傾げたまま、半身が血で真っ赤に染まったドレスで立ち上がった。

そして、生者の住む町に向かい、歩きはじめた。

ジムも続いた。

ミニヨンは人形を拾い、そのあとを追った。

祖父と祖母と孫娘の三人は、食事をしに町に出かけた。

9

日暮れ時にブエラは歌声を聞いた。

微かな声の、へたな歌が、家の外から聞こえてくる。聞き覚えのある声だ。

妹のミリーだ。

ブエラはランタンを手に外に出た。

「ミリー、帰ってきたの？」

答えはない――が、歌は続いている。井戸の底で死にかけている小鳥のさえずりのように。

「ミリー、こっちに来なさいよ。どこにいるの？」

「食べたい」ミリーの声が聞こえた。「食べたい」

ブエラは気づいた。地下貯蔵庫だ。だが、今そこは水びたしになっていて、何もない。

ふと思い浮かんだ。ミリーは行方不明になっていた。駅馬車に何か悪いことが起きたらしい。ミリーはそのことで正気を失ったが、なんとか帰り着いて貯蔵庫に隠れたのだろう。中で汚れた水に濡れているのかもしれない。

ブエラはスカートをたくし上げると、足早に貯蔵庫に向かった。

「食べさせてあげるから、待ってなさい。今そっちに行くから」

そして、貯蔵庫のドアを開いた。

歌も、声も聞こえない。ただ暗いだけ。恐怖が蜥蜴（とかげ）の群のように這い上ってくる。

「ミリー？」

ランタンを中にかざしてみた。

膨れ上がって丸くなったミリーの顔に蛆が這いまわっているのが見えた。髪からは汚泥が滴り落ちている。

ブエラは絶句した。

ミリーは手をさっと伸ばし、ランタンを持つ姉の腕を掴むと、引き寄せた。

ブエナの悲鳴は長くは続かなかった。水の中に引き込まれ、ランタンも消えた。

そして、自分が言ったとおり、ブエラはミリーに食べるものを与えた。

10

葬儀屋のメーツは仕事に励んでいた。保安官がネイト・フォスターの家からスーツを取ってきてくれたので、亡きネイトの身なりを整えてやっているところで、この銀行員は生前に比べてもずっと見栄えが良くなっていた。もっとも、褒めるのは墓場の蛆ばかりだろうが。

だが、ネイトの葬儀の仕度にかかる手間に、メーツは疲れてきていた。小さなガラガラヘビよろしく、仲間がついてきているから、腐って膨らんでくる前に棺桶に詰めて、墓に埋めてしまわないと。

作業台の上に横たわるノーランを見て、こいつにはすぐその作業をしてやろう、とメーツは決めた。こいつの葬式に参列してもらえるなら、謝礼を払ってやらないとな。こいつに集まるのは蠅くらいなものだ。

ノーランは服を脱がせてシーツにくるみ、安い松材の棺桶に入れよう、とメーツは考えた。明日の午前中、早いうちに埋めてもらえばいい——膨れ上がって棺桶からはみ出さないうちに。金のかけられない葬式では、たびたびそんなことがある。クライダーのじいさんが死んだとき、防腐処理をしないで棺桶に入れ、一晩置いておいた。翌日、葬式のときは——七月で、おまけにかんかん照りの暑い日だった——じいさんは棺桶の中で膨らんで、鯨みたいになっていた。メーツには幸運なことに、親族が参列しているあいだに棺桶が壊れるようなことにはならなかった。ただ、その臭いたるや、一週間前に捌いた魚の内臓みたいだった。メーツと墓堀人たちは棺桶を墓穴に下ろすと、急いで埋めたものだった。

ノーランもすでに腐臭を発していた。ひどいものだ。

メーツは遺体を見下ろした。ろくでもない男だった。だが、せめて目の穴の泥くらいは流してやらないとな。

嫌な仕事だが、乗りかかった船というやつだ。服を脱がせて氷詰めにし、明日の朝になったら埋めてやるだけだ。墓堀り人はもう二人押さえてある。済んだらすぐにネイトの葬式で、こっちは金になる。誰もやつを悼まなかったとしても。やつが死んだのを喜ぶ連中が来るだろうから。

メーツはノーランの台の上にランタンを掛けると、足元に行って、死んだ馭者の片足からブーツを脱がせた。

ブーツを床に置き、自分の足と比べてみる。サイズが合わない。

もう片方のブーツを摑み、引っぱった。びくともしない。

「動きゃがれ、この野郎！」

ノーランが身を起こした。空の眼窩からも、髪からも、泥が落ちた。

メーツは手を離した。

背筋が冷たくなった。

ネイトを横たえた台から音がした。影ばかり落とすランタンの光で目を向けると、ネイトは台からずり落ちていた。悪童どもが入り込んでいたずらをしたのか？

メーツはブーツを取り落とし、振り返った。

ノーランが彼に摑みかかった。

第七章

1

医師の研究室の暗がりで、賭博師の死体の断片を入れたいくつもの壜が震えだした。腐肉が壜の内側を這い上がり、蓋を押し上げようとした。骨は壜の中で骰子(ダイス)を振るように音を立てた。首を収めた紙箱がかすかに揺れた。

箱に濡れた染みが広がったかと思うと破れ、中で歯が動いていた。箱を食い破って外に出ようとしている。

ひときわ大きな壜に入っていた骨だけの手が、拳を握ってガラスを内側から強く叩いた。

ドクは書斎の机に向かい、右に十冊ばかり積み上げた本から一冊を取って、開いていた。ノートを細く裂いた紙片が、いたるところに挟み込まれている。かたわらには『死霊秘法(ネクロノミコン)』『妖蛆の秘密』『サボスのカバラ』『屍食経典儀』『ドーシェスの黒の書』『悪行要論』などが無造作に積み上げられている。

今ドクが開いているのは『悪魔崇拝』だった。

物音がした。

ドクは顔を上げ、耳をすませた。書斎とつながった事務室の方からだ。ガラスを割る音がする。

机の引き出しから小型の拳銃を取り出すと、ドクは立ち上がり、事務室に向かった。

ガラスを割る音は続いている。

拳銃の撃鉄を起こし、事務室のドアを開けて暗い中に踏み込む。

物音は、賭博師の死体を保管している研究室からだった。戸締まりを破って入り込んだやつがいるのか。

廊下の明かりを点けずに研究室まで行った。

ドアに耳をつけて中をうかがう。

ガラスを砕くような音がする。

ドクはドアを開いた。

棚や器材が影になって見える。拳銃を左に持ち替え、棚からマッチを一本取ると、擦って火をつけた。「誰だ？」

応える声はない――が、ざわざわしていた物音が一転、暴れて騒ぎだした。

手元のマッチが消えた。

何本かマッチを摑むと、ドクは暗い部屋に踏み込んだ。

何かがブーツのつま先で動いたので、暗がりに蹴飛ばした。

拳銃を右手に戻し、左手でマッチをズボンの腿に擦りつけて火を点すと、高く掲げた。棚の上のほうで囓る音がし、目を向けると男の首を入れた箱がかすかに揺れていた。

鼠が屍肉をあさりに来たか。

だが、鼠などではなかった。

首が目を爛々と光らせ、囓って開けた箱の穴からこちらをうかがっていた。歯を咬み鳴らしている。

マッチの火が消える瞬間、ドクは首を狙って発砲した。当たったかどうかは見えない。暗すぎた。

だが、箱から影が転がり出すのが見え、そのあと床に物が落ちる大きな音がした。

ドクはマッチに火をつけ――硬直した。

何かが足首を摑んだ。火を近づけると、それが骨だけになった腕だとわかった。

蹴り飛ばすと、それは床を滑っていき、その先に散らばるガラスの破片のあいだでは、腐肉が蠢き、もとは賭博師の頭や胸毛や股間に生えていた体毛と融合しはじめていた。ぼろぼろの絨毯の下で鼠の群が動きまわっているようだ。

肋骨が音を立てて組み合わさり、腐肉のかたまりが見る間にまとわりついて、胴体の形になっていく。

ドクが蹴飛ばした腕に、もう一本の腕が這い寄っていった。二本はともに蛇のように手首をもたげて解剖台の下に這い込んでいった。そして、箱から転がり出した頭部を持って出てきた。

手が頭部を胴体のほうに転がすと、首の骨が音をたてて融合した。脚の骨が現れて、反対側の端とつながった。両腕も本来の位置に戻った。

つぎはぎの死骸は床に膝をつき、恐怖で身じろぎもしないドクの目の前で立ち上がった。

それは歯をリズミカルに咬み鳴らしながら、ドクに向かってきた。

ドクは拳銃を撃った。

銃弾は胸を貫通し、怪物を壁に叩きつけた。

手元のマッチが消えた。ドクはもう点火しなかった。暗さに目が慣れて、敵がはっきり見えるようになったからだ。先刻まで本で調べていたことを思い出す。インディアンの魔物に操られる死体は、脳を破壊しないかぎり滅ぼすことはできない。脳さえ壊せばすぐ死体に戻る。

ドクはさらに撃ったが、狙いを外した。つぎはぎの死骸の肩から肉が飛び散った。

ドクは動かなかった。その場でじっとしていた。

つぎはぎはまっすぐこちらに向かってくる。骨だけになった手を伸ばし（指の一本に、戻るところを間違えた鼻がついていた）、ドクの首を摑もうとしている。そして、食らいつこうと口を開いた。

ドクはその口に銃身を突っ込み、それを咬んだつぎはぎの歯が砕けた。ドクは引き金を引いた。

つぎはぎの頭が弾け、トマトを叩きつけたように、後ろの壁に脳が飛び散った。

頭がぐらつき、肩から外れると、床に落ちて腐った果実のように潰れた。脳や乾いた血や肉片が、ドクのズボンに模様を描いた。

怪物の左手が落ち、粉々に砕けた。次に右脚が外れ、つぎはぎは床に倒れた。見る間に崩れていく。

残るものは、腐肉と骨の小山だけだった。

ドクはよろめき、解剖台の端に手を掛けて体を支えた。

「なんということだ」彼は言った。「まったく、なんということだ」

2

アビーは研究室の戸口に立ち、ナイトガウンをまとったその影がドクのほうに延びていた。ドクの散弾銃（ショットガン）を手にしている。

「銃声を聞いてきたの――いったい、これは何？」

解剖台に寄りかかったまま、ドクは娘に目を向けた。「生ける屍だ。話したとおりのやつだよ。信じてもらえるかい」

アビーはうなずいた。「動くのを見たわ。撃てなかった。あまりに近かったから。ああ、もうバラバラになってしまったのね」

「ああ。さて、ここから出よう。着替えないとな」

3

雨の匂いがした。なぜ目覚めたのか、牧師にはわからなかった。もっとも、不安を感じていたせいで眠りは浅かったのだが。窓辺に行き、外を見る。雨脚は強くなっていた。風は強まり、このまま嵐になりそうだ。

懐中時計を取り出した。

夜明けまでにはまだ長い。

ランタンを点し、ベッドに座ると、彼は聖書を開いた。

4

ひとたび始まると、それは早く広まっていった。死人どもは飢えていた。かれらは友人の、縁者の、そして敵の家を訪れた。生者は食われ、その骸(むくろ)は飢えた群に加わっていった。

5

牧師は外を歩いてみることにした。眠れないが、聖書にも気持ちが向かわない。彼は着替えると、ポケットに聖書を入れ、階段を降りだした。

第三部　最後の対決

吾は見たりき　夕闇に　餓えやつれたる唇の
おぞましき警(いまし)めを告げうち開くそのさまを……

――キーツ

第八章

1

牧師がフロントを抜けたとき、モントクレアはいつものように眠っていた。机の上には脂じみた皿が四枚、この太った男が平らげたチキンの骨の山を載せている。

外に出ると、大混乱が待っていた。

通りをデイヴィッドが脱兎のごとく走ってくる。牧師に気づくや、彼は叫んだ。「助けて、牧師さん！　助けて！」

少年の後ろに、かなり引き離されてはいたが、ジョー・ボブ・ラインの姿が見えた。よろよろとはしているが早い足取りで息子を追っている。

デイヴィッドは牧師の胸元に飛びこんだ。

「落ち着け」牧師は言った。「親父さんと喧嘩でもしたのか？」

涙でびしょ濡れになった少年の顔は、恐怖にこわばっていた。「殺される。殺されたら父ちゃんと同じになる。お願い、牧師さん、助けて！」

ジョー・ボブ・ラインの側頭を拳で一撃するのは、牧師には良い考えのように思えた。暴力をふるう大男は好きになれるものではない。だが、自分とは関わりのない個人的なことに手出しをすべきではないし、この深夜に（見かたによっては早朝に）暴力を行使することは、自分の道義に反する。

だが、デイヴィッドには撲たれた様子はない。

「私が話してみよう」牧師は言った。

「だめ、無理だよ」デイヴィッドは背後を見ながら言った。「父ちゃんはもう死んでる」

「なんだって？　だとしたら、どうして歩いているんだ？」短い綱で両足を括ったような足取りでよろよろ歩いてくるラインを、牧師は指さした。

「死んじゃってるんだよ！」

近づいてくるにつれて、ラインが顔から首にかけて血まみれになっているのが見てとれた。ひどい傷を負っているようだ。顔にも、剥き出しの胸にも、肉が見えるほど大きく裂けている。デイヴィッドは身を守るために父親に傷を負わせたのか。たぶん斧か何かで。そして、ラインは重傷を負いながら（だが、死なずに）息子を罰しようと追ってきたのか。

「あっちを見て！」デイヴィッドが言った。

牧師が目を向けると、ドクとアビーの家に通じる路地から、一群の人々が現れた。

「みんな死んじゃってるんだ、牧師さん。どういうわけかわからないけど。死んでるのに歩けるんだ。母ちゃんはやつらに殺された」少年の目から涙が溢れた。「家に押し入ってきて、母ちゃんをずたずたにして、はらわたを引き抜いたんだ。父ちゃんは、窓から突き落とされた。お願い、牧師さん、逃げよう！」

ラインの後ろに、さらに何人も現れた。さらに、路地や建物や、家からも。まるでよろよろ歩きの小部隊だ。

牧師は拳銃に手を掛けると、道が塞がれないうちにと、デイヴィッドの背を押して通りに踏み出させた。歩きだすとほぼ同時に、ドクの診療所のそばの脇道から二頭立ての馬車が飛び出してきた。御者台で鞭を鳴らしているのはドクで、アビーはその隣で散弾銃（ショットガン）を構えていた。

馬たちは小道をふさぐ死者たちを蹴散らし、馬車は通りに飛び出した。

「ドク」牧師は呼びかけた。

彼とデイヴィッドに目を向けたドクが、かすかな躊躇を顔に浮かべたのは、死んでいるかどうか考えたのだろうが、手綱を強く牽いて馬車を右に向け、二人の方に向かってきた。

馬車の車輪にしがみついていた男が落ちた。車輪は男を轢き、首を折ったが、当の本人は――折れた頸椎骨の先が項（うなじ）から突き出し、顎を胸につけたまま――立ち上がり、また歩きだした。

ドクはデイヴィッドと牧師が飛び乗れるくらいにまで速度を落とすと、鞭を揮（ふる）って左に向きを変え、教会をめざし馬車を全速力で走らせた。

死んだ住民たちが集まり、行く手を阻（はば）もうとしている。牧師が拳銃を抜くと、ドクが叫んだ。「頭を狙え。急所はそこしかない」

アビーが散弾銃を構え、撃った。ゾンビの一体が頭頂部を吹き飛ばされ、路面に倒れた。

牧師は拳銃を四連射し、瞬く間に四体のゾンビの頭に穴を穿った。四体とも死体に戻り、もう動かなかった。

ドクは空いているほうの手で小型の拳銃を抜くと、馬車の脇にしがみついている女の片眼を射貫いた。

馬車が死者の群をかき分けて進むうち、大男（雑貨屋の主人マシューズだ）が馬の一頭に飛び乗り、首の後ろに咬みついた。馬は首から血を噴き出して頽れ、もう一方の馬も足を取られて倒れた。

馬車は四人を乗せたまま転倒した。

牧師は立ち上がった。ゾンビは倒れた馬に群がり、内臓は路上にぶちまけられ、死人たちが少しでも多く食おうと分け前を争っている。

デイヴィッドの叫びに牧師が振り向くと、モントクレアが生きているあいだには見せることのなかった素早さで近づいてきた。牧師が拳銃の銃身で頭を一撃すると、デイヴィッドは背後に回って膝の裏を蹴り、モントクレアを転倒させた。

アビーの手には散弾銃はなく、ドクが娘を守りながら拳銃で的確に死者たちを射倒していた。弾丸は今にも尽きそうだ。

デイヴィッドはアビーが落とした散弾銃に駆け寄り、摑んだ。牧師が後を追う。デイヴィッドと同じくらいの年恰好の女の子が飛びかかってきた。デイヴィッドはほんの一瞬ためらったが、散弾銃を構えて撃った。弾丸は女の子の喉を射貫き、首が宙に飛んだ。体は血を振りまきながらくるくる回り、路上に倒れた。首が離れたところに落ちたひょうしに、歯を咬み鳴らす音がした。

デイヴィッドは立ちすくんだ。女の子の首は地面に歯を当て、顎の力だけで這い寄ろうとしている。

牧師は彼の手から散弾銃を取り上げると、弾丸を撃ち尽くしたそれを棍棒よろしく振り上げ、首を叩き潰した。

モントクレアと死んだ町民たちは二人を取り囲み、輪を狭めてきている。

「教会だ」牧師が言った。「聖なる場所に避難しろ」

「牧師さんは?」

「いいから、言われたとおりにしろ」

デイヴィッドは牧師に背を向け、モントクレアの股の下をくぐり抜けると、左に急旋回し、ドクとアビーの足元に転がった。逃げ切った。少年は教会に走った。

牧師は散弾銃を振りまわし、両替人を神殿から追い払うイエスよろしく、死人たちを追いやっていた。

そして、アビーのかたわらに着くと、「教会に行け」と言った。「急いで!」そして、銃床で歩く死体たちの頭を打ち割り、腕を叩き折った。肉を拉(ひし)ぎ、骨を折る音が響く。

死者はさらに集まり、犇(ひし)めいたが、牧師は散弾銃を振りまわして屍(かばね)の海を割り、アビーとドクを逃がすと、その後に続いて（振り向いては死人どもを打ちのめしながら）教会に走った。

教会の階段を駆け上がり、ドアノブを摑む。

錠が下りている。

「カルホーン！」牧師は叫んだ。「入れてくれ」

ドクはドアを蹴りながら叫んだ。「開けろ、カルホーン！　今すぐに！」

死者の群が押し寄せてくる。先頭に立つのはモントクレアだ。緑がかった涎が唇から長く糸を引いて落ちている。牧師は胸のうちで吐き捨てた。「この男は死んでからも食うこと第一なんだな」

死人どもはさらに近づき、四人の生者はドアを叩き、蹴り、叫び声をあげた。

ドアは開かない。ゾンビどもは教会の階段に足をかけようとしている。牧師は拳銃をデイヴィッドに渡すと、やつらの頭蓋骨を打ち割ろうと散弾銃を振りかざした。

だが、ゾンビどもはそこから一歩も進もうとはしない。獲物を求めて唸り声をあげながらも、蛇遣いの前の蛇のように、その場で体を前後に揺らすばかりだった。

「どうしたんだろう」拳銃を構えたまま、デイヴィッドが言った。

「ここが聖なる場所だからだ」牧師が言った。「全能なる神の御力(みちから)がはたらいているのだ」

「神頼みはしすぎないほうがいいぞ」と、ドクが言った。「請け負ってもいい。状況はこれからさらに悪くなる」

ドアが開いた。手にした火かき棒が震えている。血の気をなくした顔は、心ここにあらず、といった様子だ。

「き――聞こえては、いたのだ」彼は言った。

四人はカルホーンを押し込むように中に入ると、ドアを締めて頑丈な閂をかけた。

カルホーンは火かき棒を持った手を下げた。「だが――やつらだと、思っていたんだ。先に二度は来ているが、二度とも階段を上がることはできなかった――ミス・マクフィーが捕まるのを見たよ。ここに避難しようとしたが、着けなかった――悲鳴を聞いて私は外に出た。ドアを開けたとき、彼女は目で助けを求めていた。だが、もう間に合わなかった。やつらに捕まり、嚙みちぎられ、引き裂かれ、ずたずたになって――ああ、神よ、私は踏み出せなかった。何もできなかった。やつらが彼女の断片をすっかり食ってしまうのを見ているほかにはね」

「あなたはできることをしたのです」牧師が言った。「ご自分の身を守ったのですから」

「あんたも食われたほうがよかったのかもな」と、ドクが言った。

窓に近づき、閂を外して開いた。死人たちは教会のまわりをうろついている。

「ここは安全なの？」アビーが言った。

「一時的には」ドクが言った。「やつらの主人が来るまでだな」

「主人？」カルホーンが言った。

「あのインディアンだ――やつがこの町に呪いをかけた。だからこんなことになったわけさ、カルホーン」

「私はあのインディアンにも、連れの女にも関わらなかったが」

「関係ない」と、ドク。「彼からすれば、この町にいればみな同罪だ。町ごと呪われたんだ。ジェブ、きみも含めてね」

「主は決着をつけるために私をここにお呼びになった。だから私は今、ここにいる」牧師は言った。

「きみはこの事態を解決するために来た、と言いたいのか?」ドクが言った。

牧師は暗い笑みを浮かべた。「解決するのは私ではなく、私たちです」

2

ケイレブは保安官事務所のドアを叩き続けていた。

「マット、開けろ。聞こえないのか? 入れてくれ」

拘置所のベッドで眠っていたマットはすでに外の騒ぎを聞き、牧師たちが闘っている様子も見て、何が起きているかを把握していたが、そのまま身を潜めていた。日が昇るまで隠れていれば、助かるチャンスはあるだろうと読んでいた。だが、今このときにケイレブの馬鹿野郎が――この大惨事を起こした張本人がドアを叩いて、死人たちをこの保安官事務所に呼び集めている。通りに群なす屍が、ケイレブの声に呼び寄せられている。

「開けやがれ、この若僧」ケイレブが言った。「いるのはわかってるんだ。開けろ! やつら、俺をケツから食う気だ」

そのほうがいい、とマットは思った。

窓に近づくと、覗き込むケイレブと目が合った。

「頼む、開けてくれ」ケイレブが言った。

その背後にはすでに死者たちが、餌を求めて群がっている。そのさまは、インディアンが吊された夜にここに押しかけた暴徒のようにも、持ち寄り食事会の晩に表通りに集まった町の人たちのようにも、マットには見えた。

「貴様も地獄に堕ちやがれ」ケイレブの顔が窓から遠ざかった。

マットは躊躇したが、ドアに駆け寄り心張り棒を外すと、開いた。

ケイレブは両手で拳銃を構え、ドアを背に立っていた。振り向いてマットを見ると、そのまま踏み込んだ。二人がかりでドアを閉め、心張り棒をかけた。

「この馬鹿野郎」ケイレブが言った。

マットは黙っていた。

「ここに来るまでがひと苦労だったぜ。マット、やつらは人を食うんだ。死んでるくせに、歩くしな」

「知ってるさ」マットは言った。

そして前触れもなくケイレブに詰め寄ると、胸ぐらを摑んで突き飛ばし、壁に叩きつけた。そして床に引き倒すと怒鳴りつけた。「お前のせいだ、このクソ野郎。インディアンを吊し首にしたのはお前だ。お前がやったんだ。だから……」

ケイレブが拳銃を差し上げ、マットの上唇に銃口を当てた。

「手を離せ。話はそれからだ」ケイレブが言った。

マットは震える手を離した。

そのとき、視界の外側が何かを捉えた。窓から覗き込む死者の顔が一つ。そして、二つ。

だが、それはまだましなほうだった。

二人の死人のあいだを、大きな木箱を抱えて、通りをこちらに来る者がいた。

インディアンだ。

「なんてことだ」マットが言った。

ケイレブはそちらに目を向けた。

「とんでもねえ奴が来たもんだ。あのでかいインディアンじゃねえか。吊るし首のあと雷に打たれたにしちゃ元気そうだな」

ケイレブは手にした拳銃を机に置き、もう一挺の弾倉を開いてガンベルトの弾丸を装填しはじめた。

「あの野郎に鉛の弾をくらわせてやる。壁のウィンチェスター・ライフルを一挺よこせ——俺たちが仲良く死んで、うろつく死人になる前にな」そう言うと、ランプを灯して手元を明るくした。

インディアンは窓のすぐ外にいた。屈み込んで中を覗き込んできた。その顔はひどく窶れていた。いや、ゆっくりとだが腐敗が進んでいるのだ。彼は箱を置くと蓋を開き、窓に向けて立てた。

中にいたのは女だったが、女のようには見えなかった。人間に見えないほどだった。ケイレブと、彼に煽られた男たちが、彼女を切りさいなみ、皮を剥いだので、元の美しさはとうに消え失せていた。内臓を覆っていた膜は破れ、腸の端が用心深い蛇のように覗いている。

ウィンチェスターに弾丸を込めていたマットは、彼女がどんな酷いことをされたのか今までは知らなかったが、箱の中の怪物を一目見て、すべてを悟った。

彼はケイレブに目をやった。「屑野郎め」

「おふくろにはよくそう言われたもんだったよ」ケイレブは言った。

インディアンの姿が窓から消えた。

ドアが音をたてて揺らいだ。

心張り棒が折れた。

ドアを叩く音はさらに大きく、何度も轟いた。

巨大な拳が板を突き破ると、ノブを掴んだ。

ケイレブは拳銃を構え、腕に向かって三発撃った。弾丸がドアの厚板を貫通した。が、腕はそのまま触手のように蠢いている。

「ライフルをよこせ！」ケイレブは叫んだ。

呆然としたまま、マットは銃を投げた。

拳銃をベルトに戻したケイレブは、ライフルを掴むや撃鉄を起こし、素早くさらに三発をドアに撃ち込んだ。

　腕の動きが止まった。

だが、それもほんの一時だった。それはドアを摑み、引いた。蝶番が軋み、唸り、叫んだ。

インディアンは引きちぎったドアを通りに投げ捨てた。立っているさまは、戸口を額縁にした絵のようだ。死人どもがあとに従い、彼を囲むようにして中を覗き込む。

　マットは散弾銃に装填しながら（とはいえ、薬莢の半分は箱からこぼしていたが）留置所に向かい後退った。

　ケイレブは動かなかった。またもウィンチェスターを三度発砲する。三発とも胸に受けながら、インディアンはびくともしない。

　笑みさえ浮かべている。

　ケイレブはまた撃ち、弾丸はインディアンの左の頰に小さな穴を開けたが、それだけだった。

「クソ野郎が」ケイレブが言った。「捕まえてみやがれ」と言うやライフルの銃身を摑み、振りかざした——が、インディアンの方が早かった。

　その大きな手はウィンチェスターをやすやすとケイレブの手からもぎとった。そして、二つにへし折った。

　ケイレブはベルトの拳銃に手を伸ばした。

　その手をインディアンが捉えた。

「良くないな」インディアンは言った。「まったく、良くない」そして、手を握りこんだ。

自分の手と銃把が圧着され、肉と骨が鉄と象牙に入り交じる苦痛に、ケイレブは悲鳴をあげた。

インディアンは手の甲でケイレブを張り倒した。

ケイレブは見上げるほか、何もできなかった。インディアンは手を伸ばし、彼の首から干からびた耳を通した革紐をつまみ上げると、引きちぎった。

インディアンは振り向き、死んだ手下たちが待ちきれない様子で戸口に詰めかけているのを見た。彼は笑った。「食え」その一言で、死人どもは一斉に踏み込んできた。

死人どもにまつわりつかれ、ケイレブは絶叫した。数かぎりない歯が服を嚙み破り、喉に、腹に食い込む。

這いずって逃げようとしても、押さえつけられて動けない。老人がまばらな歯が腕に嚙みついてきたが、ケイレブは呻き声をあげるほかに何もできなかった。

女が一人、腹の柔らかいところに顔を押し当てると、シャツを嚙み破り、肉を深々と裂いた。女は灰色の腸の端を咥えると、立ち上がって引きずり出し、食いちぎろうとした。伸ばしたところにもう一人の女が飛びつき、腸は音を立てて切れた。二人は机に倒れ込むと、咥えた腸の断片を奪いあって暴れた。二羽の貪欲な青懸巣（あおかけす）が、一匹の蚯蚓（みみず）を争っているかのように。

裂け目に次々と手が差し込まれ、死者たちの顔がケイレブの顔を覗き込み、目の前を自分の肉の断片が運ばれていく。しばらくして、保安官事務所の中は血で真っ赤に染まり、中身をすっかり抜かれてしまうと、ケイレブはようやく悲鳴をあげなくなった。

恐怖に凍りついたまま、マットは拘置場の監房に入り込み、ドアを閉めた。インディアンは女の耳をつけた革紐を自分の首にかけると、監房の鉄格子に顔を向けた。

マットは散弾銃を発砲した。インディアンはほんの少し後退したが、すぐにまた彼をじっと見据えた。弾丸は鼻の下と胸に当たっていた。が、すぐ肉に押し出され、音を立てて床に落ちた。インディアンは高らかに笑ったが、その声も死人どもがケイレブを千切り、咀嚼し、呑み下す音にはおよばなかった。

インディアンは笑みを浮かべたまま、鉄格子に手をかけ、やすやすとねじ曲げた。広く開いた隙間から頭を差し入れると、マットにむかってにかっと笑った。

散弾銃を取り落としたマットは、拳銃を握りしめると、銃口を自分の頭に押し当てた。撃鉄を下ろす。目を閉じる。だが、思い切れない。

引き金を引いたのは一瞬後だった。が、持つ手を捻られ、銃弾は虚しく監房の壁に食い込んだ。目を開くと、監房に入ってきたインディアンが、拳銃の銃身を握ったまま笑顔を向けていた。

インディアンは拳銃を放り投げた。銃は音を立てて落ち、床を滑っていった。彼は口を大きく開いた。雨を運んできた雲が切れ、隙間から差し込む月光と、ゆらめくランプの明かりを受けて、列をなす歯が銀色に光った。

インディアンの口はさらに大きく、大きく開いた。蛇が獲物を呑むときほどに開くと、顎関節が音をたてて外れた。喉から蛇さながらの唸り声を漏らしながら、彼はマットの頭を顎の下まで呑みこんだ。

マットは悲鳴をあげたが、その声はインディアンの喉の奥に消えた。骨の潰れる音とともに、顔のまわりを血が流れていくのを感じた。

身を屈めていたインディアンは背筋を伸ばすと、頭を呑まれたマットは床から浮いた足をばたつかせた。咥えた骨を取られまいと抵抗する犬のように、インディアンが頭を振ると、マットの胴体は濡れたぼろ布のように揺れた。

インディアンが首をさらに一振りすると、マットはその口から離れ、床に投げ出されて壁に頭を打ちつけた。仰向けに倒れた彼は、顔をなくしていた。額は陥没し、残るものは左右の耳だけだった。

インディアンの大きく鋭い歯の並びから、肉のかたまりがのぞいていた。呑み下す動きをしたあと、口は形も大きさも人間のものに戻った。それから、口に入れすぎたミントドロップを吐き出すように、マットの歯をばらばらと吐いた。

インディアンは振り返り、内臓をすっかり抜かれたケイレブが、裂けた腹から背骨を見せながら立ち上がったのを見て、笑みを浮かべた。

監房の天井を見上げ、血混じりの唾を飛ばしながら、インディアンは禍々しい咆吼をあげた。

3

教会に避難した者たちは咆吼に気づくと、信徒席のベンチを解体し、窓やドアに釘で打ちつける手を休めて、耳を傾けた。

教会の外にいたゾンビどもは、待ち望んでいた交響曲の演奏が始まったかのように、声のしたほうに顔を向けていた。

口に釘を咥えた牧師は、ベンチから外した板を窓に押し当てたまま、金槌を振るう手を止めた。

長く続く咆吼は、勝ち誇るようにも、悲しむようにも聞こえた。

第九章

1

教会に籠城した五人は、包囲戦に備え準備を進めていた。

武器庫の散弾銃(ショットガン)とライフル、拳銃を箱から出すと、すべてに装填し、それぞれが手に合うものを携帯した。銃は信徒席のベンチやあいだの通路にも置き、席にいればすぐに手に取れるようにした。肝心なのはこの教会で少しでも長く持ちこたえることであり、もし退却することになったら、長い通路をたどって武器庫に行く。武器には不自由しない、最後の砦だ。

信徒席のベンチを何列か解体すると、板を啄木鳥(きつつき)のような熱心さで窓やドアに釘付けしてバリケードを築いたが、ゾンビどもは相変わらず教会に近づこうとはしないので、作業に集中するだけの余裕はできた。

カルホーンは拳銃を手にしていた。「銃など触ったことがないのだ――こんなもの、我慢ならんよ」

「今こそ新たに知るときです」牧師は言った。「慣れることとです。慣れればこれほど心強い伴(とも)はいない」

ゾンビどもは窓の近くに立って、板の割れ目から中をうかがっている。

「かれらは何を待っているのか」誰に問うともなく、カルホーンは言った。

「やつらの主人だ」ドクが言った。「命令されるのを待っているんだ」

「ドク、私たちの助けになることをご存じなら、話すのは今です」

ドクはベンチに腰を下ろした。「いいだろう」と彼は言った。「細かいことは飛ばして、要点だけにしよう。説明しきれることでもないしな。あのインディアンは呪術師だ。魔術師と言ってもいいだろう。彼はこの町を呪い、復讐するために死後の生を得ようと、魔を体内に呼び込んだ。魔はインディアンに力を与えた。この教会はしばらくはゾンビをはねのけていられるだろうが、それもインディアンがやつらに命令するまでのことだ。もちろん、彼はするだろう。教会の力が妨げになるから、ゾンビどもを送り込んでくるはずだ。ゾンビにそれだけの力がなければ、インディアンは直々にここまで来るだろう。だが、朝になれば力は弱まる。彼は何もできなくなるから、そのあいだにわれわれの手で滅ぼすことができる。太陽の光は彼にとっては毒になるのだ。

蜂の巣にたとえれば、ゾンビは働き蜂でインディアンは女王蜂のようなものだ。魂は一つだけ、インディアンにしかない。ゾンビは脳を破壊すれば滅びる。インディアンの魔術は脳が無傷な死体にしか使えないのだ。理由は私にはわからない。蝦蟇(がま)の目玉や黒い羽根の蛾がなぜ薬になるのか、わからないようにな。だから、そうと信じるほかない。やつらの頭を撃て。頭蓋骨を叩き割れ。死人どもを止めるのに他に手はない」

「インディアンも？」デイヴィッドが尋ねた。

「同じとは言えない。彼の体がどんなにひどい状態になっても、魔は操り続けるだろう。その動きを止めるには、日光か、聖なるものを用いるほかない。だが、聖なるものを用いるときには、疑いを抱いてはならない。神を信じる心が揺らげば、それは力を失う」

牧師はアビーの肩に腕をまわした。「ドク、それは確かですか？」

「わからん」ドクは言った。「私の仕事が食屍鬼(グール)退治だとでも思っているのかね？　これは神をも畏れぬ魔書から得た知識だ」彼は言葉を切った。「大事なことをもう一つ。歩く死人は病気のようなものだ。恐水病の犬に咬まれたら恐水病に罹(かか)るように、やつらに嚙まれた者も同じ、歩く死人になる。そうなったら打つ手はない。もし嚙まれたら――手にした銃を自分に向けることだ」

2

町は死に絶えた。

そして、町には死人が溢れた。

窓に打ちつけた板の隙間から外をうかがい、サンフランシスコの波止場で、船から係留索をたどって降りてくる鼠の、五十匹はくだらない列を見たことを、牧師は思い出した。鼠たちの目は餓えに赤く光っていた。生前はミリー・ジョンスンだったゾンビが窓辺に現れ、隙間から牧師に目を向けた。そして、太長い舌で唇を舐めた。左の鼻孔から洟が糸を引いて流れ落ちた。牧師を見て、極上のステーキを前にしたかのような唸り声をもらした。だが、教会に侵入する他の経路を探してか、窓辺から離れていった。彼女がいなくなったとき、牧師はインディアンの姿に気づいた。

インディアンは右肩に大きな木箱を担ぎ、通りの真ん中を歩いてきた。彼に従うように、その背後に雨が降っている。

カルホーンは、別の窓からその姿を見ていたが、目を窓から離すと、膝をついて祈りはじめた。

死者の一群はインディアンに道を開け、インディアンは玄関の階段の前に立ち止まると、肩から下ろした木箱を立てた。そして、引きちぎるように蓋を外すと、教会の中から死体が見えるようにした。

牧師のそばに来ていたドクが言った。「あいつの妻だ――妻だったもの、と言ったほうが正確だが」

インディアンは死体に目を向けると、耳をつないだ革紐を首から外し、亡き妻の首にかけた。そして、命をなくし黒ずんだ唇にキスをすると、教会に向き直った。

通りの向こうから、さらに死人どもが押し寄せてくる。保安官は顔を失い、ケイレブはこぼれた内臓をぶら下げ、足首から先が食われてなくなった右足を引きずって、歩いてくる。

インディアンの目が合ったとき、この赤い肌の男に対する同情が胸のうちから湧き起こるのに、牧師は驚いた。愛する者を奪われた思いは彼にもわかる。彼の場合は死別したのではないにしても。

知るかぎり、両親は生きているし、妹は余所にやられたと聞いたが、やはり健在のはずだ。

いまや二人は相見（あいまみ）えた。神の善なる代理人である牧師と、魔の邪悪なる手先であるインディアンとが。

だが、牧師は自分が真に正しいとも、インディアンが心から邪悪であるとも、思えなかった。

牧師はアビーに目を向けた。彼女は笑顔で答えようとしたが、顔の筋肉は思うように動いてくれないようだった。もっと明るい心の持ち主であれば、自分が正しいことを疑いはしないだろうに、と彼は悔やんだ。彼女とベッドで愛しあってみたい。愛しあう者同士が、これから死ぬかもしれないというときに互いの体を求めるのは、罪ではないのだ。生き延びられないかぎり、次の機会はないのだし。だが、迷いがあるときは自分の心よりも、神の御心に依らざるをえない。

牧師はデイヴィッドに目を向けた。この少年は自分に良く似ている、と彼は思った。もし息子がいたら、きっとこんな子供だろう。

彼の思いに気づいたのか、デイヴィッドは牧師に目を向け、笑おうとした。アビーよりも少しは笑顔らしい顔になった。

牧師はまた窓の外をうかがった。インディアンはその場を動かず、目でずっと牧師を追っていたかのように、こちらを見ていた。

牧師は目を落とした。散弾銃に弾丸を装填したのを確認するのはこれが五度目だが、そのあとで拳銃の装填を確かめるのも五度目だった。

散弾銃を壁に立てかけ、サッシュベルトに拳銃を差すと、アビーに歩み寄り、彼女を抱きしめた。「愛しています」そっけない口調で言う。「これから何が起きようとも」

彼女は銃を置いて彼にすがりつき、二人は唇を重ねた――愛を告げあうために、そしておそらくは、別れにそなえて。

戦いの前に、ひとときの静寂があった。

3

死人どもが動きはじめた。はじめは、非常にゆっくりと。階段を上がり、窓格子を掴み、隙間から手をこじ入れて打ちつけた板を引っ掻いた。ひび割れを探り当て、押したり引いたりしだした。

五人は礼拝堂の中央で配置につき、閂を通した扉に目を向けていた。両端に牧師とドクが立ち、デイヴィッドは牧師の左に、アビーはドクの右に、そして中央ではカルホーンが、歯の根も合わないほどに震えて立っていた。

玄関の脇の窓が軋んだかと思うと、釘が銃弾のように飛び、打ちつけた板が床に落ちた。血に染まった歯を剥き出しにして、インディアンが笑っていた。彼は窓格子を両手で掴むと、顔を近づけて中をうかがった。

「来たぞ」彼は言った。

だが、窓格子を摑んだあたりから煙が上がり、彼はあわてて手を離したが、掌には火の粉がちらついていた。

牧師はドクに目をやった。「聖なる場所だから?」

ドクはうなずいた。「われわれにとっての聖なる場所は、彼にもやはり聖なる場所なのだよ。やつらに踏み込まれるまではな。踏み込まれたら、あとは信仰が問われることになる。やつが魔を信じる心が、われわれが神を信じる心よりも強ければ……」

「私たちは死ぬ」

「最悪の事態だが、な」

牧師は時計に目を落とした。日の出まで、あと一時間はある。時計をポケットに戻すや、ゾンビどもが動きだした。

巨人の胸が息を吸ったかのように、玄関の扉が内側に撓(たわ)んだ。窓に打ちつけた板が割られ、ゾンビどもが中を覗き込んだ。ゾンビの一体が窓格子に嚙みついたが、歯が砕けて飛び散った。他のゾンビどもが、窓を摑んでがたがたと揺らしだした。

巨大な手が――インディアンの手が現れると、触れるたびに煙が立ちのぼらせながら、神経を逆撫でするような音をたてて、窓格子を次々に引きちぎっていった。

「牧師さん」デイヴィッドが言った。背伸びをして話しかけてくる。

「どうした」牧師は答えた。

「会えてよかった」

「そんなことを言うのは早い。今は神と、その手の散弾銃を信じていればいい。肩でしっかり支え、よく見て狙うんだ。焦るな。落ち着け。二度発砲したら装填だ。必要を感じたら後方に下がれ。反動が強すぎるようなら散弾銃は捨てていい。そのときは拳銃で、相手を充分に近づけてから撃て。わかったか」

「わかりました」

「デイヴィッド」

「はい」

「きみは一生の友だ」

「ありがとうございます、牧師さん」

「ジェブだ。私のことはジェブと呼びなさい」

「はい、ジェブ」

ゾンビどもは窓から這い込み、礼拝堂の中に犇めきだした。

牧師は散弾銃を構えた。「聖なる主の御名にかけて――銃よ、その業をなせ」

そして、窓をすり抜けようともがくゾンビの頭を射貫いた。首から上をなくした怪物は、窓の外に落ちていった。包囲攻撃は始まっていた。

4

ゾンビどもの頭は粉砕されていった。押し寄せては銃弾に倒れ、そのたびに波は引きはするが、またも進軍しては撃たれ、たちまち礼拝堂の床は、再び死骸を敷き詰めたようになった。死人どもは怖れることはなく、ただ餓えと、インディアンの命令に突き動かされていた。

銃声が止むことはなく、堂内は鼻孔を刺す硝煙の臭いに満たされ、銃はすぐに過熱したが、彼らは倦むことなく装填と発砲を繰り返した。

今のところはゾンビに苦しめられることなく、装填しては撃ち続けてやつらの動きを止めるだけの余裕があった。このまま状況が好転するまで守り続けられることを、牧師は期待した――太陽が昇るまで。

砲弾が撃ち込まれたかのように玄関の扉が勢いよく開き、ゾンビが波打ち際の小石のように押し寄せてきた。牧師とドクは銃を撃ち続け、止めようとしたが、敵は退かず、このままでは包囲されるとポケットの弾丸を装填しようとしたが、弾丸はいよいよ乏しく、とうとう銃を投げ捨てて（牧師にはベルトの拳銃があったが）信徒席に用意した予備の銃に持ち換えるまでになった。

濃霧のように立ちこめる硝煙でゾンビは見えず、歯を噛み鳴らす音が頼りだったが、顔を突きあわせるほどに接近してきたのがわかった。

銃撃は至近距離になってきた。血と、肉や脳髄の破片は、床に積もるほどだ。うっかり動けば足を滑らせるほどだが、みな持ちこたえていた。

ゾンビの攻撃が止まり、銃声も静まった。嵐が湿った冷風を巻き起こし、硝煙を吹き払った。

礼拝堂が死骸に埋めつくされているのを、彼らは見た。そのさまは、牝牛の乳房についた壁蝨(だに)のようだった。

インディアンは玄関前の階段の下に立っていた。扉の残骸が、酒場のスイングドアのように風に揺れ、その向こうに彼の姿が見え隠れしていた。

インディアンが両手を嵐の空に差し上げると、細く青い稲妻が触手のように何本も伸び、その指先に触れた。嵐が力を与えるかのように。インディアンがかっと開いた口は、そのまま顎が外れるまで大きく広がった。見るも怖ろしい、鋭い歯を剥き出しにした口から、喉をついて出る咆吼は、嵐をさらに激しく勢いづけた。インディアンが嵐から得た力が伝わったのか、死人どもは再び、一斉に動きだした。

その一瞬(怖ろしいことだが)、牧師には死人どもが人間——男たち、女たち、そして子供たち——に見えた。ホテルの主人モントクレア。保安官補ケイレブ。カフェの料理人セシル。見かけはしたが名前までは知らない人たち。かれらが耳障りな声を荒々しくあげて詰め寄るさまは、祝福を授け魂を救ってくれと懇願するかのように、牧師には見えた。

「こいつらはもう人間じゃない」ドクが叫んだ。「インディアンを滅ぼさないかぎり救えないぞ」

襲来する死者たちを前にして、彼らは繰り返し、祈りの言葉を口にした。

信徒席の通路を、二体のゾンビが意思を持つかのようにしっかりした足取りで、倒れた仲間たちの残骸を押しのけながら、カルホーンに向かってきた。

カルホーンは素早く後ろにいる死人を撃ったが、狙いは外れて頭ではなく、前にいる方の肩を吹き飛ばした。撃鉄を起こし、再び発砲すると、前の死人の額から上が血と脳とともに飛散した。

カルホーンは散弾銃を二つに折り、装填しようと弾丸を探していたが、その間は近づくゾンビや、他の仲間には目を向けないでいた。

ポケットに弾丸はなかった。

顔を上げると、ゾンビが目の前で歯を剥き出していた。

カルホーンは散弾銃を投げだし、ベルトから拳銃を取ろうとしたが、ゾンビの吐く腐った息に手が止まり、動けなくなった。ほんの一瞬だったが、相手には充分だった。ゾンビは彼の顔に深々と歯を立て、肉を裂いた。苦痛の叫びをあげるカルホーンを、死人は愛しむように両手で抱き込むと、餌をついばむ鶏のように顔の肉を噛みとった。悲鳴を聞いたアビーは、振り返ってそのさまを見た。

「ごめんなさい」と言うと、カルホーンが目を向けるのと同時に、アビーはその頭を撃った。ゾンビに押さえつけられたまま、カルホーンは絶命した。

ゾンビは不満げな顔をアビーに向け、声をあげたが、彼女に向かい踏み出す前に右目を射貫かれた。ゾンビとカルホーンは折り重なって倒れた。

死人どもは蜂のように群がってきた。硝煙は再び濃く立ちこめ、応戦者たちの目を灼いた。銃声の他はもう何も聞こえない。銃を持つ手もすでに疲労の限界に達していた。だが、死人どもは容赦なく押し寄せる。餓えに突き動かされて。弾丸を装填できないほどに疲弊し、彼らは武器庫のほうへと追いやられていった。信徒席から残り少ない銃を拾っては、弾倉が空になるまで撃ち、次の銃を手に取る。

「もう保たない」アビーが言った。

「武器庫に行け」ドクが言った。

デイヴィッドとアビーは咄嗟に、ドクと牧師と背中合わせに立って後方を守り、戦いながら後退する二人を先導した。

煙をかき分けて飛び出してきたゾンビの頭を、ドクはウィンチェスターの銃身で叩き割った。頭蓋骨を砕く音は銃声ほどに響いた。ノーランだ。オートミールを吐き出すように、割れた頭から飛び散った脳が、ドクにかかった。

ノーランはドクと牧師のあいだに倒れ込み、牧師を後ろに、アビーを前に押しやった。

神に示されるまでもない、応戦もこれまでか、と牧師は思いかけた。ゾンビたちは信徒席のあいだを抜け、武器庫の前を塞いでいる。

デイヴィッドの腕は疲労のあまり、肩から抜け落ちそうだった。散弾銃の反動に堪え続けて、感覚がなくなっている。わずかな時間に、彼は腕を休めた。

手元の散弾銃はあと一回しか撃てないが、ベルトには拳銃が、ポケットにはまだ少し弾丸がある——弾切れのときは散弾銃を棍棒がわりにするまでだ。それもなくなったら、もうおしまい——だが、終わりではない。恐怖の始まりだ。

濛々たる硝煙の中から手が伸びてくるや、デイヴィッドの散弾銃の銃身を摑み、ゾンビの残骸が積み上がった信徒席の方に投げ捨てた。

デイヴィッドが見たのは父親だった。その顔は傷だらけで血に汚れていたが、不思議なほどに落ち着いていた。デイヴィッドはベルトから拳銃を抜き、父の顔に狙いをつけた。

が、動けなくなった。

引き金を引けない。

父親を憎んだことは一度や二度ではすまないし、父ちゃんなんか死ねばいい、と思ったことさえある。だが今、自分の命を守らなければならないときに——父親はもう生きてはいないのだとわかっていながらも——引き金が引けなかった。ジョー・ボブ・ラインは息子の肩を摑み、首を突き出すと、その手の拳銃を払い落とした。嚙まれて歩く死人になる前に、自分の頭を撃つだけの力がありますように、と願いながら、デイヴィッドは悲鳴をあげた。そのとき、父親が嚙み鳴らす顎と自分とのあいだに、散弾銃が差し込まれた。ラインが嚙んだ銃の台尻から木っ端が飛んだが、そのまま突き込まれて歯が折れ、血がほとばしった。死んだ父親が倒れたところには、牧師が立っていた。

「動け」牧師が叫んだ。「撃ち続けるんだ」

また動けるようになったデイヴィッドは拳銃を拾い、撃ちだしたが、足はほんのわずかしか動かせなかった。ゾンビどもは牛の死骸を見つけた禿鷹のように群がってくる。

どこからともなく死人の手が伸び、摑みかかる。それを払いのけながら、最後の拠点——武器庫へと向かう。ゾンビは摑みかかり嚙みついてくる壁のようだ。

でぶのモントクレアは血まみれの姿で、アビーの襟髪を摑んで吊り上げ、よだれを垂らす口に近づけようとしていた。アビーが手にした四五口径の銃身を、その額に力のかぎり打ちつけると、モントクレアはよろめき、彼女を離した。ドレスが破れてアビーは血まみれの床に落ち、散らばる死骸の断片と薬莢の上を這って落とした銃を探した。ラインの胸に落ちていた銃を拾いかけると、その手が伸びて彼女の手首を摑んだ。死人は頭をもたげた。牧師の一撃に頭蓋骨を砕かれはしたものの、とどめを刺されてはいなかったのだ。ラインの歯がアビーの親指を食い千切った。

アビーは絶叫し、身をもぎ離して後ろに跳んだ。

デイヴィッドは彼女の脇をすり抜け、死んだ父親に体当たりした。デイヴィッドと同時に立ち上がったラインの胸から、アビーの拳銃が落ちた。

デイヴィッドは銃に飛びつき、手に収めると、起き上がるや父親に振り返った。今度は引き金を引いた。鼻から上が消えうせたラインは後ろざまに倒れた。

デイヴィッドは向きを変えてアビーの援護に入ろうとした。ゾンビどもは二人に摑みかかった。

デイヴィッドは死人を殴りつけ、蹴飛ばして身を引き離したが、アビーはもう動けなくなっていた。死人の一体が血だまりに足を滑らせながら、アビーの足を掴み、ドレスともども膝頭を食いちぎった。もう一体が背中から肉を抉った。さらに一体が、肩を齧った。

アビーはよろめき、デイヴィッドに向かって倒れ込んだ。少年は彼女の腰に腕をまわして、その体重を受け止めた。目の前に立っていたのは、顔をなくした保安官と、ずたずたに裂かれた内臓の断片をまだ腹からひきずっているケイレブだった。

デイヴィッドの銃弾に顔面を粉砕され、ケイレブは倒れた。保安官は首を振り立て、口だけになった顔でデイヴィッドに喰らいつこうとした。返り血や屍肉のかけらがこびりついた少年の顔に、さらに血が塗りつけられたが、保安官は歯を失っていたので、彼に嚙みつくことはできなかった。

デイヴィッドは保安官の顔の残骸を撃ち抜き、マットはようやく死の安楽を得た。

頭を上げたアビーは牧師の背を目にとめた。牧師は振り返り、二人の目が合った。牧師は彼女の傷を見てとった。

「愛しています」と言うと、アビーは立ちすくむデイヴィッドの手から拳銃を取り、身をまっすぐ立てると顎の下に銃口を当て、撃鉄を起こし、引き金を引いた。怯えたプレーリードッグが穴から飛び出すように、頭頂から脳髄を噴出させて、彼女はデイヴィッドの足元に頽(くずお)れた。

デイヴィッドはアビーの手から拳銃を拾うと、牧師を見上げた。

「武器庫に入れ」牧師が言った。「内側から錠をかけろ。お前ならできる」

「一緒じゃないと嫌だ」デイヴィッドがわめいた。

牧師は近寄るゾンビを蹴倒し、押しのけた。「言われたとおりにしろ、この馬鹿」

デイヴィッドはかぶりを振った。

ドクはゾンビの群に押し拉がれていた。牧師は食らいついてくる死人の顎を避け、散弾銃の台尻でその頭を打ち砕き、倒した。

ドクはもう身動きがとれない。ゾンビは一群の猟犬のように彼に襲いかかっている。牧師を見たドクの顔がゆがみ、叫んだ。牧師は棍棒がわりに使っていた散弾銃を放り出し、ゾンビがさらに数を増す前に、拳銃でドクの頭を射貫いた。

アビーが死に、ドクが死に、牧師も間もなく二人に続くところだった。が、ドクの亡骸にゾンビどもが群がったとき、視界が開けてインディアンの姿が目に入った。

インディアンはまだ階段の下に立ったままで、嵐は彼を包み込むようにしながら、鷲木菟(わしみみずく)が鳴くような音の風を吹かせていた。その背後の空に、牧師は雲の切れ間から射す陽光を見た。

お前の魂胆はわかる、だができない、と言いたげに、インディアンは笑みを浮かべた。

牧師は叫びながらデイヴィッドのいる方に走った。怪物どもはアビーとドクを餌食にしていたので、デイヴィッドには身を休めるわずかな余裕があったが、それでも武器庫には入らず、その前の壁に寄りかかっていた。

三歩で武器庫の前に着いた。デイヴィッドを抱き上げてドアを開け、猫のように襟首を摑んで武器庫に投げ込んだ。自分も入ってドアを閉めようとしたが、一体のゾンビが首を、さらには手を突っ込んできて、閉めかけたドアをこじ開けにかかった。

牧師は左のジャブで死人を打ち倒すと、ノブを摑んでドアを閉じようとしたが、ゾンビはあきらめが悪かった。ドアを摑むと、牧師を外に引きずり出した。

牧師は拳銃をゾンビの顎に当てた。そのまま発砲すると、死人はようやく本当の死を迎えることができた。

他の死人どもが集まり、ドクを捕まえたときのように群がってきたが、牧師は素早かった。身をかわし、ひねり、蹴りと拳とコルト・ネイヴィの銃身で己が自由を守った。嚙みつこうとする十二歳の少年の顔を蹴り飛ばし、背後から襲いかかる男の首を肘で一撃して、その顎に空を嚙ませた。

デイヴィッドは牧師の脇に立ち、拳銃を三連射した――バン、バン、バン――三体のゾンビが倒れた。これで場所に余裕ができ、牧師はデイヴィッドを武器庫の中にやり、自分も階段を下りかけたが、ドアノブを片手に握り、もう一方の手で銃をサッシュベルトに押し込むと、両手でノブを押さえた。デイヴィッドは牧師を支えようと、その腰にしがみついた。

ドアの隙間からゾンビの手が、閉めさせまいと這い込んできた。牧師は唸りながらドアを押し、デイヴィッドも加勢した。ゾンビの指が音をたてて折れ、ソーセージの断片のように千切れて床に落ちると、ドアは閉まった。デイヴィッドは伸び上がって、見るからに弱々しい掛け金を下ろした。

これで安全だ。

ほんの一時だろうが。

ドアが激しくガタガタ鳴りだした。

「馬鹿の一つ覚えだな」デイヴィッドが言った。

牧師はうなずいた。

「持ちこたえられないかも」

牧師はかぶりを振ると、ドアの横の棚からランプとマッチを取り、明かりを点した。

ドアはまだ鳴り続けている。

「もう駄目なんじゃないかな」

「日が昇るまで持ちこたえられれば、次の手が打てる。もうすぐだ」

そう答えながらも、牧師は考えた。「だが、いつまで持ちこたえられるか」

「さあ、下に降りよう」と、彼は言った。

第十章

1

階段を下りると、牧師は積み上げられた木箱を上り、カーテンのかかった窓に手をかけた。カーテンを開けてみる。教会の他の窓と同じように、窓格子がはまっていた。出口はない。沈む船に閉じ込められた鼠のような状況だ。

だが、希望の光が射してきた。朝日が空を赤く染めだしていたのだ。

カーテンを閉じ、木箱を下りた。

「ここから出る道は」と、牧師はデイヴィッドに言った。「入ってきたドアしかない。だが、もう朝日が昇ってきている。勝ち目が出てきた」

そして、上着のポケットに残った弾丸を拳銃に装填した。五発。「一つ足りないな」牧師は言った。

「そっちは?」

「弾丸はないよ」デイヴィッドが答えた。

牧師は彼に拳銃を差し出した。

「だめだよ」少年は言った。「牧師さんが持っていないと。おれは散弾銃でも、射程距離の短い拳銃でもいい。でも、それは牧師さんの銃だ。あいつらの仲間にだけはならないで。おれの言うこと、わかるかい?」

牧師はうなずいた。

ドアを叩く音が止んだ。

デイヴィッドと牧師は階段を見上げた。

「あいつら、行っちゃったのかな」デイヴィッドが言った。

牧師は窓を見上げた。今いるところからは、太陽の光は見えない。光は棚に置いたランタンからだけだ。

「そうは思わない」牧師は答えた。

そのとき、世界の終わりを告げるような轟音が響いた。ドアが割れ、礼拝堂の壁にかかっていた十字架の先端が突き出した。

十字架は引き抜かれたかと思うや、再び怖るべき衝撃とともにドアに打ちつけられた。ドアは外れ、蝶番の一つに破片を残して落ちてきた。

戸口にはインディアンが十字架を手に立っていた。十字架を持つ手からは煙が上がっている。神聖な場所に踏み込んだからか、ブーツからも濛々と煙が上がっていた。

だが、彼は笑っていた。その肩には鸚鵡が止まるように、小さな女の子が人形を手に座り、小猿のように甲高い声をあげていた。

その後ろには、死人どもが唸り、舌なめずりをしながら、犇めいていた。

「手出しをするな」インディアンが言うと、死人どもは退いていった。

インディアンはしばらく、教会と十字架だけでは相手として不足だ、と言いたげに、牧師を凝視していた。「伝道師殿、地獄より御挨拶申し上げる」そう言いざまに、手にした巨大な十字架を彼とデイヴィッドに向かい投げつけた。

十字架は牧師の立っていた床を叩き、その先端は階段の下の二段を打って粉々に砕いた。

牧師はコルト・ネイヴィを差し上げ、女の子の額を撃ち抜いてインディアンの肩から落とした。人形が音を立てて階段を転がり落ちる。

「見上げたものだ」インディアンは言った。「幼子(おさなご)を地獄から救ったのだな」それから、言い聞かせるようにゆっくりと続けた。「だが、お前を救う者はいるのか?」

インディアンは階段を下りはじめた。

無駄だとわかっていても、せずにいられないことがある。それは本能のなせる業かもしれない。

牧師はインディアンの額を撃ち抜いた。額に穴を開けたまま、インディアンは階段を下りてきた。

その胸に蜘蛛を思わせる形の痣を見て、夢の預言が何を意味していたかを牧師は悟った。夢では蜘蛛のような怪物に食われたが、今それが現実になろうとしている。

痣に目を奪われ、牧師は夢の恐怖を再び覚えていた——黒衣の船頭があやつる舟が、彼を乗せたまま蜘蛛に呑まれていく。

そのとき閃いた。主が邪悪なるものを夢に見せたのであれば、その弱点を——アキレスの踵（かかと）をも、見せていたのではないか。

牧師はインディアンの胸の蜘蛛を撃った。

だが、インディアンは笑うばかりだった。

インディアンは稲妻のような速さで階段を下り、巨大な片手で牧師の首を摑むと、高々と差し上げてその目を見た。

インディアンの死んだ目の奥には、魔の炎が燃えさかっていた。その顔には、今撃った弾丸で開いた穴のほかに、マットの散弾を受けた小さな傷が無数にあった。首には私刑の綱の痕があり、蜘蛛の形の痣は今にも本物の蜘蛛になって這いまわりそうに、胸に止まっていた。

牧師の息は止まりかけていた。舌が口から突き出す。足は虚しく空を蹴った。右手は拳銃をぶら下げたままで、上着のポケットで揺れているのは——

小さな聖書だ。

ドクが言っていた。聖なるものを用いるのであれば、疑いを抱いてはならない。信じていれば、それは力を発揮する。

拳銃を左手に持ち替え、右手に聖書を握りしめると、胸のうちで全能の神に呼びかけながら、インディアンの顔に押しつけた。

聖書は炎を上げ、インディアンの右目を灼いた。

唸り声とともにインディアンは頭を振り、頬に灼きついていた聖書は宙を飛び、木箱に当たって床に落ちたが、まだ煙を上げていた。

眼窩から煙を立ちのぼらせ、インディアンの動きが止まった。牧師を見下ろして、彼は笑みを浮かべた。「この、ちび野郎が」

そして、かっと口を開いた。顎の関節が外れた。

一瞬のうちの出来事に、デイヴィッドは放心して身動きもとれずにいたが、我に返ってインディアンに駆け寄ると、その足を蹴りつけた。

インディアンは手を一閃させて、足にまつわりつく犬か何かのように彼を払い飛ばした。デイヴィッドは吹っ飛び、木箱の山に叩きつけられた。

デイヴィッドは立ち上がり、ポケットからジャックナイフを取り出した。開いて刃を出すと、インディアンに走り寄り、その脚に突き立てた。

インディアンは空いているほうの手で、再びデイヴィッドを払った。今度の一撃はさらに邪険で、木箱に叩きつけられた少年は、しばし貼りついたあとで剥がれるように倒れた。

牧師の意識は朦朧としていた。信じられないほどの数の鋭い歯が並ぶ、ばかでかい口が目の前に開いているのを見、滅亡へのトンネルから吹き寄せる死の臭いを嗅いでいた――その口は、大きすぎるナイトキャップのように、彼を包み込もうとしていた。

視界が真っ暗になる前に、左目の隅が太陽の光を捉えた——ほんの一筋、針のように細いが、まちがいなく日光だ。

インディアンの手に抗い(あらが)ながら首を左に捻り、目を凝らすと、窓にカーテンをかけている紐が見えた。

今やインディアンに頭を呑まれようというとき、牧師は左手を上げて拳銃で窓を撃ったが、カーテンの紐には当たらず、ガラスが砕ける音がしただけだった。さらにもう一度撃った。紐が切れた。細い光の剣は、カーテンが脇に落ちるとともに広がり、暗い部屋は金色の光に満たされた。

階段の上のゾンビどもがいっせいに叫んだ。日光は武器庫の窓からだけでなく、かれらが気づかないうちに、背後からも差し込んでいた。死人どもは逃げようとして、礼拝堂は大混乱に陥った。

牧師を咬み殺そうとして首を伸ばしたインディアンは、顔面に光を受け、弾き飛ばされた。絶叫しながら牧師を木箱の山に投げつけると、背を向けて驚くべき跳躍力で階段を上りだした。だが、その背からは黒い煙が立ちのぼっていた。

「大丈夫？」牧師を助け起こしながら、デイヴィッドが尋ねた。

「ああ。やつの気を逸(そ)らせてくれてありがとう」

「何もしていないよ。牧師さんの射撃がうまかったんだ」

「そうか」牧師は言った。「そうだったのかもな」

彼はサッシュベルトに拳銃を差し、二人は慎重に階段を上った。

教会は燃えだしていた。日光を浴びたゾンビが炎をあげていた。壁にぶちあたったり、ばらばらの信徒席のあいだに山積みになっていたやつらの残骸が、燃え上がっていた。

インディアンは聖堂の中央の通路にいた。動こうとしていたが、両脚は火のついた蠟燭のように溶け、ズボンから流れ出てブーツから溢れていた。

そして、両腕を広げて前のめりに倒れた。十字架にかけられたように。

教会は今や燃え上がっていた。火は壁を這い上がり、垂木に移っていた。古い屋根材が炎に炙られ、悲鳴をあげるように軋んでいた。

牧師とデイヴィッドは走った。溶け崩れていくインディアンの骸（むくろ）の上を駆け抜けた。牧師が飛び越え、続いてデイヴィッドが――

――インディアンの手が伸び、少年の脚を掴むと、床に引き倒した。牧師は振り向き、その崩れた黒い顔が、顎が外れるほどに口を開くのを見た。頬がなくなった口にぎざぎざの歯が並んださまは、蜥蜴（とかげ）の怪物のようだった。インディアンは首をもたげ、デイヴィッドの顔に噛みついた。

その一瞬後、牧師は跳んでインディアンの頭を蹴り上げた。インディアンの首は灰のかたまりだったかのように雲散霧消し、歯ばかりが腐ったミントドロップのように、くすぶるゾンビの残骸と血だまりに覆われた床に散らばった。

牧師がデイヴィッドに目を向けたとき（彼は正視できなかった）、少年の目は恐怖の色を湛えていた。

牧師は膝を着き、彼を助け起こそうとした。

「いけない」デイヴィッドは言った。「おれはもうだめだ。殺しておくれよ」

牧師にはできなかった。弾倉が空になった拳銃で、黙って少年の頭を叩き割ればいいとわかってはいるが、できなかった。

デイヴィッドの腰に腕をまわして支え、くすぶる木材や燃え上がるゾンビの残骸を避けながら、外に出た。階段を下りきると同時に、教会は炎に包まれ、玄関までまわった火が二人の背を舐めた。

牧師はデイヴィッドを、インディアンの女の亡骸が入った木箱の脇に横たえ、頭を支えた。

「もう力が出ないよ」デイヴィッドが言った。

「私が——私が悪かった」

少年の頰の傷から血が流れ落ち、シャツの襟を赤く染めた。

その傷はまもなくデイヴィッドを死に至らしめ、そして再び動かすだろう。だが、そのときはすでに、姿だけを残していても、デイヴィッドではない。餓えに突き動かされ、その歯でインディアンの呪いを感染させていくだろう。

「お願いだよ、牧師さん——ジェブ。神様のところに行かせて」デイヴィッドの声は消え入りそうだった。

神の御許に、と心に唱えても、牧師は身動きひとつとれなかった。**神だと?** 私に苦しみしか与えないろくでなしを、信じ敬うことなどできるか。苦しみを増やしてよこすだけなのに。私が触れるものをみな壊し、腐らせるばかりではないか。私はインディアンと、彼を動かしていた邪悪なものに打ち勝った。だが、勝っても何も残らない。虚しいだけだ。

「お願い」デイヴィッドの声がした。

「ああ、わかっているとも」牧師は立ち上がり、あたりを見まわした。拳銃の代わりになる、固く重いものか、鋭いものはないかと。

何もなかった。

デイヴィッドは目を閉じた。もう息をしていない。

牧師は少年から身を離し、インディアンが滅びたあとも呪いは残るのかと思いながら、その亡骸を見つめた。

デイヴィッドが目をぱっと開いた。

牧師はサッシュベルトから空の拳銃を抜いた。もう躊躇はしていられない。

デイヴィッドはゆっくりと立ち上がった。だが、日の光が当たり、彼はすぐに溶けはじめた。かすかな呻きを残し、少年は炎に包まれ、頽(くずお)れた。

2

教会の裏に穴を掘り、牧師はデイヴィッドの亡骸(なきがら)のわずかな残りを埋めると、焼け残った木材で作った粗末な十字架を立てた。インディアンの女の木箱に蓋をし、木ぎれを集めてまわりに積み上げると、すっかり灰になるまで焼いた。灰は風に吹かれ、ちりぢりに飛んでいった。

町をまわって目にしたかぎりの家畜を解き放つと、教会の焼け跡から松明の火種を取り、町に火を放った――建物の中にまだ怪物が潜んでいて、日没を待っているかもしれないから。

そして、自分の馬に鞍を載せ、雑貨屋で調達しておいた当面必要なものを積むと、マッド・クリークをあとにした。

ここに来たときと同じように丘の上に立ち、煙を上げる町とあちこちで揺らめく炎を見下ろして、アビーを、ドクを、そしてデイヴィッドを思った。ここに生き、暗い一夜のうちに文字どおり煙と消えた人々すべてを思った。

神に思いを馳せ、自分がたどってきた苦しみの道を顧みて、何か答えは出ないかと考えた。何も浮かんではこなかった。

馬の向きを変え、拍車をかけて、牧師は東テキサスの松林の奥へと向かっていった。

3

牧師に見つかることなく、蜘蛛のようなもの――インディアンの胸の痣そのままの怪物は、焼け落ちた教会の梁の下から這い出してきた。それはあちこちに残る火を避け、煙をかいくぐって、教会の床下だったところに、かつてはウッドチャックの巣穴だった古い穴を見つけた。
それは煙をたなびかせながら、穴の奥に潜り込み、姿を隠した。
風が煙を吹き払い、晴れ渡った空から太陽が地表を暑く照らした。

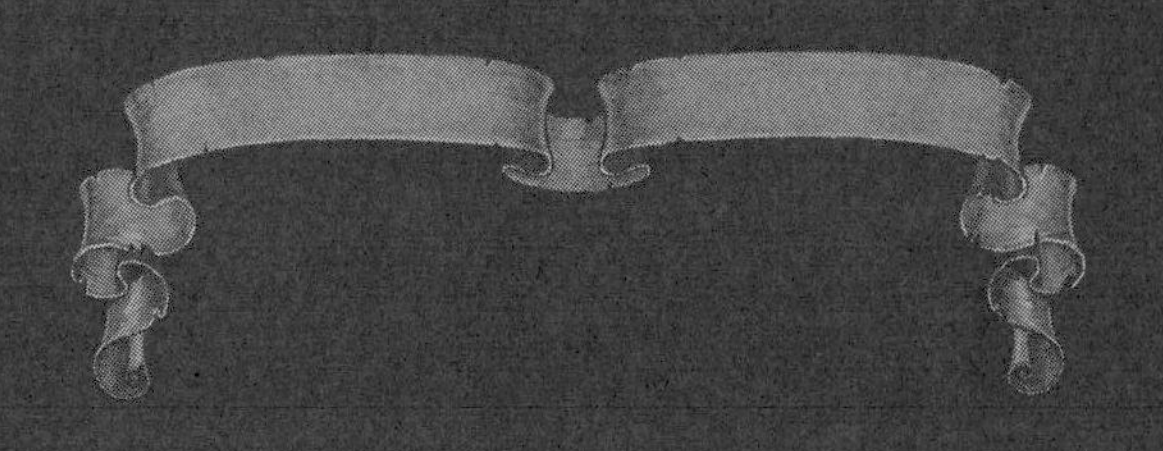

死人街道
DEADMAN'S ROAD

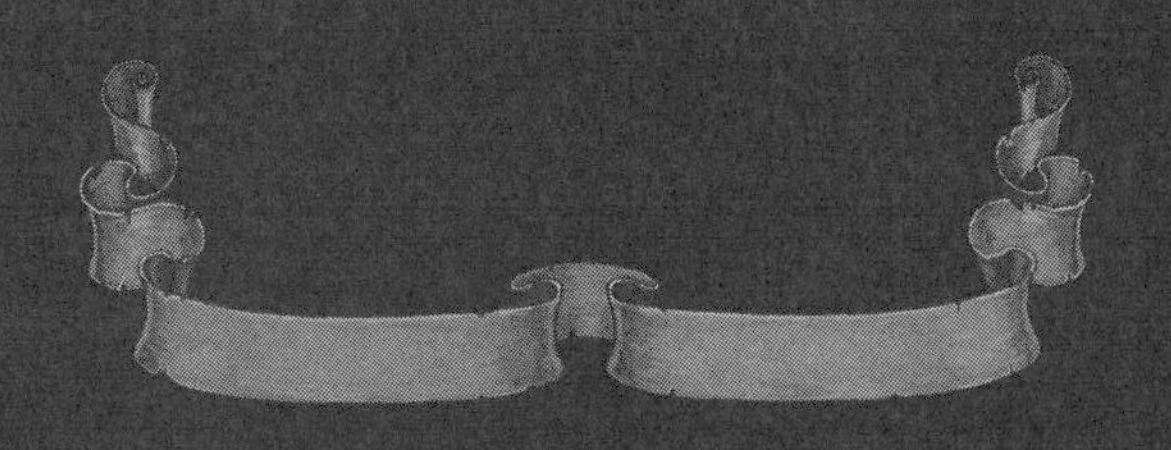

夕日は西の空を血の色に染めて沈み、満月は巨大な白いボールを紐で吊り下げたように浮かんだ。ジェビダイア・メーサー牧師は、松の高い梢のはるか上空にかかったその月を、馬の背から見上げた。真っ黒な夜空いちめんに、星が白い炎のように燦めいている。

道は狭く、木々は両側から行く手をさえぎるように枝を伸ばし、背後からも追ってくるかのようだ。馬は疲れ果て、頭を下げて前のめりに足を運んでいるが、ジェビダイアもそれを制するだけの体力はすでになく、鞍から滑り落ちずに手綱を放さないでいるのが精一杯だ。考える気力もないが、それでも思い続けていることが一つあった。主に仕えてはいるが、彼は神をろくでなしと信じ、心の底から憎んでいる。もちろん、それを神は知るばかりか気にもとめず、ただ彼に自らの使者の任を負わせていた。神は新約聖書にではなく、旧約聖書に書かれたとおり、厳しく、執念深く、不寛容だった。モーゼの片脚を銃で吹き飛ばし、精霊の顔に唾するばかりか、その頭の皮を剥いで髪を四方の風に散らすようなやつだ。

神の御使いになることなど、悪人のジェビダイアは望んでもいなかったが、その役目を負ったのは己が罪ゆえにであり、すでにそれは捨てても逃れもできない使命となっていた。それは神の呪いで、放棄すれば地獄で業火に焼かれるので、自分の意思にかかわりなく、主の定めたままに従うほかなかった。主は寛容ではなく、報いるに愛をもってすることはない。服従と隷属には屈辱をもって報いた。神はそのために人類を創造した。そう、玩具だ。

そのようなことを考えながら馬を進め、道を曲がると、道が広くなり、道端の切り株の向こうにかなり広い空き地が見えた。その中央にはこぢんまりした丸太小屋と、やはり丸太造りの、母屋よりはやや大きな納屋が建っていた。カーテンがわりにかかった小麦粉の袋ごしに、オレンジ色の明かりが灯っていた。身も心も疲れ果て、餓えと渇きに堪えてきたジェビダイアは、小屋に引き寄せられていった。

小屋から少し離れたところで、馬の背から身を乗り出して、ジェビダイアは声をかけた。「こんばんは、小屋のかた」

しばらく待ったが返事がないので、もう一度声をかけたところで、扉が開いた。出てきたのは、鍔の広いフェルト帽をかぶった、五フィート二インチほどの小柄な男で、ライフルを手に体で戸口を塞ぐように立っている。「誰だ、ウシガエルみたいな声で呼ぶやつは?」

「牧師のジェビダイア・メーサーという者です」

「説教はいらねえな」

「いや、そのつもりはありません。お願いします。納屋で十分ですので、屋根のあるところに一晩いさせてもらえませんか。もしご無理でなれば、馬と私になにかいただければ。水だけでもけっこうです」

「かまわんよ」男は言った。「今晩は人がよく来るな。先客が二人いて、これから食事にしようとしていたところさ。あり合わせでよければ、焼き置きのパンとできたてのベイクドビーンズがある」

「ありがたいかぎりです」ジェビダイアは言った。

「礼にはおよばんさ。その痩せ馬を納屋につないだら、母屋で食うといい。俺のことは〈おやっさん〉と呼んでくれ。そう言われるほどの歳じゃないんだがね。馬に踏まれて足が利かなくなったのと、歯がほとんどないもんだから。ランタンは納屋の戸の内側に掛けてある。馬の用が済んだら母屋に来な」

ジェビダイアは納屋に馬をつなぎ、ブラシをかけると、飼葉（かいば）と水をやってから、母屋に入った。黒く長い上着のボタンをはずし、銃把に象牙を施した二挺の四四口径リヴォルヴァーが見えるようにした。二挺とも銃把が前に出るようホルスターを傾け、腰にぴったり巻いたベルトに差してある。若いやくざ者のように、ゆるめたベルトに下げて差してはいない。ジェビダイアは両手が自然に銃把に届くようにしておきたかった。拳銃を抜く手の動きは蜂鳥（はちどり）の翼のようで、親指が撃鉄を起こすや、銃は咆吼とともに驚くばかりの精度で鉛の弾丸を吐き出す。百歩離れたワインボトルのコルク栓を撃ち飛ばすのは彼には簡単なことで、薄暗くてもやすやすとできる。拳銃を見せたのは、もし自分を待ち伏せている者がいたら、すぐに反撃できると知らせるためだった。白いものの交じりはじめた黒い髪に載せた、鍔広の黒い帽子を直した。帽子が傾いていたほうが堅苦しくなく見えると思ったが、さほど変わりはなさそうだ。いつも怒りに燃えているような、眼光の鋭さのせいだろう。

丸太小屋の中はランプの灯で明るく照らされていた。灯油の匂いがして、黒い煙と、おやっさんのパイプの灰色の煙と、シャツにバッジをつけた若い男の紙巻煙草の煙が交じって立ちのぼっていた。若い男のそば、暖炉の脇にもう一人、男がただ切っただけの丸太に座っていた。暖炉にはこの時期にしては火を焚きすぎたか、中は暑いほどだが、ベイクドビーンズの鍋をかけているからだろう。男は中年で胴まわりに肉がつき、不安そうな顔をしている。帽子は後ろにずれ、麦わら色の髪が汗ばんだ額に貼りついていた。やはり煙草をくわえているが、半分ほど灰になっている。丸太の上で身じろぎをしたとき、その両手が手錠でつながれているのに、ジェビダイアは気づいた。

「あんた、牧師なんだってな」手錠の男は煙草を暖炉に放り込んだ。「神の国なんてありゃしないだろう」

「残念なことだが」ジェビダイアが答えた。「ここが神の国だ」

「牧師さん」若い男が言った。「俺はジム・テイラー、保安官補だ。スプラッドリー保安官の代理で、この男をナカドーチェス(テキサス州東部の町)の裁判所に護送する途中でね。まず絞首刑は免れないだろう。罪状がライフルと馬を狙った強盗殺人だからね。あんた、型は古いがいい銃をもってるな。腕前もよさそうだ」

「狙ったものは外さない、と言われたことはある」ジェビダイアはがたつくテーブルの前の、がたつく椅子に腰掛けた。おやっさんは木杓子の長い柄で尻を掻きながら、テーブルにブリキの皿を並べ、手近な布きれで鍋を摑むと、暖炉からテーブルに移した。そして、木杓子で皿にベイクドビーンズをよそった。それから、木のカップを並べて、ピッチャーの水で満たした。

「ところで」と保安官補が言った。「手を貸してもらえないか。この二日ばかり、この男を見張ってろくに眠っていないから、この先安全に行けるかどうか、心配なんだ。明日の朝まで、あんたとおやっさんにこいつの見張りを頼めるだろうか。明日の護送に同行してもらえると、なおありがたい。銃が使える連れがいてほしいんだ。保安官が日当を出すだろう」

おやっさんは何も聞こえなかったかのように、かびたビスケットを積み上げたボウルを持ってきて、テーブルに置いた。「先週焼いたもんだから、ちっとかびが生えてるが、気になったら削って食ってくれ。だが、俺のビスケットは走る鶏にぶつけて殺せるくらい固いから、歯には用心しな」

「おやっさん、それで歯がないのか」手錠の男が言った。

「全部じゃないがな」

「どうだい、牧師さん」保安官補が言った。「俺に寝る時間を取らせてくれるか」

「私も眠らなくては」ジェビダイアは言った。「ここまで来るのに難儀して、ひどく疲れている」

「元気なのは俺だけかな」手錠の男が言った。

「いいや」おやっさんが言った。「俺も元気そのものさ」

「仲間だな」手錠の男はなにか言いたげに笑みを浮かべた。

「余計なことをしてみろ、お前さんのどてっ腹をぶち抜いて、白蟻に引っ越しさせてやらあ」

手錠の男は声を上げて笑った。楽しんでいるようだ。

「交代でなら、手伝えそうだ」ジェビダイアが言った。「おやっさんさえよければの話だが」

「お安い御用さ」おやっさんはそう言うと、皿を一枚取ってビーンズを盛りつけ、手錠の男の前に置いた。男は両手を上げて見せた。「どうやって食うんだ?」

「口でさ。悪いが客用のスプーンが足りない。ナイフを持たせるわけにはいかんしな」

男はしばし考えたが、またにやりと笑った。皿を取り、縁に口をつけると、傾けて流し込んだ。

そして、皿を置くと豆を噛んだ。「スプーンのあるなしはともかく、焦がしたな」

ジェビダイアは上着のポケットからナイフを出すと、刃を出してビスケットを一つ刺して取り、皿を手元に引き寄せた。

「あんたも食べな、若いの」おやっさんは保安官補に言った。「散弾銃(ショットガン)を取ってくる。こいつが食うのとは関係のない動作をしだしたら、皿ごとぶち抜いて焚きつけにしてやる」


おやっさんは二連式の散弾銃を膝に置いて座っていた。囚人が食べているあいだ、保安官補は彼の罪状を話した。女や子供を何人も殺し、犬や馬ばかりか塀の上の猫までも撃った。使用中の御婦人用便所に放火した。強姦の常習犯で、保安官のオカマを掘ったあげく殺したことさえあり、人の飼っている動物と見るや迷わず撃った。人であれ獣であれ、生きているものにはことごとく厳しく接してきたようだ。

「動物は嫌いだ」囚人が口を挟んだ。「蚤をうつしゃがるからな。それにあの女は、使ってる便所より臭かったんだ。焼き捨てでもしないとな」

「黙ってろ」保安官補は言うと、囚人を顎で指した。「この男の名はビル・バレット。底の底を究めた最低の屑野郎だ。問題は、俺が疲れてるだけじゃなくて、こいつに傷を負わされてることなんだ。この男を取り押さえたときにね。殺されかけたよ。かすり傷だが、腰を撃たれた。そのあとは取っ組みあいさ。野郎、頭を銃で五、六回ぶん殴って、やっとおとなしくなった。二日前のことで、傷は浅かったがだいぶ出血した。それで弱っちまっててね。牧師さん、護送につきあってくれたら、恩に着るよ」

「考えておこう」ジェビダイアが言った。「だが、私にもすることがある」

「このあたりに説教するところがあるのかい?」保安官補が言った。

「用はないね」と、おやっさん。「イエスのたわごとなんぞ、聞かされたら座っちゃいられない。俺に説教してみろ、あんたを殺して、勢いで自分の首まで掻っ切っちまう。説教を聞かされるのも、蟻塚に縛られるのも、俺にゃ変わりがないね」

ジェビダイアが言った。「あんたの言うとおりだ」

ジェビダイアの返事に、みな黙り込んだ。保安官補がおやっさんに尋ねた。「ナカドーチェスへの近道はあるかい?」

「あるとも」おやっさんが言った。「あんたが来たこの前の道を、まっすぐ行けばいい。三十マイルばかり行くと、左に曲がる道に出くわす。道なりに十マイルも行って、町に入る前にもういっぺん曲がれば、あとはすぐさ。どのへんで曲がるかはちょっと覚えていないが。まあ、急がないなら二日くらいかかるかね」

「一緒に来てくれ」と、保安官補。「道案内がいると助かる」

「行きたいところだが」と、おやっさん。「無理だね。もう馬に乗れる体じゃない。前に長いこと乗ったときは、睾丸を痛めてえらい目にあった。馬は申し分なかったんだが、下りたあとは鍋の湯に塩を溶いて、上に小一時間もしゃがんでタマを浸したもんだったよ。そうでもしなきゃ、ズボンにおさまらないくらい腫れちまってね」

「聞いただけで痛えな」ビルが言った。「でもよ、じいさん、それでやっと人並みの大きさになったんじゃないのか。腫れたままにしときゃよかった」

おやっさんは散弾銃の撃鉄を起こした。「こいつが暴発しないといいんだがな」

ビルはにやりと笑い、暖炉にもたれかかったが、急に前に飛び出した。おやっさんに撃たれたか、と牧師は思ったが、何があったのかすぐに気づいた。

「おいおい」おやっさんが言った。「熱いにきまってるだろ、馬鹿が。火を燃やすから暖炉っていうんだ」

ビルは暖炉の石に背中を当てないように座り直した。「裁判から戻ったら、この若僧のちんぽこのフライをごちそうしてやらあ」

「道中、便所にはまらないようにな」おやっさんが言った。「お前さんが気をつけるのはそれだけだ」

小屋の中はまた静かになり、保安官補がおやっさんに言った。「もっと早く着ける道はないか?」

おやっさんは少し考えた。「あんたに都合のいい道じゃないがな」

「どういうことだ」

おやっさんは散弾銃の撃鉄をゆっくり下ろし、ビルに笑いかけた。それから銃身を低くして、顔を保安官補に向けた。「死人街道さ」

「道があるってことだな?」保安官補が言った。

「いろいろあってな。もとは墓場街道と呼ばれていた。呼び名が変わったのは二年ばかり前からだ」

ジェビダイアは興味を惹かれた。「おやっさん、その話をしてくれ」

「与太を聞く耳はもたないが、この話は信用のおけるやつから聞いたんだ」

「怪談だな」ビルが言った。

「そこを通ると、ナカドーチェスにはどのくらいで着く?」保安官補が言った。

「一日かな」おやっさんは言った。

「よし。じゃあ、そこを通って行こう」

「ここからさほど離れちゃいないが、お勧めはしないね」おやっさんが言った。「俺はイエスを信じる気はないが、精霊みたいなものは信じている。こんな林で暮らしていると、不思議なものをよく見るからな。モーセだのイエスだのが言う神だけが神じゃない。もっと古くから、この土地にいる神々がいる。インディアンなら知っているがな」

「インディアンの神など怖いものか」保安官補が言った。

「そうかもしれんが」おやっさんが言った。「このあたりの神々は、インディアンも忌み嫌っている。

あいつらの神でもないからな。ずっとずっと昔からいるんだ。インディアンはそいつらとは関わらないようにしている。そのために自分たちの神々を崇めているのさ」

「その道は他の道とどう違う？」ジェビダイアが言った。「その昔の神々と関係があるのか？」

おやっさんはにやりと笑った。「試してみたいのかい、牧師さん？　あんたの神様がどれだけ強いか確かめる気か。俺の目が確かなら、あんたは牧師の格好をしているが、拳銃使いなんだろう。隠すことはないんだぜ、拳銃使いの牧師さんよ」

「好きで神に仕えているわけじゃない」ジェビダイアは言った。「だが、私には使命がある。悪を滅ぼす使命がね。私の神が、悪のありかを知らせる。行く先に悪があるなら、たとえそれが神と呼ばれていても、相手にしなくてはならない」

「たしかに、あいつらは邪悪だ」おやっさんが言った。

「そいつらのことを話してくれ」ジェビダイアが言った。


「養蜂家のギル・ギメットという男がいた」と、おやっさんは話しはじめた。「死人街道の近くで、蜂蜜をとるのを生業(なりわい)にしていた。その頃は墓場街道だったが、そうと呼ばれていたのは、古いスペイン人の墓場のそばを通っていたからだ。このあたりに来た征服者(コンキスタドール)の中に、先に行けずに死んだやつらがいたとかいう話だ。インディアンの墓もあった。キリスト教に改宗したやつらのだと思う。墓石や十字架が並んでる中に、インディアンの名を刻んだ十字架もあったからな。混血だったのかもしれん。昔はこのあたりの誰もが、自由に結婚したものだった。だから、いろんなやつが葬られていたよ。死んでしまえば土に還るんだ、肌の色なんざ気にすることもない」

「けっ」ビルが口を挟んだ。「じいさんも土気色だ。もう死んでるんじゃないのか」

「黙って聞いてろ」おやっさんが言った。「次にケツを拭くときは葬儀屋にしてもらうことになるぞ」言い終えると、散弾銃の撃鉄を起こした。「銃の暴発ってな、けっこうよくあるもんでね。いつ起きるか知れたもんじゃない」

「しないに越したことはない」保安官補が言った。「もっとも、ビル、お前が死んだら俺の仕事は楽になるがな」

ビルはジェビダイアに目を向けた。「まあ、そうだろうが、牧師さんはどう思うかな」

「正直な話、さほど気にはしない。私は平和を広める者でも、赦しを与える者でもないし、あんたが何をしてきたか知りたいとも思わない。私たちはみな罪深いのだからな。赦される者などいないのかもしれない」

ビルは意気消沈した様子だった。自分の味方につく者はいないと気づいたのだろう。おやっさんは話を続けた。

「この蜂飼いのギメットは、ろくでなしだった。下司野郎を絵に描いたようなやつさ。顔見知りだったが、どうにも気にくわなかったね。やつが仔犬をさらって、ふざけ半分にナイフで尻尾を切り落としたことがあった。飼っていた子供が食ってかかったら、その子まで切りつけて、腕に怪我を負わせたよ。でも、誰も文句ひとつ言えなかった。このあたりじゃ法律も役に立たないし、度胸のあるやつもいない。俺もないやつのうちさ。ギメットは悪いやつだった。人も何人か殺して、自分の身を守っただけだ、と言い抜けたんじゃなかったかな。ギメットはいつもなにかしていたが、関わったやつは死んだり、傷を負ったり、酷い目にあわされたもんだった」

「ビルの兄弟みたいなやつだな」保安官補が言った。

「いやいや」おやっさんはかぶりを振った。「そこの野郎はギメットのケツにも及ばないね。ギメットは墓場街道のそばの小屋に住んでいた。蜂を飼って集めた蜜を、街道沿いの町で売っていたんだ。まあ、町というほど大きかなかったが。そこはショーと呼ばれていたが、昔ショーって男が住んでいたからだ。そいつは豚に食われて死んだ。自分ちの豚小屋で餌をやってるさなかに、うっかり自分に餌をこぼしたもんだから、豚どもがいっせいに襲いかかってきて、やつをきれいに食っちまった。ショーの家の跡地は店屋になって、そのままやつの名前で呼ばれるようになり、それが町の名になったってわけさ。ギメットはそこの店に蜂蜜を卸していた。最低の野郎のくせに、持ってくる蜂蜜ときたらもう、これまで味わった中で最高だった。もし、まだ手に入るもんなら、もう一瓶欲しいね。色が濃くて、とろっとしてて、砂糖なんかよりずっと甘かったよ。やつが大目に見てもらってたのは、蜂蜜のおかげさ。人殺しの下司野郎が好きなやつはいないが、蜂蜜はみんな好きだもんな」

「で、何の話だっけか?」ビルが言った。

「聞きたくないなら」おやっさんが言った。「どんな綱が首にかかるか考えてな。そのほうが退屈しないだろう？」

　ビルは唸り声を返すと、もう聞く気はない、と言いたげに、座っていた丸太ごと向きを変えた。

「それでも、蜂蜜がどれだけあろうと、甘いもの好きがどんなに大勢いようと、始まったものには終わるときがくる。そのきっかけは、ギメットが可愛いメアリ・リン・トゥーシューに出会ったことだった。メアリ・リンは片親がインディアンで、まったくもってきれいな娘っ子だった。髪は鴉の濡れ羽色、目の色も黒くて、どこから見ても芝居小屋の入口に飾ってある女優の絵姿みたいだったよ。背丈は五フィートいくかいかないかで、長い髪を背中におろしていた。おやじさんは白人で、早くに死んでいた。天然痘が流行ったときにね。インディアンのおふくろさんは病気がちだった。母子二人で藁と木の棒で箒（ほうき）を作って売っていた。他に持っているものは、小さな畑と豚が一頭だけ。それで全部だった。その頃、メアリ・リンはたぶん十三、四だったんじゃないかな。まだ子供だったよ」

「脇道にそれるなよ」ビルが言った。

「おや、聞く気になったか」と、おやっさんが言った。

「他にすることがあるか」と、ビル。

「続けてくれ」と、ジェビダイア。「メアリ・リンはそれからどうなった？」

　おやっさんはうなずいた。「ギメットはメアリ・リンに目をつけた。おふくろさんが作った箒を納品に来たところをな。やつは待ち伏せをして、帰るところをつかまえた。わめいて暴れる娘っ子を、小麦粉の袋みたいに馬の鞍に投げ上げた。店の主人のマック・コリンズが出てきて止めに入った。

何をどう言ったかは知らないがね。まあ、あまり強くは出られなかったこったろう。だからって、マックを悪くは言えない。ギメットに逆らうとあとで何をされるかわからないからな。やつはマックにこう言ったらしい。『この子のおふくろさんに蜂蜜のでかい瓶を一本あげようと思ってな。この子の具合がよかったら、もう一本か二本つけてもいい』

とか言って、メアリ・リンの尻を叩くと、馬で連れていっちまったんだ」

「俺みたいなことをしやがる」ビルが言った。

「茶々を入れるな、耳障りだ」ジェビダイアが言った。「静かにしていないと、銃を抜くぞ」

ビルはジェビダイアを睨んだが、牧師が返した目は、おやっさんの散弾銃の二つの銃口よろしく、暗かった。

「こんな酷いことはない」おやっさんは言った。「ギメットはメアリ・リンを家に攫って、何をしたもんだかな。飽きて追い出したか、酒に酔ったかどうかした隙を見てあの子が逃げたかするまで、ほとんど殺すようなまねをしたんだろう。メアリ・リンは血まみれで墓場街道を歩いてきて、町に戻るや倒れた。次の日に出血多量で死んだよ。おふくろさんは病をおして、墓場街道を驢馬に乗って墓地まで行った。インディアンには自分らの神々がいるが、おふくろさんはまた別のを知っていた。ほかのインディアンたちが知らない神々をな。

おふくろさんは墓場の地面に印を描いた。それから、よくは知らないが、古い墓のいくつかに何かした。そして最後に、自分の喉を掻っ切って、墓の一つと印を描いた地面を血まみれにして死んだ」

「そんなことをして何になるっていうんだ」保安官補が言った。

「まあ、俺たちならそう考えるよな。だが、話にはまだ続きがある」おやっさんが言った。「ギメットの悪行三昧を我慢してきた町の連中も、とうとう堪忍袋の緒が切れて、やつを吊すなり撃つなりしてやろうと集まった。だが、小屋に押しかけてみると、ギメットのやつ、外で死んでたんだ。目玉は両方とも引っこ抜かれたかして、なくなってた。頭の皮は剥ぎ取られて、ちっとばかり髪の残った切れっ端が頭蓋骨に張りついてるだけだった。胸はざっくり裂かれて、骨だけ残して中身がきれいになくなってた。その中に蜂が巣を作って、蜜を集めてたんだ。口からも、目玉のなくなった目からも、鼻のあった痕からも、わんわん羽音を立てて出はいりしていたよ。ひっくり返してズボンを脱がせたら、ケツの穴から飛び出してくる蜂が見られたかもな」

「あんたは一緒に行かなかったのか」ビルが言った。「ここまでのは、聞いた話か？」

「ギメットが相手だと思うと、おっかなくてな」おやっさんが言った。「だから行かなかったのさ。だが、そのとき、びくびくするんじゃなかった、と思ったよ。一緒に行けばよかったたってな。もう怖がることもない。死んだのは、ギメットがした一番の善行だった。蜂にも役に立ったんだしな。町の連中も喜んで、死んだギメットの服を剥いで足を馬につなぎ、ブラックベリーの藪を引きずった。そのあいだも、蜂はぶんぶん羽音をたてて、やつから出はいりしていたよ。そうしたのが正しいかどうかは知らんが、ギメットがどんなやつで、何をしてきたかは俺も知っていたから、その場にいたらみなと同じようにしたろうさ。連中はそのままギメットを墓場まで引きずって、放り出してあとは腐るにまかせた。それから、メアリ・リンのおふくろさんの葬式をやりなおして、前よりいい墓を建ててやったんだ。だが、二晩三晩もしないうちに、町の連中はギメットの姿を見るようになった。半月と満月のあいだの夜に歩きまわっているという。今夜も満月だな。街道をうろつくだけじゃ済まない、馬が通れば尻尾を摑んだり、乗ってるやつをひきずり下ろそうとしたり、馬に乗ろうとしたりするんだとか。体の中に蜂を飼ったままでな。蠅みたいに真っ黒な蜂が、怒ったような羽音をたてて、やつの中から出てきて、まわりを飛びまわってるというんだ。出てくるだけじゃ済まない、けっこうな数の住人が、この街道を行ったきり帰ってこない。ギメットに攫われたんだと町では噂になった」

「たいそうな与太話だな」保安官補が言った。「おやっさん、気を悪くしないでくれ。世話になって感謝しているさ。だが、幽霊が追いかけてくるなんて、とても信じようがない」

「あんたが信じなくてもいいさ」おやっさんは言った。「聞いたままを話してるだけだからな。信じないならそれでいい。俺も幽霊だなんて思っちゃいない。あの子のおふくろさんが自分を犠牲にして呼び出した大昔の神々が、あの屑野郎に祟りをなしたんだと思うね。そいつらが何ものでどこから来たかは知らんが、ギメットをずたずたにしたんだ。蜂もそいつらが連れてきたんだろう。蜜蜂とは似ても似つかないっていうからな。知らない蜂だ。死神の養蜂場にいるようなやつだろうさ」

「ばかばかしい」保安官補が言った。

「わからないな」ジェビダイアが言った。「インディアンの女はその男を殺しただけかもしれない。

自分が何をしたか知らないでいたこともありうる。その男が死んだあとも生きていられるようにしたとは気づかずに……それが呪いなのかもしれないが。今も残って人々を苦しめているわけか」

「ギメットが生きているあいだと同じようにな」おやっさんが言った。「町の連中も、もちろん俺も、何をどうしたらいいかわからない」

ジェビダイアはうなずいた。「そうだろうな」

保安官補はジェビダイアに目を向けた。「真に受けるなよ、牧師さん。あんたはちゃんと知っているだろう。神は唯一の存在だし、呪術(フードゥー)なんてまやかしじゃないのか」

「神は唯一とは限らない」ジェビダイアは言った。「数々の神々が存在しうる。互いに戦うこともありうる、と私は考えている。私は、自分が仕える唯一にして絶対の神への信仰が揺らぐようなものを、いくつも見てきた。私たちの神もまたフードゥーなのではないか？　所詮は同じようなものさ」

「なるほど。いったい、どんなものを見たのかい？」保安官補は言った。

「話すだけ無駄だろう、若いの」と、ジェビダイア。「聞いたとしても信じてはくれまい。このあいだ、マッド・クリークを通ってきた。昔あそこにあった町には、邪悪なものが蔓延していた。町は焼けてなくなった。火をつけたのは私だ」

「マッド・クリークか」おやっさんが言った。「行ったことがあるよ」

「残っているのは焼け跡だけだがね」ジェビダイアが言った。

「焼けたのは一度だけじゃない」と、おやっさん。「馬鹿な連中が来ては跡地に町を建てようとしたが、そのたびにろくでもないことが起きた。牧師さん、俺は嘘はつかない。あんたの言うことを信じるよ」

「どうでもいい話だ」保安官補が言った。「俺は一番の近道で行きたいだけだからな」

「よしたほうがいい」おやっさんが言った。

「ご忠告には感謝するよ。だが、誰も同行してくれないとしても、俺はその道を通る。旅を一日も短くできるんだからな」

「付き合おう」ジェビダイアが言った。「私の仕事は悪を滅ぼすことだ。ただ旅をすることではない」

「行くなら昼間だ」おやっさんが言った。「明るいうちにギメットを見たやつはいないし、半月から次の半月までの、月が細いあいだは出てこない。今夜は満月だから、明日も同じだろう。行くんなら、昼間に急いで通るんだな。暗くなる前に街道を抜けられるように」

「その道に決めた」保安官補が言った。「一刻も早くナカドーチェスに着いて、すぐにこの野郎を牢屋にぶちこむんだ」

「同行させてもらう」ジェビダイアが言った。「ただ、死人街道を行くのは夜にしたい。ギメットに会いたいからな。会ったら引導を渡す。殺された娘の母親が召喚した、闇なる神々を追い払う。そして、やつを私の神のもとへと送ろう。保安官補、今夜はもう寝るといい。おやっさん、私が少し休むあいだにこの男を見張っていてくれたら、そのあとで交代しよう。その間、こいつを外の木につないでおいてもいい。十分に睡眠をとったら、昼過ぎに食事を済ませて、ここを出よう。死人街道には夕暮れまでに着けばいい」

「死人街道で行くなら道順は簡単さ」おやっさんが言った。「街道はまっすぐ一本、終わりに分かれ道があるだけから、そこに着いたら右に行けばいい。そこから先にはギメットは出ないし、街道に入る前にも見たやつはいない。あいつは街道に閉じ込められているんだろう」

「それでいいさ」保安官補が言った。「うろつく死人は馬鹿話だが、休む時間が取れて、牧師さんが同行してくれるなら、申し分ない。ナカドーチェスに着くのが夜でもね」

翌朝、ゆっくりと起きた一同は、早めの昼食をとった。昨晩のベイクド・ビーンズと固いビスケットに、栗鼠（りす）の肉のシチューが少しついた。立木につないだビルをジェビダイアが見張っているあいだに、おやっさんが撃ってきたのだ。そのあいだ、保安官補は小屋で眠っていた。

今は、みな揃って外に出ており、ビル以外の三人が食事をしている。

「俺の分は？」手錠の鎖を引っぱりながら、ビルが尋ねた。

「俺たちが済んでからだ」と、おやっさんが答えた。「栗鼠の肉があるかどうかはわからんが、ビスケットはあるから遠慮はするな。肉なしのシチューが少しは残るだろう。俺の皿のをビスケットですくってもいいさ」

「あのビスケットはひどいぜ」ビルが言った。

「お前の言うとおりだ」おやっさんが言った。

ビルはジェビダイアに目を向けた。「なあ、牧師さんよ。行くなら俺と若僧を置いて一人で行ってくれ。一緒に行くのは賢い考えじゃない。俺は逃げるし、責任は若僧一人で負えばいいんだからな。あんたまで責任をとらなくていい」

「私がこれまで見てきたものからすれば」ジェビダイアが言った。「お前はものの数には入らない。虫みたいなもんだ。責任を気にするほどじゃない」

「やつにも食わせてやろう」保安官補がビルを顎で指した。「食事が済んだら出発だ。俺はじゅうぶん休んだし、仕事は早く済ませたい」

月が昇り、死人街道が目の前に開けた。白い路標が十字架のように道端に立ててある。まわりには木や草が生い茂り、おぼろな月明かりで枝葉のあいだを透かさないと、雑な文字は読めない。

一陣の強い風が落ち葉を地面から舞い上げ、枯葉を枝から落とし、粘土質の道を吹き払っていく。木の葉は鼠たちが藁山の中を駆け抜けるような音をたてた。

「秋は憂鬱なもんだな」保安官補は馬を止め、水筒の水を一口飲んだ。

「生あるものは絶え間なく入れ替わる」ジェビダイアが言った。「生まれ、苦しみ、死して罰せられる」

保安官補はジェビダイアに目を向けた。「復活とか恩寵とかはそこに入らないのか?」

「私は語らない」

「あんたが何を考えているのかはわからないが」保安官補は言った。「ここまで来るのがこんな遅い時刻じゃないほうがよかったと、俺は思うね。行くなら日中だな」

「お化けなんか信じちゃいないんだろ？」ビルが鼻を鳴らした。「どうでもいいって言ってたよな」

保安官補はビルには目を向けずに言った。「ここに来たことがなかったからな。こんな場所は嫌いだ。怪談話も嫌いだ。信じる信じないは関係ない」

「勝手なこと言ってら」ビルが言った。

「私に同行してほしいと言った手前」ジェビダイアが言った。「合わせないわけにはいかなかったな」

「ここで何か見ようってんだろ、牧師さんよ」ビルが言った。

「出てくればだ」と、ジェビダイア。

「あのじいさんの話を信じてるのか？」保安官補が言った。「本気か？」

「たぶんな」

ジェビダイアは馬に声をかけ、先に街道に踏み込んだ。

死人街道に踏み込んだジェビダイアは、馬を停めると、サドルバッグから小さいが分厚い聖書を取り出した。

保安官補も、ビルも立ち止まらざるを得なかった。「あんたは変わってるが、やっぱり牧師だな」保安官補が言った。「聖書の言葉は誰にも心の平安をもたらすものだ」

「この本に平安の言葉はない」ジェビダイアは言った。「むしろ渾沌そのものだ。聖書は怖ろしい本というほかないし、その怖ろしさはそのまま、神の怖ろしさだ。まったく、怖ろしい。だが、聖書には力がある。その力がすぐに必要になるだろう」

「何を言ってるか、よくわからないな」保安官補が言った。

「頭のおかしなやつの言いそうなことだ」ビルが言った。「ついて来させるんじゃなかったな」

「ビル、逃げたきゃ逃げてみな。馬から射ち落としてやる」保安官補が言った。「近くなら拳銃で、離れたらライフルで。試したくはないだろう」

「ナカドーチェスまで先は長いぜ」ビルが答えた。


赤土の、狭い道だった。前に伸びていくさまは血染めのベルトのようで、森に入り右に曲がった先は、ヨナを呑んだ鯨の腹の中さながらに暗い。落ち葉はひときわ激しく風に舞い、巨大な雀蜂よろしく宙を飛び交っていた。太い木も風を受けて右へと撓う。三人は街道の左側を行くことになった。行けば行くほど道は暗くなる。道が曲がるあたりは森も深く、空は雷雲に覆われはじめて、さらに暗い。雲の切れ間からときおり月光が漏れるが、病気の赤ん坊が握る手の力ほどないか弱さだ。しばらく進むうちに、保安官補が機嫌のよさそうな声をあげた。「牧師さんが期待したようなものは出ないな。見たのはオポッサムくらい。あとはただ風が吹くばかりだ」

「よかった」ジェビダイアが言った。「実に、よかった」

「残念じゃないのか」保安官補が言った。

「私の仕事はきみのと大差ない。悪いやつを捕らえて、地獄に送る。ときには、地獄に帰ってもらう」

そのとき、稲妻がひらめき、その光で何かが道を横切るのが見えた。

「あれは何だ?」我に返ったかのようにビルが言った。

「人のように見えたが」と、保安官補。

「そうかもな」と、ジェビダイア。「そうならいいんだが」

「何だったと思う?」

「聞かないほうがいい」

「言ってくれ」

「ギメットだ」ジェビダイアは言った。


雲間からほんのひととき月が出て、街道を先のほうまで照らした。光の中で、一群の昆虫が羽音をあげて飛び交っていた。

「蜂だ」ビルが言った。「まちがいなく蜂だ。でも夜だぜ。おかしいんじゃないか」

「お前、蜂に詳しいのか」保安官補が言った。

「やつの言うとおりだ」ジェビダイアが言った。「でも、もういなくなったな」

「飛んでいったか」と、保安官補。

「いや……飛んでっちゃいねえ」と、ビル。「ずっと目で追ってたんだが、どこにも飛んでいかなかった。ただ見えなくなった。出てきて、すぐに消えたんだ。幽霊みたいにな」

「馬鹿を言うな」保安官補が言った。

「あれはこの世の昆虫じゃない」ジェビダイアが言った。「使い魔だ」

「何だ、それは」ビルが言った。

「邪悪なものの手助けをするやつらだ」と、ジェビダイア。「ギメットに従っているんだろう。魔女が黒猫を連れているようなものだ。使い魔というものはだいたい、獣か虫の姿をしている」

「くだらない」保安官補が言った。「何の話をしているんだ」

「何を言うのも自由だが」ジェビダイアが言った。「私は目を凝らし、耳を澄ましている。拳銃をすぐ抜けるようにしておいたほうがいい。いつ撃つことになるかわからないからな。もっとも、きみの拳銃では役にも立つまいが」

「いったい、何を言ってるんだ？」ビルが言った。

ジェビダイアは答えなかった。馬を先に進めようとしたが、馬は言うことを聞かなくなってきた。鼻息を荒らげて首を振り、轡(くつわ)を引っぱり、耳を寝かせ目を見開いていた。

「うわっ」ビルが言った。「ありゃ何だ」

ジェビダイアと保安官補は振り向いた。ビルは鞍の上から後ろを見ていた。月明かりの下、蒼白い影が藪に飛びこむのが見えた。そのあとを黒い点のようなものが群をなし、散弾のように影を追って藪に入っていった。

「いったい何者だ」保安官補が銃身で殴られたような声をあげた。

「さっき言ったさ」ジェビダイアが言った。

「このあたりに人はいないはずだ」と、保安官補。

「何言ってんだ」ビルが言った。「牧師さんはこう言いたいんだろう。ギメットだ、それも死んでるってね。俺には真っ青な顔をしたやつが見えた。着ているものはぼろぼろだった。お前たちよりもしっかり見たはずだ。俺は視力がいいからな。蜂もちゃんと見た。早くここから逃げようぜ」

「好きにすればいい」牧師が言った。「私はここにいる」

「逃げないのか?」ビルが言った。

「私は逃げない」

「俺は逃げ出したいね。保安官補、お前は俺をナカドーチェスで縛り首にするんだろう? それが仕事だよな?」

「そのとおりだ」

「だったら、この馬鹿野郎に付き合うことはない。さっさと行こうぜ。墓場を何がうろついてるか知らんが、やつが闘いたいなら好きにさせればいい。俺たちには関係ないことだ」

「同行してもらうと決めたんだ」保安官補は言った。「だから一緒に行く」

「俺が決めたんじゃねえ」ビルが言った。

「お前が何を言おうと、どう考えようと、俺の知ったことじゃない」保安官補が言った。

そのとき、左手の森の中で何かが動きだした。大きいものが素早く、見つかってもかまわない、と言いたげに動いている。ジェビダイアは音のするほうに目を向け、誰か——いや、何かが朽木の枝のような四肢を曲げて、下生えの中で蠢いているのを見た。蜂の羽音が怒気をはらんで沸き起こった。彼は思わず馬の足を早めた。保安官補とビルも牧師の馬の歩調に合わせ、走った。

茂みがまばらになるあたりまで来ると、遠くに白い波が凍りついたような眺めが広がった。墓石だ。十字架も立っている。墓場だ。おやっさんの話に出たあの墓地だ。空は晴れ、風はさらに強まってきた。見る間に見晴らしがよくなった墓地に、藪の中を動いていたものが現れ、丘を登っていったかと思うや、墓石の一つに座った。頭のまわりを取り巻く黒い雲がたてる音が、道まで聞こえてくる。そのものは玉座に着いた王のように見えた。遠目にも、それが裸の男で、灰色の肌は月明かりを受けて青みを帯び、頭部がひどく損壊しているのが見てとれた。月光が割れた頭の後ろから入り、からっぽの眼窩から抜けていた。胸の裂け目の中には蜂の巣がかかり、滴る蜜が光を揺らめかせている。その光の中から無数の黒い点が飛び出し、怪物の頭のまわりを旋回していた。

「ああ、イエス様」保安官補が言った。

「こんなときイエスは役に立たない」ジェビダイアが言った。

「あいつがギメットだな。どう見ても、死んでいるはずなんだが」と、保安官補。

「まだ死にきっていない」と、ジェビダイア。「やつは私たちを弄んでいる。攻撃する時を待ちながら」

「攻撃だって?」と、ビル。「なぜだ?」

「それがやつの目的だからだ」ジェビダイアが言った。「私は反撃できる。油断するな、これから生きるか死ぬかの闘いだ」

「走って逃げられないのか?」ビルが言った。

そのとき、状況はジェビダイアが言ったとおりになった。怪物はもう墓石の上にはいなかった。影は森の端に集まり、固まって形をなしたかと思うや実体を得て、より暗い森の陰から飛び出すと、すでに墓石に座っていたときの姿を取り戻していた。冷たげな青い体の色、原形を留めていない顔、その歯は……ひときわ長く、鋭い。ギメットはジェビダイアの馬の尻を足がかりに、保安官補の馬を高く飛び越え、ビルに体当たりした。ビルは叫びながら馬から落ちた。道に転落したひょうしに帽子が飛び、ギメットはビルの麦藁色の蓬髪を摑むと、子猫かなにかのように大の男を持ち上げた。悲鳴をあげるビルを引きずり、ギメットは森に消えた。ビルが抵抗し両手を上げたさいに手錠が月光にきらめいたが、葉のそよぎと枝のゆらぎに呑み込まれ、その姿は見えなくなった。

「なんてことだ」保安官補が言った。「なんてことだ。あれを見たか?」

ジェビダイアは馬を下りると、その手綱を取りながら、もう一方の手で拳銃を構えた。保安官補は馬に乗ったままだった。やはり拳銃を構えてはいたが、その手は震えていた。「あれを見たか?」それればかりを繰り返していた。

「私のほうが目はいい」ジェビダイアは言った。「もちろん見た。やつを捕らえに行かねば」

「捕まえる?」保安官補が言った。「いったいぜんたい、なぜそんなことをしなくちゃならない?あの怪物を追いかけようってのか? ビルはもう助からないだろうし……ちくしょう。牧師さん、ビルは人殺しの極悪人だ。こうなって都合がいいさ。だから、化け物がビルを食い殺すかどうかしているあいだに、先の別れ道まで、街道を大急ぎで抜けよう。ギメットはそこから先には出られないはずだ」

「おやっさんはそう言っていたな。行きたければ止めはしない。私はやつを追う」

「なぜ？　ビルのことなど知らないだろうに」

「あの男のことではない」ジェビダイアが言った。

「おっと、違ったか」保安官補も馬から下り、ギメットがビルを攫って抜けていったあたりを指した。

「馬で行けるだろうか」

「迂回するのがいいだろう。そこに脇道がある」

「見えるのか？」

「覚えている。さあ、時間を無駄にするな」


街道を少し戻ると、木々のあいだを通る小道があった。花粉を吹き散らすように、風が雲を追いやっていたので、月はひときわ明るく輝いていた。さわやかな夜気は、先に進むにつれて変わっていった。甘いような酸っぱいような、腐敗臭が漂ってきたのだ。

「何か死んでいるな」保安官補が言った。

「死んで久しいものがいる」ジェビダイアが言った。

藪が深まってきたので、二人は馬をつないでおき、徒歩で行くことにした。荊（いばら）や木の枝をかきわけて進む。

「道がなくなった」保安官補が言った。「やつはここを通ったのか？」

ジェビダイアは枝に手を伸ばし、引っかかっていた布の切れ端を取ると、月明かりにかざした。「ビルのシャツだ。まちがいないだろう」

保安官補はうなずいた。「だが、ギメットはどうやってここを抜けたんだ。ビルを連れていたというのに」

「人間にとっての障害は、私たちが追っている相手にはものの数ではない。枝であれ、荊であれ。生ける死屍（しかばね）には何もないようなものだ」

しばらくのあいだ、道を切り開いて進んだ。蔦が行く手を阻んだ。長く太く、濡れていた。それは蔦ではなく腸（はらわた）だと、二人ともすぐに気づいた。

「新しいな」保安官補が言った。「ビルのだろう」

「きみの言うとおりだ」ジェビダイアが言った。

さらに進むと、小道が広くなった。ビルの断片がさらに見つかった。胃。指。片脚だけ中に残したズボン。噛んで中身を吸い取ったような痕のある心臓。ジェビダイアは心臓を拾い上げ、しばし見ていたが、投げ捨てて片脚つきのズボンで指先を拭（ぬぐ）った。「ギメットのおかげで、きみの仕事は減ったし、テキサス州は絞首刑の手間をかけずに済んだ」

「なんてこった」手についた血をビルのズボンで拭う牧師を見ながら、保安官補は言った。

ジェビダイアは目を上げた。「ビルは今さらズボンの汚れを気にはしないだろう。より大きな気がかりがあるからな。地獄の業火に投げ込まれるんじゃないか、とか。おや、そこに首がある」

ジェビダイアが指さす先を、保安官補は見た。ビルの首は折れた枝にかかっていた。後頭部から刺さった枝先が左目から突き出している。千切れた首から、脊髄が鐘綱のように長く下がっていた。

保安官補は藪に屈み込み、嘔吐した。「ああ、神様、俺はもう堪えられない」

「先に行け。きみがいてもいなくても、私には変わらない。ビルが死んだ証拠に首を持って、馬に乗っていけ。私の馬と間違えるな」

保安官補は帽子を直した。「首は持っていかなくていい。ギメットが出てきたとき、あんたは俺がいてよかったと思うはずだ。俺は腰抜けじゃないからな」

「大口を叩くのは生き延びてからだ。その度胸、見せてもらおう」

小道はビルの血でぬかるんでいた。二人は銃を構えたまま丘を登った。頂上に着くと、眼下に青々とした草原が広がり、さほど遠くないところに煙突の崩れた小屋が見えた。

二人は小屋まで行き、戸口に立った。ジェビダイアがブーツのつま先で蹴ると、たわんだドアは開いた。踏み込むと、彼はマッチを擦り、その火で屋内を見渡した。蜘蛛の巣と埃ばかりだ。

「ギメットの隠れ家だろう」ジェビダイアは灯油を満たしたランタンを見つけ、手のマッチで火を点すと、テーブルに置いた。

「危険じゃないのか」保安官補が言った。「やつは明かりに気づくだろう」

「言うまでもない、それが狙いだ」

窓ガラス代わりの油紙もとうになくなり、枠だけになった奥の窓からは、墓石や木の十字架が並ぶさまが遠く見えた。「別の側から見た墓地か」ジェビダイアが言った。「娘を殺された母親が命を断ったのも、あのあたりだろう」

ジェビダイアが言う間に、墓石と十字架のあいだで見た影が丘の上に現れた。同じようにぎくしゃくと、だが素早く動いている。

「部屋の真ん中にいろ」ジェビダイアが言った。

保安官補が従うと、ジェビダイアは部屋の中央にランタンを置いた。長椅子を見つけ、ランタンの近くまで引きずっていった。そして、上着のポケットから聖書を取り出した。ランタンのそばに膝をつくと、その光の下で聖書を開き、特定のページをいくつか破り取った。それを小さく丸めると、長椅子から五フィートの位置に、二フィートの間隔をあけて円を描くように置いた。

保安官補は何も言わなかった。ただ、牧師のする奇妙な作業を見ていた。ジェビダイアは彼に隣りあうように長椅子に座ると、膝に拳銃を置いた。「きみの拳銃も四四口径だったな」

「ああ。あんたのと同じ、先込め式リヴォルヴァーを改造したやつだ」

「貸してくれ」

保安官補は拳銃を渡した。

ジェビダイアは弾倉を開き、装填された弾丸を床に落とした。

「なんのつもりだ？」

ジェビダイアは答えなかった。自分のガンベルトから、弾頭が銀色に光る弾丸を取り出し、装填してから保安官補に返した。

「銀の弾丸だ」ジェビダイアは言った。「悪しきものを退けることもある」

「確実にじゃないのか？」

「静かに。今は待つときだ」

「囮の山羊みたいだな」保安官補が言った。

しばらくして、ジェビダイアは立ち上がり、窓の外を見た。そして、また座ると、ランタンの火を消した。


遠くに夜鳥（よどり）の声がする。蟋蟀（こおろぎ）がさざめき、大きな蛙がうめいた。二人は長椅子の両端に背中合わせに座り、銀の弾丸を装填した拳銃を膝に置いていた。どちらも黙っていた。やがて鳥はさえずりをやめ、蟋蟀も静まり、蛙の声も止んだ。ジェビダイアは声を潜めて保安官補に言った。

「来るぞ」

保安官補はかすかに身震いすると、深く息を吸った。ジェビダイアも我知らず深呼吸をしていた。

「静かに。気を緩めるな」ジェビダイアが言った。

「わかってる」保安官補は小屋の奥の窓から目を離さずにいた。ジェビダイアは、錆びた蝶番でなんとか付いている、たわんだドアに目を向けていた。

何も起きないまま時間が過ぎていく。物音もしない。だが、戸口で影が動き、ドアが軋むのに、ジェビダイアは気づいた。途方もなく長い腕が戸口から伸びてくるのが見えた。手はドアの縁を掴んだまましばらく動かなかった。が、やがて消えた。

時間が過ぎていく。

「窓に」保安官補が小声で言ったが、ジェビダイアは何のことか、すぐにはわからなかった。注意深く、目を窓に向けた。

それは猛禽が枝に止まるように、窓枠に屈んでいた。頭のまわりを蜂の群が旋回している。胸の中では蜂の巣がぼんやりと光り、その光の中をさらに多くの蜂が、煙がゆらぐように蠢いていた。ギメットの頭には、岩の割れ目に生えた草のように、まばらに髪が残っていた。その頭が動くと、割れた後頭部から入った月光が、うつろな眼窩を光らせた。だが、その顔は影に沈んでいた。聞こえるのは蜂の羽音だけだ。

「怯むな」ジェビダイアは保安官補の耳元に声をかけた。「持ち場を守れ」

梁から下りる蜘蛛のように、怪物は素早く屋内に入ると、闇をマントのようにまとったまま床に這いつくばった。

ジェビダイアは立ち上がり、窓に目を向けていた。床をひっかく音がした。目を細め、影のようなものがテーブルの下から這い出してくるのを見た。

逃げようとしたか、保安官補が動いた。ジェビダイアはその腕を摑んだ。

「怖じ気づくな」

怪物が這い寄ってくる。丸めた聖書のページで作った結界まで、あと三フィートもない。が、それに触れかけてギメットは耳障りな唸り声をあげた。そのまわりを蜂の群が飛んでいる。一瞬のうちに、ジェビダイアは怪物のあらゆる様相を心に捉えた。虚ろな眼窩。鋭く長い歯。音をたてて床を掻く、伸びてひび割れ、塵土に黒く汚れた爪。それが丸めた紙のあいだを通ろうとすると、いっせいに聖書のページは青い炎をあげて燃え上がり、預言者エゼキエルが見た輪のように二人の男を囲んだ。

ギメットはしゃがれた悲鳴をあげ、手と膝で床を這って逃げた。その動きは切れ切れに見えるほど素早かった。

ジェビダイアはランタンを拾い、マッチで点火した。ギメットはゴキブリのような動きで、壁沿いに窓に向かって這っていく。

一窓から逃げ出そうとしている怪物の背に、ジェビダイアが手にしたランタンを叩きつけた。炎がギメットの頭のてっぺんから腰まで広がり、蜂の群は焼け焦げて、勢いを失った流れ星のように落ちていった。

ジェビダイアは拳銃を構え、一弾を放った。苦痛に満ちた咆吼とともに、怪物は外に飛び出した。

まずはジェビダイアが、続いて保安官補が結界を出た。窓に駆け寄ると、ギメットが背中から炎を上げたまま、墓地に向かって走っていくのが見えた。

「焦ったな」ジェビダイアは言った。「そのせいで迷いが出た。逃がしたか」

「撃つひまもなかった」保安官補が言った。「それにしても、あんたの銃さばきは速いな。見事なもんだ」

「もし頼めるなら、ここにいてくれ。私はやつを追う。だが、言っておくが、聖書の力は長くは続かない」

保安官補は振り返った。聖書のページは燃え尽きて、今は床に黒い輪が残るばかりだった。

「やつが入ろうとしたとき、火が上がったのはなぜだ」

「ギメットが邪悪だからだ」ジェビダイアが答えた。「やつの邪悪さが、聖書のページを燃え上がらせた。神の御力が私たちを守ったのだ。まあ、神の御加護というものは長続きはしないものだが」

「また聖書で守ってくれるなら、ここにいよう」

「聖書を置いていくわけにはいかない。必要になるからな」

「だとしたら、俺も追ったほうがよさそうだ」

二人は窓から出て丘に向かった。腐肉が焼ける臭いを追った。夜は墓地のように寒く、静かだった。しばし後、墓地に着いた二人は、墓石と十字架のあいだに穴を見つけた。途方もなく深いようだ。

ジェビダイアは穴の縁に立った。「ここがやつの塒か。姿を隠すために、墓場のあちこちを深くまで掘ったな」

「わかるのか?」保安官補が尋ねた。

「経験でな……それに、煙と、肉の焦げる臭いがする。ギメットはここに這い込んで隠れた。やつを驚かせはしたようだ」

ジェビダイアは空を見上げた。地平線にほのかな赤みが差しはじめている。「やつは太陽の光を避け、月の光に惹かれて出てくる。月の満ち欠けにもよるが」

「肝を潰したぜ。やつは逃がしたままにしておいてもいいんじゃないのか? 満月でない、半月の夜あたりにまた来ればいい。昼間に戻ってきて捕まえるのはどうだ」

「私は今ここにいる。それに、これが使命だ」

「厄介な使命を背負ったもんだな」

「中に下りて調べてみたい」

「好きにしな」

ジェビダイアはマッチに点火すると、穴に飛び下り、中を見まわすと、マッチをかざしながら奥に首を伸ばした。

「広いな」姿勢を戻すと、彼は言った。「やつの臭いがする。奥に行ってみる」

「俺にできることはあるか?」

「外でこの穴を見張っていてくれ」背筋を伸ばしてジェビダイアは言った。「別の穴もあるだろうから、やつはきみの後ろから現れないともかぎらない。今こうして話しているあいだにも、な」

「そいつぁいいねえ」

ジェビダイアは消えたマッチ棒を投げ捨てた。「先に言っておく。成功は保証できない。私が負けたら、やつはまちがいなく、きみを狙ってくるだろう。そのときは、ウィリアム・テルの矢のように、まっすぐ銀の弾丸を撃ち込め」

「射撃は巧くないんだ」

「残念だな」ジェビダイアはズボンの縫い目でマッチを擦って点火し、もう一方の手で拳銃を抜いた。またも膝をついて穴にマッチを差し込み、奥をうかがった。火が燃え尽きかけると、消える前に吹き消した。

「明かりが要るんじゃないか」保安官補が言った。「マッチじゃものの役にも立つまい」

「明かりならある」ジェビダイアは上着のポケットから聖書を取り出すや背から二つに裂き、一方をポケットに戻すと、もう一方を闇の奥に投げ込んだ。穴に入るや、聖書は燃え上がった。

「残りがポケットの中で燃えることはないだろうな」保安官補が言った。

「身につけているかぎり、それはない。手を放したときに邪気に触れれば燃え上がるが。行ってくる」

そう言い残して、ジェビダイアは穴に這い込んでいった。

穴に入ると、ジェビダイアは銃身の先で聖書を奥へと押した。炎は明るいが、たいして保たないことはわかっている。厚みがあるぶん、帳面を燃やすよりは長い、というくらいなものだ。

かなり奥に進み、その先には穴があって下に続いているのがわかった。今いるのは、かなり大きな洞窟の中だ。蝙蝠の羽ばたきが聞こえ、糞の臭いがする細い洞窟の中を、肘をついて這い進むと、ようやく立ち上がれるだけの高さのあるところに着いた。聖書の火が、臨終を迎えた老人の吐息のような音とともに、青く閃いて消えた。

ジェビダイアはしばらく耳を澄ませた。蝙蝠の鳴き声や、蠢く物音ばかりが聞こえる。ただ、洞窟に帰ってきているので、まもなく夜明けだとわかった。

洞窟の中で石が動く音がした。何かが歩いてくる。もちろん蝙蝠ではない。低い位置で、そろそろ這いずりながらも、そいつなりに急いでこちらに近づこうとしている。彼の髪はヤマアラシの刺のように逆立った。全身に悪寒が走った。焦げた腐肉の臭いがする。ジェビダイアの膝が震えた。そろそろと上着のポケットからマッチを出すと、ズボンで擦り点けて火をかざした。

怪物が立ち上がり、その皮膚の剥がれた頭のまわりを蜂が飛び交っているのが見えた。蜂は羽を唸らせて襲いかかってきた。怪物の腐った爪がシャツの胸元にかかる前に、ジェビダイアは発砲した。銃火が一閃し、消えた。同時にマッチが叩き落とされ、彼は打ち倒されて、喉を怪物の手に摑まれた。蜂の群が刺してきた。赤熱した針が肉に食い込むような痛み。彼は怪物の胴に銃口を押し当て、撃った。一発、二発、三発と。四発までだった。

弾倉が空になった。小屋から逃げる怪物に向けて二発撃っていたのを忘れていた。怪物はまだ喉を摑んでいる。

もう一挺の拳銃を抜こうとしたが、その前に怪物は手を放し、闇の奥に這っていくのが音でわかった。蝙蝠たちが羽ばたき、甲高い声をあげている。

ジェビダイアはなんとか我に返り、拳銃を抜いて立ち上がった。銃口を闇に向け、耳を澄ます。

マッチを見つけ、一本に点火した。

怪物は岩に寄りかかっていた。ジェビダイアは近づいた。銀の弾丸は胸にできた蜂の巣を撃ち砕いていた。巣からは腐敗した蜜とともに、死の臭いが漏れ出していた。飛び交っていた蜂が次々に落ちていく。ギメットの蜂の巣は黒い結節のように、蜜を滴らせながら脈打っていた。ギメットは口をかっと開いて唸ったが、動かなかった。

動けないのだ。

ジェビダイアはマッチの小さな明かりを頼りに、拳銃を構えると黒い結節に銃口を押し当て、引き金を引いた。結節は四散した。ギメットの断末魔の咆吼は洞窟を揺るがし、怯える蝙蝠たちを明け方の空へと追いやった。

ギメットは鉤爪のような指先を岩に立てたが、動かなくなった。ジェビダイアのマッチが消えた。

ジェビダイアは聖書の残骸を思い出し、ポケットから出して投げると、それは落ちて燃え上がった。

二挺の拳銃の銃身を大型のピンセットのようにして拾い上げ、燃える紙束をギメットの胸郭に投げ込んだ。すぐに火がまわり、ぱちぱちと音をたて、やがてその全身は炎に包まれた。洞窟の中は昼間のように明るくなった。

ジェビダイアはしばらく、聖書の炎に焼かれる怪物の死骸を見ていたが、背を向け身を屈めて穴を抜け、外に出た。

保安官補はいなくなっていた。墓地を見渡したが、人影は見えなかった。ジェビダイアは笑った。蝙蝠の群が外に飛び出してきたときに、もう堪えられなくなって逃げたのだろう。

振り返って穴に目をやった。中から煙が立ちのぼり、空に向かっていく。月は霞み、地平線には赤みが広がっていた。

ギメットは今度こそ死んだ。街道にはもう怖ろしいものはいない。使命は終わった。

次の使命はすぐに来ることだろうが。

ジェビダイアが丘を下ると、彼の馬が道端の藪につながれていた。もといた所だ。保安官補の馬はいなかった。彼は猛然と馬を駆って死人街道を走り抜け、ナカドーチェスに着いたらまずはウィスキーを飲んで落ち着き、それから次に就く仕事のことを考えることだろう。

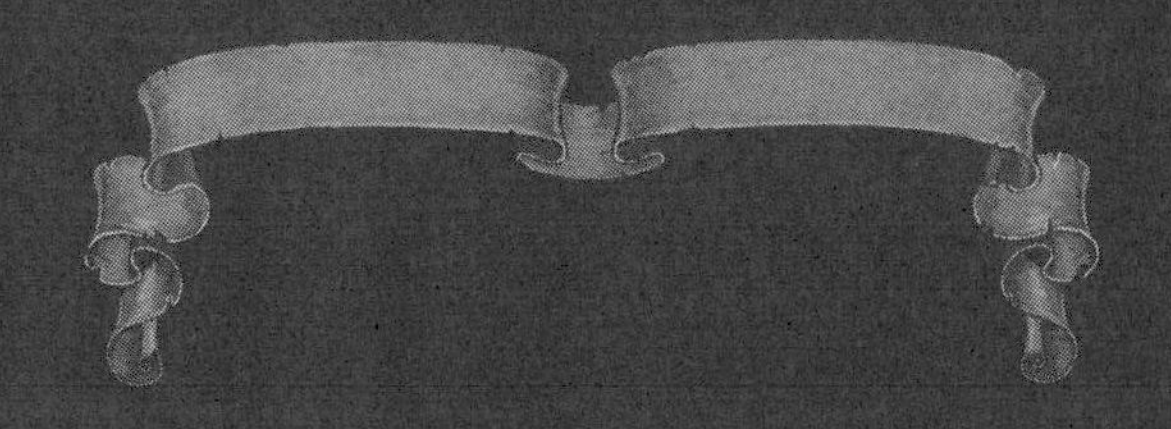

亡霊ホテル

GENTLEMEN'S HOTEL

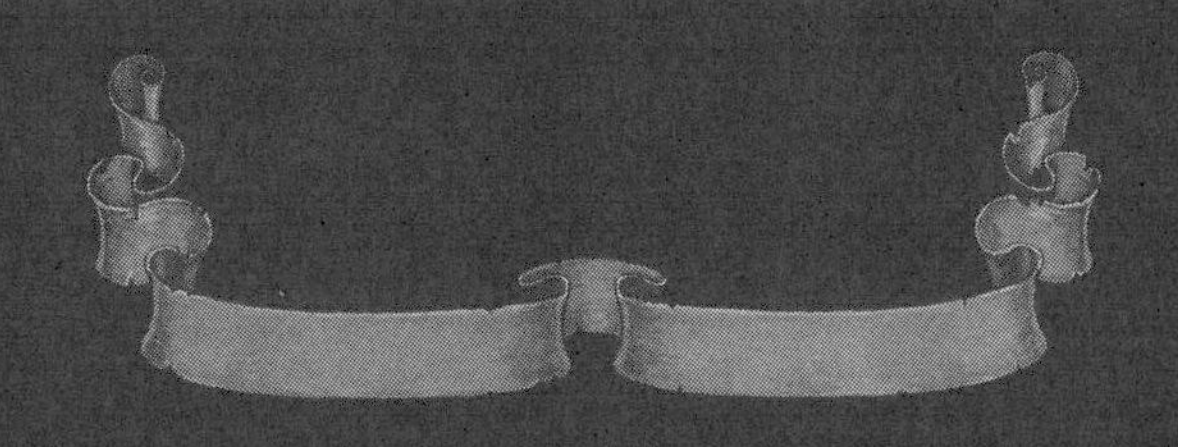

小さなつむじ風が、ジェビダイア・メーサーの馬の前に立ち、道端の木の葉をいくひらも巻き上げながら道を横切っていくと、空き家になった貸し馬車屋の開いた扉から入った。中で勢いを失うと、運んできた木の葉は魚の鱗が剥げるように落ちた。砂埃が舞い落ち、屋内の地面に混じった。

ジェビダイアは馬に乗ったまま貸し馬車屋の前まで行くと、中を覗いた。一つだけ残っていた蝶番が風に軋み、扉はわずかに動いたが、閉じはしなかった。壁板がいたるところでひび割れ、日の光を刃のように細く、しかし数限りなく通しているので、中は明るい。鍛冶屋の金床や鞴、古く汚れた干し草の塊、熊手、壁に掛かったまま緑の黴に覆われた馬具などが目についた。中の地面に人間の足跡はなかったが、さまざまな獣のものが見てとれた。

ジェビダイアは馬を下り、通りを見渡した。〈ジェントルマンズ・ホテル〉の看板が残る、風雨にされた建物のそばに、駅馬車が一台、横倒しになっているほかは、冬の狼の腹の中さながらに、何もない。通りの他の建物も同じように朽ち果て、ホテルの真向かいは黒焦げの焼け跡で、鴉が屯するばかりだった。聞こえるものといえば、風の音くらいだ。

フォーリング・ロックへようこそ――と、ジェビダイアは胸の内でつぶやいた。

貸し馬車屋の跡に馬を連れていくと、あらためて中を見た。足跡を見れば、どんな獣が来たか、だいたいわかる。オポッサム。アライグマ。栗鼠。犬。猫。だがその中に、どんな獣のものかジェビダイアにはわからない、大きく奇妙な足跡があった。しばらく見て考えたが、その主を判定するのはあきらめた。ただ、一つだけ断言できることがあった。それは人間の足跡ではないが、獣のものでもない、ということだ。どちらとも違う。

ここで間違いない。邪悪なものが潜むところに、彼は行く。天にましますろくでなしの老いぼれ、神から与えられた、使者としての使命だ。ジェビダイアは神から解放されたいと願い、悪魔の手下になったほうがいくぶんましなのではないか、とさえ思うこともあった。だが、一度だけ垣間見た地獄は、心を惹きつけるようなものではなかった。悪魔さえも神の手の内にあり、天国と同様、地獄もまた神のお気に入りの場所だ。天国と地獄、善と悪、どちらも神のゲームだ。盤上で遊ぶ神をジェビダイアは蔑み、畏れた。彼は悪を懲らす使者として神に選ばれたが、その使命を返上できなかった。神は聞き入れなかった。全知全能の卑劣漢だ。神は人を作り、選択肢を与えたが、その選択肢は不実なものだった。人間を本当に思いやる存在であれば、楽に生きていけるようにするものを、悪と罪を、地獄と悪魔を創り、それらが存在するのを人間のせいにした。神の示す選択肢は単純だ。いかに困難であろうと我が言葉に従え。ただそれだけの無意味なものだ。

ジェビダイアは馬房の一つに馬をつなぎ、熊手で古い干し草をよけた。下のほうの干し草は変色していなかったので、そこを取りほぐして馬に与えた。が、それだけでは足りないと思い、鞍にくくりつけた袋から穀物を出して加えた。馬が食べているあいだに、ジェビダイアは熊手を置いて馬房に入り、鞍を外して柵に掛けた。馬が餌を食むのをほんの少し邪魔して轡と手綱を外し、鞍の脇に掛けると、外に出て扉を閉めた。この荒れ果てた馬房に馬を置いていくのは気が進まなかったが、またも邪悪なるものと遭遇した以上、使命は果たさなくてはならない。なぜかは自分でもわからないが、彼は邪悪なるものを感知することができた。恩恵とも呪縛ともつかない、犯した罪の代償に神から与えられたものだ。その感覚は、フォーリング・ロックというゴーストタウンに踏み込むやいなや、警告を発していた。このまま通り過ぎてしまいたい。だが、できなかった。そこに使命があるかぎり、果たさずには済まされないのだ。だが、まずしなくてはならないのは、馬に水を与えることと、安全に休める場所を得ることだ。安全といっても、なるべくというくらいだが。

ジェビダイアは通りを歩いた。秋だというのに暖かく、湿った風は暑いほどだ。通りの端まで歩くと、ジェントルマンズ・ホテルにまで戻った。立ち止まり、横転した馬車を一瞥すると、ホテルに踏み込んだ。

ここがホテルとは名ばかりの売春宿であったことは、外観からすぐにわかった。バーがあり、馬房とあまり変わらないような個室が並んでいる。前にこんな宿を見たのは、メキシコ国境に近いある町だった。個室ごとに女がいて、仕事をしていたものだ。そこもかつては個室ごとに仕切りがあったのだろうが、彼が見たときには、女の腰のあたりまでしか隠さない、丈の短いカーテンしかなかった。ドレスをたくし上げる女を見てカウボーイたちはペニスを勃起させ、たまったものを吐き出して心を軽くするためにここに集まり、馬よろしく娼婦を乗りこなすさまを互いに応援していたことだろう。上階のベッドでは、少しは品のいい女たちが、添い寝するだけで五アメリカ・ドルを巻き上げたことだろう。

ジェビダイアはバーカウンターの中に入った。棚にはウィスキーのボトルが並んでいた。一本を手に取り、光にかざして見る。コルク栓はゆるんでもいないようで、中身はいっぱいだ。ボトルをカウンターに置いたとき、栓をしたままのビール瓶を何本か見つけた。彼は二本を取り上げた。ウィスキーと共に抱えて階段を上る。ドアをいくつか蹴り開けるうち、埃をかぶった大きなベッドのある部屋を見つけた。ナイトテーブルにボトルを置き、毛布の埃を床に払い落とした。毛布を戻してから、窓を開けた。外気は暑かったが、湿っぽい部屋に入る風は弱くても心地よかった。

とりあえずは休む場所を見つけた。ベッドに座り、ビールの栓を抜いて慎重に口をつける。気が抜けきっていた。もう一本を手にとってはみたが、開ける気にもなれず窓から投げ出した。瓶は砕け、ビールはこぼれて乾いた道に吸い込まれていった。なぜ投げ捨てたかは自分でもわからないが、なんとなく気分がよくなった。

ナイトテーブルに戻ると、ボトルのコルク栓に歯を立て、引き抜いた。一口ぐいと呑む。生温く、拳銃の掃除ができそうなほどアルコールは強かったが、まちがいなくウィスキーだった。心地よい熱が喉から胃に走り、脳に染みわたる。食料にも水にもない満足感が、空きっ腹を満たした。もう二、三度呷ると、頭から足の先までが火を焚いたように温まった。

ベッドに腰掛けてしばらくウィスキーを味わってから、コルク栓をはめて階下に下りた。通りに出て、水の得られるところを探そうとした。が、横倒しになった馬車を見て、さっきは見過ごしていたものに気づいた。馬同士をつなぐ綱に、黒く乾いた血痕がこびりついていたのだ。横転する前に血まみれになっていたようだ。あたりを見まわすと、馬の蹄（ひづめ）や体毛、さらには灰色の耳の断片や、剥がされた皮が通りに散らばっていた。帽子や散弾銃(ショットガン)も。濡れたような臭気が漂っている。血や、馬の残骸のものとは違う、邪悪な臭いだ。ジェビダイアは思わず、長い上着の前を広げ、ホルスターの拳銃に両手をかけた。

呻(うめ)き声が聞こえた。馬車からだ。側面に飛び乗り、ドアの窓から中を見下ろした。地面に接した反対側のドアの上に、女が倒れている。ジェビダイアは隙間から手を入れて内側の掛け金を外すと、ドアを開いて中に入った。女の喉に手を触れる。女は少し身じろぎし、また呻いた。ジェビダイアは女の顔を自分に向けた。綺麗な顔立ちだが、額に大きな青痣ができている。髪は篝火のように赤かった。ぴったりした緑のドレスと、洒落た緑の靴を身につけている。化粧は濃い。身を起こさせ、座る姿勢にすると、彼女はまぶたを開き、びくっとした。

ジェビダイアは笑顔になろうとしたが、うまくできなかった。「大丈夫ですよ、お嬢さん」彼は言った。「助けに来ました」

「ありがとう。でも、まずは立たせてもらえない？　あたし、傘に座ってるみたい」

ジェビダイアは女を馬車から出すと、ホテルの二階の、ベッドの埃を払った部屋に連れていった。ベッドに座らせ、気付けにウィスキーを一口飲ませた、すると彼女はボトルをひったくり、長々と呷った。それから、傘の曲がった柄でベッドをぴしゃりと叩いた。

「埃っぽい部屋ね」

ジェビダイアは椅子を近くに引いてくると、座って尋ねた。「名前は？」

「メアリ」と答えると、彼女は傘をベッドの端に放り投げた。

「私はジェビダイア。何があったのですか？　馬もいなくなっていますが」

「食べられた」彼女は答えた。「馬だけじゃなくて、馭者も、用心棒も」

「食べられた、というのは？」

　メアリは頷いた。

「話してもらえませんか」

「信じてもらえそうにない」

「普通でないことが起きたのですね」

　ウィスキーをもう一口飲むと、彼女は話しはじめた。

「見てわかるだろうけど、あたしは娼婦なの。テキサスはオースティンの、ミス・マティ・ジェーンのお店にいたの。でも、マティが結婚を決めて、お店は閉業して売りに出し、あたしたち勤めてた女（こ）が仕事を続けられるよう、このフォーリング・ロックで娼館（おみせ）を開いている女主人（マダム）に話をつけてくれた。でも、その話に乗ったのはあたし一人。他の女（こ）たちは、好き勝手にテキサスのあっちこっちに散らばっていっちゃった。草原の雉（きじ）みたいに。

　フォーリング・ロックって、もっといいところだと思ってた。大きな町だろうって。まあ、もとはそれなりに大きかったのかもしれないけど。この馬車の馭者と用心棒、あたしと、もう一人のお客、ウィスキーの行商人の四人に何が起きたか話すわ。たぶん町全体に起きたことだろうけど。傘を持っていなかったら、きっとあたしも死んでた。こんなもので身を守れるなんて、びっくりよ。

町に着いたのは昨日の日暮れ時で、あたしは〈ジェントルマンズ・ホテル〉ですぐに仕事ができるよう仕度していたら、おかしなことが起きた。馬車が町に入るとすぐ、重たいような黒い影が急に落ちてきて、あたりいちめん真っ暗闇になった。月は出ていて、町も見えたけれど、影は通りを漂っていて、馬車にも入ってきた。急に息ができなくなった。空気がそのままフランネルの布になったみたいな感じ。上からも影が覆い被さってきたから、馬車はホテルの前で止まった。そのあと、馬車全体ががたがた揺れて、大きな声が聞こえてきた。甲高い、これまで聞いたことのないような声だった。馴染みのお客がよくしていた、インディアンと闘ったときの話を思い出したくらい。取っ組みあったり切りつけあったりしているあいだに、怪我をした馬を集めておいた納屋にインディアンが火をつけた。生きたまま焼かれる馬たちの悲鳴が耳から離れないって言ってた。だから、今聞いたのは馬の悲鳴だと、すぐに思った。どこにも火事は起きていなかったみたいだけど。馬たちは何かを怖がり、苦しんでいるみたいだった。

馬車は大きく揺れたかと思うと、ひっくり返った。散弾銃を撃つ音が二、三度して、馭者と用心棒が何か叫んでた。ウィスキーの行商人は横倒しの窓から首を伸ばしたけど、すぐに引っ込めてあたしを見た。暗い中でも、顔から血の気がなくなっているのがわかった。行商人が小型拳銃(デリンジャー)を抜いたとき、窓いっぱいに大きな顔が覗き込んできた。あんな怖い顔、見たことがない。何が出てきたのかわからなかった。

行商人が拳銃を撃つと、その顔はいったん引っ込んで、また覗き込んできた。それから腕が——毛むくじゃらで先に鉤爪がある腕が入ってきて、行商人の顔を摑むと、左耳から口まで爪で引き裂いた。傷から歯が見えた。その手は今度は首を摑んだ。行商人は拳銃をそいつの顔や腕に叩きつけたけれど、血まみれになって窓から引きずり出されていった。

何をどうすればいいかわからなくて、とにかく傘を持った。他には何もなかったし。あの顔がまた窓から覗き込んで、今度はドアを開こうとしたから、飛び上がって傘を突き出し、怪物の目を突いてやった。怖ろしい声で吼えると、そいつはいなくなった。でもすぐに、今度は二匹並んで来た。黄色い目が光ってて、牙を剥き出した口から涎を滴らせて。怖かったけど、だからまた飛び上がって突いてやった。片方のどこかに刺さったみたいで、二匹ともいなくなった。

あいつらがそんなことで怖がったとは思わない。たぶん飽きたか、それとも……満足したのかも。馬車のまわりをうろつく足音がしたし、骨の折れる音やものを嚙む音が聞こえたから。採掘場の飯場のお昼どきに、大勢がものを食べてるみたいな音だった。

ときどき、馬車に登って中を見にくるやつがいたから、そのたびに傘を突き出してやった。刺さらなかったけどね。一度、鉤爪にひっかけられそうになったけど、その頃は空が明るくなってきて、すぐにあたりは静かになった。外に出ようかと思ったけど、出られなかった。怖かったから。疲れてもいたし。自分が思ったよりもずっと、ね。起きているのと変わらないような夢を見ていたから、起こされるまで眠っているとは思ってなかった。傘を持っていなくてよかった。あんたの目なり胸なり突いたりしなくて」


ジェビダイアは傘を手に取った。布はぼろぼろになり、あちこち骨も折れているが、木製の親骨はしっかりしている。先に指を触れてみた。楢材だ。傘を女に返した。「先が鋭くなっているね」

「昔、折っちゃった。同じのが手に入らなかったの」

「よかった」ジェビダイアは言った。「おかげで身を守れた」

メアリーは窓に目をやった。「暗くなってきたね。ここから逃げないと」

ジェビダイアはかぶりを振った。「私はここにいなくては。あなたは行ったほうがいいだろう。私の馬に乗っていくといい」

「どうして残りたいのか、わからないけど、あんたには都合があるのね。あたしは今すぐ出ていきたい。でも、今こうして生きてるのも、運がよかっただけ。怪物が逃げてったのは朝日が出たからだと思う。あの爪にひっかけられたのがもっと早かったら、ここにこうしちゃいないでしょう。やつらに食われて、今頃は糞になって、丘に落ちてるか路地で蠅を集めてるかしてた。その馬であんたを連れていくわ。一人で残って、明日の朝になってから、馬か馬車か歩いて出ていくかなんて考えなくていい。一緒に行くのよ」

「役目が済むまではここにいる」

「役目って？」

「使命なんだ……神から与えられた」

「あんた、宣教師か何か？」

「その何かさ」

「ご立派なお仕事ね。あたし、お祈りなんて滅多にしない。祈っても神様が応えてくれたことなんか、一度もないし」

「あいつは誰にも応えないからな」ジェビダイアは言った。


ジェビダイアとメアリがホテルを出て、貸し馬車屋へと足早に歩きだしたときには、通りはもう暗くなっていた。まつわりつく湿気は吹き去られ、風は冷たいほどだった。馬房でジェビダイアが馬に鞍をつけた頃には、日はすっかり沈んで、夜になっていた。

馬を引いて外に出たジェビダイアは、町の向こうに広がる森の、木々の枝や葉が作る闇を確かめた。

「今夜はもうどこにも行かない」メアリが言った。「動きだすのが遅かったのね。すっかり暗くなって、今は誰の助けがあってもここからは動けない。夜明けまでここにいるほうがいい。もしいられるものなら、だけど」

「正しい選択だ」ジェビダイアが言った。「今は行かないほうがいい。ホテルに戻るのが最善だろう」

二人はホテルに向かった。ジェビダイアは馬を引いた。彼らが歩くあいだに、黒い雲のようなものが森から湧き起こり、半月を覆ったかと思うや、町に降り落ちて分かれ、影となっていたるところに散った。

「あれ、いったい何？」メアリが言った。

「闇の帳（とばり）とでもいうものか」ジェビダイアは歩調を早めた。「邪悪なものが満ちたとき、たびたび現れる」

「寒くない？」

「おかしいが、たしかに寒い。悪魔の息か、地獄からの風か」

「怖い」メアリが言った。「あたし、怖がりじゃないけど、今はお漏らししそうなくらいよ」

「怖いことは考えないように」ジェビダイアが言った。「生き延びることを考えるんだ。さあ、ホテルに入ろう」


ホテルは亡霊で込みあっていた。

ジェビダイアは馬を中に入れようとした。が、馬は抗（あらが）って入ろうとはしなかった。

「落ち着け」と声をかけながら鼻面を撫でると、馬は少しだがおとなしくなった。ジェビダイアはメアリと共に亡霊の様子を見ながらも、馬をなだめ続けた。亡霊は大勢で動きまわっていたが、二人にも馬にも気づかないようだった。煙のように白くおぼろだったが、カウボーイや娼婦や、見分けがつけられる姿で、広間を横切ったり個室に出入りしたりしている。女の亡霊はスカートをたくし上げ、男の亡霊はズボンのベルトをゆるめ、ともに個室に入っていった。バーテンダーの亡霊はカウンターの中を行き来し、後ろの棚が透けて見えるボトルの亡霊を手に取っていた。ピアノの前に座っているのは、帽子をかぶっていない、縞のシャツを着て肩にサスペンダーをかけた亡霊で、その姿ごしにピアノが見えていた。指を走らせても鍵盤は微動だにしていないが、本人には自分の弾く曲が聞こえているようだった。広間のカウボーイたちや娼婦たちは、生きている者には聞こえない音楽に合わせて、軽快なステップで踊っていた。

「ああ、神様」メアリが言った。

「あいつは聞こえないふりをする」ジェビダイアが言った。

「なんのこと?」

「気にするな。こいつらを怖がることはない。ほとんどのやつは、私たちがここにいることさえ気づいていないのだから」

「ほとんどって?」

「亡霊は習慣に従う。こいつらは同じことを繰り返しているだけだ。死ぬ前にしていたことや、しようとしていたことをね。だが、そうでないやつもいる」ジェビダイアは向こう側の壁際で椅子に座っている、他よりはっきりした姿の亡霊を示した。大きな帽子をかぶった、ずんぐりした体格のカウボーイだ。実体があるかのように見えたが、壁や椅子の背が透けて見えていた。「彼には私たちがわかる。私たちに彼が見えるように、彼にもこちらが見えている。死んでまだ日が浅いのだろう。だが、自分の死を受け入れはじめているようだ」

ジェビダイアがそう言う間に、かの亡霊は立ち上がり、二人のいるほうに近づいてきたが、一見は歩いているようでも、足は床に触れていなかった。

メアリは外に出ようとした。

ジェビダイアは彼女の腕を摑んだ。「出てはいけない。通りはもうすぐ、踏み込んではならない領域になるだろう——いや、もうなっているかもしれない。出てきたのは、あの重苦しい雲だけではないからな」

「あいつ、悪いことはしない？」

「するとは思えない」

亡霊は二人に近づくと、ゆがんだ笑みを浮かべ、ジェビダイアの正面に立ち止まった。隣ではメアリが風に吹かれた木の葉のように震えている。馬が手綱に抗ったので、ジェビダイアは声をかけて落ち着かせると、亡霊に語りかけた。「私の言うことが聞こえるか？」

「ああ」深い井戸の暗い深みから響いてくるような声で、亡霊は答えた。

「なぜ死んだ？」

「答えなければならないか？」

「答えるも答えないも、あんた次第だ」ジェビダイアは言った。「無理強いはしない」

「ここから出たいんだ」亡霊は言った。「だが、何かに邪魔されてる。俺はずっと一人なんだ。他の連中は、自分たちが死んでるってことに気づいていないしな。みんな町に閉じ込められてる。何が起きたか知っているのは、どうやら俺だけらしい」

「邪悪なるものがここを支配した」ジェビダイアが言った。「だから、何が起きてもおかしくはない。そして、起きることはみな邪悪だ。あんたは真実を受け入れられたが、他の人たちはまだできない。やがては受け入れなければならないのだが」

「俺は悪いやつじゃない。ただの牛飼いで、死んじまっただけだ」

「あんたも邪悪なものに捕らえられている」ジェビダイアが言った。

カウボーイはうなずいた。「やつらにね」

「あの毛むくじゃらの？」メアリが言った。

「そう、毛むくじゃらなやつらさ」亡霊が言った。「やつらのせいで、俺はここにから出られない。行きたいところがあるってのに、動けもしないんだ。やつらが誰だか、いや、何だかはわからんがね」

「どんな死に方をしたか」ジェビダイアが言った。「神はそれを見て、理由もなく魂をつかまえる」

亡霊は好奇心に駆られた犬のように首を傾げた。

「何のことかわからん。だが、面白くもないね」

「ここに留められているうちに、面白くないどころか腹が立ってきて、思っていることとしていることが食い違ってくる」

「他人(ひと)に取り憑く気はないね」亡霊は言った。

「時がたち、不満がたまれば、魂は闇に満ちる」ジェビダイアは言った。「私は、あんたが行くべきところに行く手助けができる」

「お前さんが？」

「もちろん」

「頼む、行かせてくれ」

「邪悪なるものを滅ぼすのが先だが」

「やっちまってくれよ」

「その前に、少しだけ頼みがある」

「俺にできることか？」

「この町のことを教えてほしい。それから、あんたの身に起きたことも。それを知れば、ここに来たものたちと闘えるし、あんたを送り出すこともできる。約束しよう」

「だめだ、勝ち目はない。あんたも、そこの姐(ねえ)ちゃんも、俺と同じ目にあわされるさ」

「それもありうるだろう」ジェビダイアは言った。

「ひどいこと言うのね」メアリが言った。

「話の前に」ジェビダイアが言った。「このまま戸口で、馬と一緒に立っているわけにはいかない」

「ごもっとも」亡霊が言った。

談話室だったらしい、広い部屋に入ると、ジェビダイアは板張りの床に穀物を流し、馬に食べさせた。それから、亡霊に見守られながら、横長の飾り箪笥をドアの前までずらし、窓にカーテンを引いた。そして、大きな窓の前にあった長椅子に、メアリと並んで座った。壁には真鍮のオイルランプがかかっていたが、ジェビダイアは明かりを点そうとはしなかった。亡霊が暗いままの部屋を気にしている様子はなかった。ジェビダイアもメアリもすぐに暗がりに目が慣れ、ものが見えるようになってきた——ずっと白く浮かんだままの亡霊は、最初からよく見えていたが。

ジェビダイアは座るとすぐに、拳銃を二挺とも抜いて膝に置いた。メアリは彼にぴったりと身を寄せた。亡霊は、生前にしていたのと変わらないような仕草で、椅子を引き寄せて座った。それから噛み煙草をポケットから出し、口に放り込んだ。部屋は暗いままで、外は静かなままだった。

「なんの味もしない」しばらく噛んだあとで、亡霊がぼやいた。「噛み煙草の思い出なんだろう。ここにあるし、口に入れられもするんだが、本当はありゃしないんだ。カウンターでバーテンダーが出す酒も同じさ。もっとも、俺がやつに払う金も思い出で、本当はないんだからおあいこさ。ちょっと可笑しくはあるがね。煙草なり酒なり、欲しいと思う気持ちだけは、死んでてもあるんだ」

「バーテンダーにはあんたがわかるのか?」ジェビダイアは尋ねた。

「ときどきはな。気づかないときもあるが」

「辛いことだな」と、ジェビダイア。「だが、あんたを助けるためにも、私たちに手を貸してほしい。

時間がないようだ。通りには夜が犇めき、影が町を覆っている。息をしただけでわかるほどに」

「おかしなことを言うね」

「おかしな育ち方をしたものでね」

亡霊はうなずいた。「やつらが来るほんの少し前に、影がまず来る。やつらが現れるのは、時計が十二を打ってからだ」そう言って、部屋の角に立ててある大時計を顎で指した。「そのとき、やつらは言ってみれば、毛むくじゃらになる」

ジェビダイアはマッチを擦って、火を時計にかざした。針は七時を指していた。

「まだ時間はあるな」彼はマッチを振って火を消した。

「なら、ここを出られるわ。すぐ出たほうがいいみたい」メアリが言った。

亡霊がかぶりを振った。「よしな。外には出ないがいい。やつらが動きだすのは真夜中からだが、外に出てあのでかい影に入っちゃいけない。いちばん怖ろしいやつらは、まだしばらくは出てこないが、あの影に入ったら取り込まれる。俺は死んでるが、それでも取り込まれたくはないね。それに、ここじゃ時間までが変になってる。時計を見てみな」

ジェビダイアはもう一度マッチの火をかざした。時計の針は十五分も進んでいた。彼は火を消した。

「変なの」メアリが言った。

亡霊は首を振った。

ジェビダイアが言った。「悪魔の時間は私たちとは違う」そして、亡霊に顔を向けた。「何か役に立つことを知らないか。あんたが知っていることが、やつらと戦うのに役に立つと思う。私たちが知らないことを経験したのだろうから」

「運がよければ」亡霊は言った。「経験せずに済むだろう。だが、死んで俺みたいになっちまったら、何の役にも立たないことだ」

亡霊はしばらく黙ったが、それは力を貯めているように見えた。そして、その姿がよりはっきり、明るく見えるようになると、話しはじめた。


「俺はドルバー・ゴールドという者だが、生きているあいだは誰からも〝ドル〟としか呼ばれなかった。今このホテルにいるカウボーイや娼婦は、生きているあいだこの町に住んでいたか、ここで働いていたか、旅の途中で立ち寄った連中だ。ここは〈ジェントルマンズ・ホテル〉という名だが、見てのとおりの売春宿で、紳士（ジェントルマン）なんぞいたためしはない。いつもピアノの曲が流れてて、ダンスが絶えなくて、男どもは酒を飲んでは店の女たちを乗りまわしていた。おっとごめんよ、姐（ねえ）ちゃん」

「乗られるのが仕事なんだから、気にしないで」と、メアリが言った。「あたしも娼婦よ」

「だと思った」ドルが言った。「失礼ついでに言っとこう。俺は堅気の女は得意じゃないし、こういう店の女たちの気風（きっぷ）や仕事ぶりが好きでね。もしまだ生きてたら、あんたの客になりたかったよ」

「話を進めてくれ」ジェビダイアが言った。

「そうそう」ドルが言った。「毛むくじゃらの話だったな」

ドルは大時計を顎で指した。「今時分に外に出ると、病気にかかったみたいになる。体から力が抜けちまうんだ。やつらが来るからな。影の中にも悪いものはいるが、真夜中に来るやつらとは比べものにならない」

「それはもう聞いた」ジェビダイアは時計に目をやった。暗さに目が慣れて、針が動いたのが見てとれた。また十五分進んでいる。まだ余裕はあるかもしれないが、準備をしておく時間が必要だ。ドルの話はとりとめがなく、もし栗鼠が話したら、こんな風になるだろう。

「仲間の何人かと酔った勢いで、ふざけて昔の墓場に行ったんだ。喉まで安酒でいっぱいになってたんだ、敬虔な気持ちなんぞありゃしない。悪戯でもしてやろうってもんだ。町の衆のために作った墓場じゃなくて、丘の上の森に紛れて、もっと古いのがあるんだ。その昔、スペインの征服者たちがここを通って、インディアンたちに悪さをしていったなんて話が伝わっている。連中は東テキサスのこのあたりからサビーン川を遡って、金脈を探そうとしたんだとか。もちろん、金脈なんてなかったがね。でも、連中は探し続けた。その森は今も深いんだが、その時代はさらにもっと深くて、俺たちが夢にも思わないほど遠い昔から、何かが棲んでいた。征服者は一人死に、二人死にして、とうとう残り六人になり、それでも森で野営をしていたら、夜になって毛むくじゃらのやつが来たんだ。まあ、そいつがインディアンだったとしても、今となっちゃ知る由もない。俺はこの話をインディアンたちから聞いたんだがな。その毛むくじゃらは野営を襲って、一人残らず引き裂いて、皆殺しにしちまった。殺したあとは野晒しさ。インディアンの話だと、征服者たちのばらばらな骨は、満月の夜になると集まって、肉や毛がついて形を取り戻し、殺しと略奪を楽しむために野営地を襲うっていうんだ。毛むくじゃらは殺した六人に、自分の体のかけらを埋め込んで、自分みたいな怪物に仕立てたんだと。人間みたいに立って歩く狼にな。だが、インディアンたちはとうとう、六人ばかりか毛むくじゃらまで捕まえた。大地に開いた穴から現れて、疫病を振りまき悪を広めるのが毛むくじゃらの役目だと、あいつらは信じていた。そして、六人と毛むくじゃらに杭を打って、深く掘った穴に埋めたって話さ」

「杭だって?」ジェビダイアが言った。

「それが本当なら」ドルは続けた。「俺たちがふざけて古い墓を暴いたばかりに、連中がまた出てきたことになる。祟りなんて気にもしなかったし、ただ暴くだけじゃなくて、何か値打ちのあるものが一緒に埋められちゃいないかと思ったんだ。剣みたいな武器とか。金目のものがあるかも、ってな。だが、わかったのは、そこにあった墓は征服者（コンキスタドール）のなんかじゃないってことだった。酒を飲めば知恵が湧くなんて言うが、しこたま飲んでた俺たちは賢かったのか馬鹿だったのか、丘に塚がいくつも並んでいるのを見つけたのさ。墓石もなく、木の合間ではびこる蔓に隠れてたのをな。その一つには、人の脚くらいある大きな古い木の杭が突き立ててあった。それも、俺たちが来るちょいと前に立てたばっかり、って様子で」

「どんな木だった?」ジェビダイアが言った。

「何だって?」

「木の種類は何だった？」

「わからねえな。ヒッコリーみたいに見えたが」

「楢じゃないか？」

「そうかもな」ドルは言った。「確かじゃないかもしれんし、草や木や、鳥やなんかの名前が見てわかればいいなと思ってても、覚えていられなくてな。それがどうかしたのか？」

「楢だと思う」ジェビダイアは言った。「マリアの傘の骨と同じだ」

亡霊は彼をぽかんと見ていた。

「気にしなくていい」ジェビダイアは言った。「話を続けてくれ」

「仲間のうちで、ティムってやつがシャベルを持ってきてたから、俺たちは墓あばきを始めた。掘っていたら杭が倒れた。いちめんに呪（まじな）いの印みたいなのが彫ってあったから、気味が悪くて放り出したよ。酔って力仕事をしたもんだから、どいつもこいつもふらふらになっちまってな。ぶっ倒れちまう前に、塚の一つくらいは暴いたんじゃないか。よく覚えていないんだ。気がつくと地面に寝てて、木の間から満月が見えた。肘を突いて体を起こしたとき、そいつが出てきたんだ。俺たちが暴いた塚の中からね。毛のびっしり生えた腕が伸びてきたかと思うと、泥だらけの長い鼻面が突き出して、それから毛むくじゃらのやつが飛び出してきて、穴の端（へち）でぶるっと身震いして土を払い落とした。背丈は七フィートはあったな。狼みたいに見えたが、鼻面はずっと長くて、ぎざぎざの乱杭歯が並んで鋸（のこぎり）みたいだった。前屈みになってても雲突くばかりのでかい体で、前足の指先にゃてらてらした鉤爪が伸びてた。目ときたら、怖ろしいなんてもんじゃない。古くなったカスタードみたいな黄色い眼がぎょろっと動くと、真っ赤に血走った白眼まで見えるんだ。

起き上がろうとしたさ。でも、なかなか動けるもんじゃない。酔いは醒めないし、怖いしで、自分が起きてるのか悪い夢を見ているのか、わからないしな。で、怪物は屈み込むと、前足で地面を掘りはじめた。凄い勢いで土を撥ね飛ばして、あっというまに立ってたのとそっくりな杭を一本掘り出した。それからは、掘っては杭を抜いての繰り返しさ。俺は立ち上がりかけて、脇に寝てたやつを起こそうとしたが、びくとも動かなかったね。なんとか銃を手にして撃ってやったんだが、怪物のやつ、振り向きもしないんだ。杭を抜くたびに仲間が増えていって、しまいにゃ六匹になった。これは夢なんかじゃない。そう気づいたら、怖ろしさのあまり一気に酔いが醒めたね。

一匹が俺の仲間を一人、足首を捕まえて逆さまに吊り上げると、頭に嚙みついて脳みそをちゅうちゅう吸いはじめた。そんなさまを見たもんだから、飛び上がって走り出したよ。暗い中から仲間の悲鳴が聞こえるのを背に、丘を駆け下って、枝に横面ひっぱたかれるのもかまわず、見ざる聞かざるで走りに走った。馬に乗りゃもっと速かったろうが、どこにつないだかも思い出せなかったね。ちゃんと待っているよう仕込んだ馬だったが、怪物が地面から這い出してきたひにゃ、逃げない馬もいないだろう。

無我夢中で走って、何とか逃げ切ったかと思うまもなく、森の中で動いていた影みたいなものが、いきなりそこらじゅうに広がっていった。毒のある雲にまつわりつかれたみたいに体から力が抜けて、吐き気がしてきた。その影の中から、もっと暗い影がいくつも這い出してきたかと思うと、動きながら形をとっていった。あの毛むくじゃらの、狼みたいな怪物になったんだ。そのときはもう頭もはっきりしていたから、六連発をぶちかましてやったんだが、やつら堪(こた)えもしない。小便をかけたほうがよかったくらいなもんさ。でも、できなかったね。あんまり怖ろしくて、とうに漏らしちまってたからな。こうなるともう、何がなんだかわからなくなってた。ただもう、羽根をむしった鴨みたいに、鳥肌を立ててるだけでね。

さらに走って、森を抜けて小高い丘まで来たんだが、唸り声がしたかと思ったときには、もうやつらに囲まれちまってた。ちんぽこの先を石鹸で洗おうと包皮(かわ)をむくほどの間もなかったね。

でも、やつらは俺を殺そうとはしなかった。すぐにはね。殴る蹴る、噛みつくで、こっちが伸びちまったところで、一匹が馬鈴薯(ジャガイモ)の袋みたいに俺を背負って運んだ。怖いなんてもんじゃないさ。食われるのかオカマを掘られるのか、わかったもんじゃないからな。投げ下ろされたところは、あの丘の墓場だった。運ばれてるあいだじゅう、どこに連れていかれるのか見てやろうとしてたんだがね。結局、着くまで何も見えなかったよ。墓場で投げ下ろされると、一匹が俺の胸を前足で踏まえて、ナイフみたいな爪を食い込ませた。他の連中は犬か狼みたいに穴を掘ってた。すぐに大きな穴ができると、次々に骨が掘り出された。印を刻んだ杭が額に突き刺さった頭蓋骨が出てきた。見る見るうちに、バラバラだった骨が月の光の下で集まり、頭蓋骨から杭が抜けて穴もふさがった。全体がそっくり肉に包まれたかと思うと、血が通い出して胸が息をするように動きだした。まばらに生えてきた毛がどんどん広がって、じきに平原の草みたいにふさふさと全身を包んだ。毛が生えそろうと、そいつは後肢で立ち上がった。牡だとわかった。男ならみな持ってるものが、足のあいだにあったからな。革砥くらい長くて、太さは俺の足首くらいもある、たいそうなモノだった。そいつは俺をまっすぐ見た。

ここからは、もっとひどい話になる。カスター将軍と同じでとうに死んじまってるってのに、思い出すと生きてるときと同じで、ひどい気分になる。死んだあとも怖いものは怖い。怪物は俺に近づくと、唇をめくり上げて、長い鼻面にずらっと並んだ歯を剥き出しにした。俺は蜘蛛を怖がる小っこい娘っ子みたいに喚いたよ。まあ、小僧も怖いときゃ同じように喚くがな。やつはぎざぎざの歯のあいだから涎を垂らしながら、屈み込んできた。そのときまで、自分が悲鳴をあげたなんて気づきもしなかった。胸のうちでは『地獄に落ちろ』と言ってやった気でいた。いや、もう男らしく肚をくくろう。そう思って黙ろうとしたが、肚はくくれなかったね。やつが動きを変えて、ちんぽこがおっ立ってるのが見えた。準備が整った、って様子で。なんの準備か気づいた俺は、また声のかぎりに喚いたよ。やつが喉首に歯を当てるまで、喚くのは止められなかった。それからどうなったかは覚えちゃいないが、気づくとこのホテルにいたから、悪い夢を見たもんだな、と思ったね。でも、俺がいるのに誰も気づきゃしないんだ。そのうち、そんな亡霊仲間がだんだん増えてきた。毎晩、森から影が通りに降りてきて、狼どもが町をうろついたからな。影の雲にまぎれて来て、人と見るやお構いなしに殺しちまったんだ。一度、みんなして狼どもを追いつめて、ホテルに閉じ込めたことがあった。ここじゃない、真っ当なホテルのほうにね。閉じ込めたままホテルに火を放って、焼き殺そうとしたんだ。だが、火が回るよりやつらのほうが早かった。鉄砲玉みたいに飛び出してきたかと思う間もなく大暴れして、町の連中は皆殺し。いるのはとうとう亡霊だけになった。怪物は馬や猫、鼠や犬と、迷い込んできた獣は片っ端から食ってしまった。町から生きているものはすっかりいなくなった。それでも、やつらは何度も下りてきた。何かを待っているみたいにね。もっと肉が食いたそうだった。なぜかはわからないが、余所に行く気はなさそうだった。俺たちが暴いたあの塚から遠くは離れられないんだろう。いちばん図体のでかいやつが月に吠えてたことがあった。腹が減りすぎて死ぬかと思ったのかもしれん」

「やつらはこの一角に封じられている」ジェビダイアが言った。「影の雲は、墓に閉じ込められていた邪悪なものの一部だ。尖った楢の杭で留められていたのだ。邪悪なものは、楢の木に抗えないことがある。明らかに、ここにいるやつがそうだ。まずいことに、あんたはそれを解放してしまった」

「ヒッコリーだろうと何だろうと」ドルが言った。「もうわかりゃしないいんだ。楢じゃないかもしれん。俺には答えようがない。覚えちゃいないいんだからな」

「まあ、そうかもしれないが」ジェビダイアが言った。「経験から察して、私は楢に賭ける」

「好きにしな」ドルが言った。

「わからない」メアリが言った。「昔スペイン人が咬まれたように、あんたも咬まれた。スペイン人は狼になって、インディアンに殺されたか、杭で封じられた。でも、あんたもお仲間も咬まれたのに、狼になっていない」

ドルはかぶりを振った。「嘘は言っちゃいないぜ。ひとこともな」

「つまり」と、ジェビダイア。「親分が一匹、その下に子分が六匹いて、みなで七匹だった、と」

「まちがいない、そのとおりだ」と、ドル。

「連中は魔王(サタン)の手下だ。親分はサタンが直々に作った。そいつが自分の手で、子分を六匹作った。それで七匹になった。七匹とも殺しはするが、そのうえで自分の仲間に仕立てるまでしないのは、七というのが連中にとっては大事な数だからだ。吸血鬼や屍食鬼(グール)だったら数を増やせるが、毛むくじゃらは七の数を守るほかない」

「そんな規則を作ったの、誰？」メアリが言った。

「偉大なる規則の作り手だろうな」ジェビダイアが言った。

「神様が、ってか？」ドルが言った。

「お気に入りのお遊びだろう」とジェビダイア。「これもまた、私たちには理解の及ばぬ思し召しか、まったくの気まぐれなのかもしれない。だが、そのお遊びで創られたものどもは、私たちにとっては現実だし、今こうして危険に追い込んでいる。七という数字は、あの獣どもの数字だ」

「どうして、そんなこと知ってるの？」と、メアリ。

「見たくもないものを見、面白くない本を読んで知ったのさ」

「じゃあ、やつらのことも見たか読んだかしたわけ？」

「やつらそのものじゃないが、そっくりなやつらはね」

「そう」メアリが言った。「あんたの知ってるとおりでありますように。でなかったら、あたしたちはわざわざ、自分のおしっこを浴びるようなまねをしてることになる」


夜は深まり、影は町のいたるところに散らばっていった。ホテルの中も、他の建物の中も暗く肌寒く、霧がかかったようで、ジェビダイアもメアリも怠(だる)さを覚えていた。ジェビダイアはドアを塞いでいた飾り箪笥をずらしたとき、大時計が八時三十分を告げた。ドルも亡霊たちも、かりそめの生の世界に戻った――このホテルは辺獄(リンボ)、生と死のはざまにいる者たちの居所だった。

ジェビダイアはメアリを連れて部屋を出ると、酒場に入った。しばらく亡霊たちを見てから、彼は蠟燭の受け皿を割って溶け残りをポケットに入れた。灯油がまだ残っているランプを二つ見つけると、メアリに持たせた。二人は階段を上り、ジェビダイアがウィスキーのボトルを置いておいた部屋に戻った。ジェビダイアは次に馬を連れていった。馬は気がすすまない様子で、不満げに鼻息を荒らげながらも、踊り場まで上がった。

階下を見下ろすと、黒い霧が天鵞絨(ビロード)の絨毯のように床を覆い、ゆっくりと木の床板に染みこんでいくようだった。

「いつも馬と一緒じゃないと気がすまないみたいね」メアリの声に、ジェビダイアは振り返った。

「できることなら守りたい。やつらの餌にはもったいないからな。これまで付き合ってきた中では一番の馬だ。賢く、勇敢で。たいがいの人間よりはよほどましだよ」

「そうでしょうね。でも、床に糞をしたわ。馬小屋にいる気分よ」

「じき慣れるさ」

二人は部屋に入った。ジェビダイアは馬を連れてきた。彼は馬の手綱を放すと、ベッドに置いたままだったメアリの傘を取り、ポケットナイフで先を削りだした。

「気をまぎらわすものがあっていいわね」メアリが言った。「あたしは怖くて、ちびりもできない」

「私も怖い。木を削ると落ち着く。目的があるからね」

「目的って？」

「楢の細片さ。狼の怪物を退けるために必要だ。楢でなくてはならない。それも木肌を剥ぎ、削って鋭くしたものでないと」

「で、どうするの？　追い駆けてって、それで突っつくとか？　無駄なことしてるみたい」

「まず切片を取る。それをまた細かくする。弾（たま）にナイフで小さな穴を開けて木片を入れたら――」

ジェビダイアはポケットから蠟燭を取り出した。「蠟で穴を塞ぐ。すると、楢を弾丸ごと狼どもの体に撃ち込むことができる」

「気はたしか？」メアリはボトルを取り、ウィスキーを呷（あお）った。

ジェビダイアはボトルを取り上げた。「もう飲むな。今は生き延びるために頭を使うときだ」

メアリが言った。「そんなことより、ベッドでお相手してあげるよ。お代はいらない」

「それで私の知恵が回ると思うか？」

「そうは思わないけど、好意のかたちってやつよ」

「ありがたいね。だが、悪いが今は遠慮しておくよ」

ジェビダイアは蠟燭の下にマッチの火を軽く当てると、芯に火を点してから、また木を削りだした。作業が終わる頃には蠟が軟らかくなっていた。次に、小さな木片を銃弾に蠟で封入する作業に移った。

メアリも手伝った。

松の茂る丘から、遠吠えが通りに響き、ジェントルマンズ・ホテルにまで届いた。

「やつらが来る」ジェビダイアが言った。


ジェビダイアは踊り場から階下を見下ろした。亡霊たちはいなくなり、一人残ったドルはバーの中に入り、床に伏せていた。もう狼どもに危害を加えられることはないが、それでも見たくはないのだろう。死んでも恐怖は感じるものか。ジェビダイアはしばらく、白く浮かぶドルの姿を見ていたが、部屋に戻り、ドアを閉めた。左右のホルスターの拳銃に手をかける。細工を済ませた弾丸をすでに装塡していた。ウィンチェスターの銃弾にも同じ細工をした。もちろん、ガンベルトの予備の銃弾にも、蠟が尽きるまで木片を封入した。メアリの傘はただの細く尖った棒になっていた。中骨だけにして削ったからだ。

メアリはベッドに座っていた。ジェビダイアは彼女にライフルを渡した。

「あたし、象のお尻にショットグラスを投げつけても外すくらいなんだけど」メアリが言った。

「充分に引きつけてから撃つんだ」

「ああ、イエス様」

「あいつは役に立たない」ジェビダイアが言った。「信じるに値するのは銃だ」

「あたしたちがここにいても、気づかれないんじゃない？」メアリが言った。

「いや。やつらは飢えている。匂いで気づくだろう」

メアリが固唾を呑む音は、咳ほどにも聞こえた。


ジェビダイアは窓辺の椅子に座り、眠り込んだメアリを見ていた。こんなときでも眠れる彼女に驚いた。彼の全身の神経はざわついているほどなのに。ランタンの一つを点し、床に置くと、椅子に座り直し、懐中時計の蓋を開けた。針はまもなく九時を指そうとしている。目を閉じて深く息をつき、また開く。五分が経過した。窓から外をうかがう。影が邪悪な黒い油のように低く広がる通りを、何かが横切った。目に留まったのはほんの一瞬だったが、毛むくじゃらの大きなものが、通りからホテルの裏手に回ったと察せられた。隅に身を縮め部屋をうかがっていた馬が、不安そうな唸り声をあげた。

ジェビダイアは息を整え、窓から離れた。馬の鼻面を撫でて落ち着かせると、ドアを開けて踊り場に出る。

酒場は真っ暗で、何も見えなかった。バーカウンターの中で伏せていたドルの姿も見えない。他の亡霊たちとともに町のどこかに逃げて、今時は白い布きれのようにクローゼットか何かの中でかたまっているのかもしれない。玄関のドアが開いていた。入ったときには閉めておいたのだが。

ジェビダイアは階段の手すりに手をかけたまま、長いあいだ酒場を見下ろしていた。次第に目が暗がりに慣れてきた。バーカウンターのそばで何かが動いたように思った。

形のあるものが。

だが、今は動いていない。

たぶん、気のせいだろう。

だが、とジェビダイアは考えた。私たちがここにいるのを、やつらが気づかないわけがないだろう。上着のポケットから小型の聖書を取り出し、とびらを破り取ってマッチで火をつけると、投げ落とした。

紙を燃やす火はすぐに消えたが、落ちていくあいだに、そこにいるものが見えた。やはり来ていたか。黒い体毛、燃えるように輝く黄色い目、剥き出した牙。獣はバーから走り、階段を何段か飛び越えた。同時に、隅にもう一頭いるのを見た。手下どもに命令を下し、意のままに操る〈狼王〉だ、と彼は思った。

ジェビダイアは階段の昇り口に向かい、スペイン造りの鎧の胸当てを着けた獣に、落ち着き払って拳銃を向けた。暗闇の中、胸当てが窓から射す淡い月明かりを反射した。銃口を下げて股間を狙っ

たが、コルト四五口径から放たれた弾丸は金属の防具を貫いた。獣は唸り声をあげ、身を捩った
が、まだ昇ってくる。防具の胸に開いた穴からも、弾丸が抜けた背中からも、白い煙が上がっていた。
ジェビダイアはまたも撃鉄を起こした。神よ、まちがいなく当たったというのに。四五口径の弾丸は、
胸当てがあろうとなかろうと、獣を階段から逆落としにするはずなのだが。
コルトの銃身がまたも火を噴き、銃口から六インチの近さに来ていた獣の顔面を射貫いた。咆吼
が轟く。吹き飛ばされた獣は手すりを突き破ってバーに落ち、影に呑まれた。
まずは一匹、とジェビダイアは思った。
見下ろしても影が深く、何も見えない。落ちた狼が伸びているのを見たような気がしたが、定か
ではない。隅のほうに目を戻す。〈狼王〉が動いた。ドルが言ったとおり、速すぎて目で捉えきれな
い。その姿は影に沈んだ。
まあいい。一匹は仕留めたはずだ。
目を細めてもう一度見下ろす。下の様子はよく見えない。手応えはあったから、楢の弾丸をくらっ
たやつは滅びたことだろう。
玄関のドアが勢いよく開き、黒い体毛に覆われたものが四匹、跳び込んできた。あまりの速さに、
その姿はぼやけて見えた。入った勢いのまま、二匹は階段を駆け上がり、一匹はゴキブリよろしく、
ぶち当たった壁面にそのまま爪を立てて登ろうとしていた。あとの一匹は四つ足で手すりを駆け上る。
手すりの一匹は頭に弾丸をくらい、階下に落ちていったが、続く二匹が勢いをそのままに駆け上

がってくる。ジェビダイアは神経が張りつめる音を聞いたように思った。

銃火が赤く閃き、絶叫とともに前の狼が倒れて後ろの一匹と衝突し、ともに手すりの破れ目から転落した。一匹は落ちたまま動かず、もう一匹は怯えた犬のように円を描いて這っていた。

ジェビダイアは左を見た。メアリがライフルを構えていた。彼はメアリの腕を摑むと部屋に押し込み、ドアを閉めた。その間に、壁を登っていた獣が、漆喰の欠片や木片を飛ばしながら、逆さまになって天井を走り、間近に迫っていた。閉めたドアの外から、獣が天井から落ちる音と、鍛冶屋の鞴のような息遣いが聞こえた。

獣が前足を叩きつけ、ドアに大きな裂け目ができた。だが、獣は悲鳴をあげて前足を引っ込めた。唸り声と、踊り場を這う爪の音がする。

部屋の中では、馬が後じさりしながら床を蹄で激しく打ち鳴らしていた。部屋には入れないほうがよかったか、とジェビダイアは不安を覚えた。怯えて暴れる馬は、狼どもと同じくらいに危険だ。

いや、多少はましか。

メアリはドアの割れ目を見たまま立ち尽くしていた。「何がどうなったの?」

「ドアは樒材だ。やつが破ろうとして割れ目に手をかけたとき、刺がささったんだろう」

「このドアがあれば、やつらは入ってこられないってこと?」

「入れなくはないが、楽ではないだろうな」

「あたしが撃ったやつ、死んだかな」

「わからない。やつらには毒も同然の楢が効果をあらわすには、急所に当たらないとな。心臓や脳や、肝臓といった、致命傷になるところに。見たかぎりでは、頭を撃っていた。いい腕だな。だが、この暗さでは、確かなことは言えない」

ジェビダイアは馬に歩み寄り、手綱をやさしく引くと、鼻面を撫でた。馬は目をむいて、鼻面を何度も上げ下げした。だが、次第に落ち着いていった。

二人はしばらく立っていたが、ベッドの端に座り、銃を手にしたままドアに目を向けた。

何も起きない。

時間はのろのろと過ぎていく。

メアリが言った。「まだ真夜中前ね。夜がこんなに長いなんて。こんな思い、したことある?」

ジェビダイアはランタンの光に時計をかざした。針は午前二時を指している。

「まだ九時過ぎくらいだとばかり思っていた」彼は言った。「この辺獄では、時間の進みようは早くもゆっくりにもなるようだ。やつらには夜がゆっくりなほうが都合がいいのだろう」

「信じられないわ」

「まったくだ。とても信じられない」

通りのほうから、引っ掻くような音がした。ジェビダイアは窓から外を見たが、何も見えなかった。それでも音は大きくなってきた。窓にさらに近づき、下をうかがう。何かが壁を登っている。ランタンを手に、素早く窓を開けて見下ろした。狼が一匹、壁をよじ登って間近に来ていた。さっと上げた目がジェビダイアを捉えた。彼は手にしたランタンを狼に叩きつけた。炎が広がり、狼の頭を包むや、全身の毛が燃え上がった。身を払おうとしたか、爪を立てていた前足の片方が壁板から離れた。そして、すぐにもう片方も。燃える塊は通りに叩きつけられ、断末魔の咆吼とともにもがいた。すぐに毛も肉も燃え尽きて炎がおさまり、路上に残るのは黒く焼け焦げて煙をあげる骨だけだった。分厚い頭蓋骨の両の眼窩から、黒い煙が茸のような形に湧き上がり、昇っていった。粉々に崩れる前に、骨は形を変えた。ジェビダイアは目をしばたたいた。人間の頭蓋骨になったからだ。

ジェビダイアはかすかに身震いしながら、窓から身を戻した。「やつらは火に弱い。楢だけじゃないんだ。覚えておいてくれ」

メアリは彼の隣に立っていた。窓から通りを見下ろした。「覚えたわ」その返事は、咳払いほどに小さかった。

ジェビダイアは拳銃の一挺に弾丸を込めた。「私が一匹を仕留め、きみが一匹を撃ったと仮定しよう。今、通りで一匹が死んだ。まだ先は長い」

「仮定？　残るは四匹か、それとも六匹か、わからないってことね」メアリが言った。

「そのとおりだ」ジェビダイアは言った。「群のリーダーの姿もまだ見ていない。少なくとも、はっきりとは。これまでのやつらとはまったく違うことだろう。わかっているのは、今まで闘った相手はやつの手下だってことだけだ」

「ところで、今何時？」

ジェビダイアは時計を見た。「ちくしょう」

「どうしたの？」

「時間が狂っているんだ。時計が逆戻りした。今は零時になった」


ジェビダイアは考えた。朝まで持ちこたえられるなら、狼をすべて仕留めることはない。やつらが暗い棲み処で眠りについているところを捜し出し、滅ぼせばいい。だが、今やつらをみな仕留めてしまえば、朝になってから捜すこともない。問題は時間だ。ここの時間は進んだり戻ったりする。私たちを食い尽くし、脂じみた糞にして棲み処の丘で放り出すまで、やつらは好きなように時間を操るだろう。

彼は部屋の中を行き来し、ときどき立ち止まっては、いまやお荷物となってしまった馬をなだめた。この聡明な一頭を怪物どもにくれてやるなど、もってのほかだ。許しがたい。天の老いたるろくでなし、あの神のやつは、名馬を得て喜ぶかもしれないが。

歩調を整えるうちに、体じゅうの神経がつながりだしたような感覚があった。ライフル弾のような速さで、思考が次々に閃いていく。メアリはベッドの真ん中に座り、膝にウィンチェスターを置いて、破れたドア、自分の背後、開いた窓と、順番に目をやっていた。窓の外では夜がさらに暗さを増し、かすかに銀色の月光が降りてくるばかりだ。

ジェビダイアは窓から通りを見下ろした。焼けた骨はそのままの場所にあった。

窓に背を向け、座って休もうとした。が、できなかった。コーヒーをポットに二、三杯ぶんも飲んだかのようだ。ちくしょう。むしろコーヒーでも飲みたいところだ。ベーコンと目玉焼きもあればいい。さかりのついた牝騾馬（らば）でも食えそうなほどに、腹が減っている。

何かが聞こえた。

窓にぶつかった蛾の羽音だ。

蛾か。気にすることもなかった。ジェビダイアがランタンを狼に投げつけた窓から、蛾は入ってきた。残ったもう一つのランタンが天井の鉤から下がり、花粉のような黄色い光で室内を照らしている。

ジェビダイアは蛾を見た。大きく、羽根の色は暗く、体にはふわふわした毛が生えている。蛾はベッドの上から天井に向かって飛び、ランタンの光を受けて、壁に影をちらつかせた。その影は大きくなったように見えた。ジェビダイアは後ろ髪が逆立つのを感じた。もう一度、蛾に目をやるとその姿はなく、天井には狼が張りついていた。姿を変えて入ってきたのだ。狼はベッドに座るメアリの真上から、逆さまにぶら下がっている。ジェビダイアは振り向きざまに二挺の拳銃を抜き、素早く連射した。

メアリは急いでベッドを下り、部屋の反対側に走った。

狼は落ちると、ベッドはその重みでバラバラに四散し、狼もまた体毛と肉片を飛び散らせ、干からびた骨だけになった。体当たりにドアが揺らぎ、ジェビダイアが目を向けると、裂け目から黄色い目が見返してきた。その目に向かって撃った。メアリはドアに向かい、ライフルのコッキング・レバーを繰り返し起こしては撃っていた。弾痕の開いたドアの向こうで、牛の尻に烙印を押し当てるような音がした。

馬はジェビダイアもメアリも蹴り飛ばさんばかりに、部屋の中を駆けまわった。ドアへの体当たりがまた一度、続いてもう一度さらに強い打撃を受け、割れて枠から外れた。狼が二匹、跳びこんできた。

馬は荒れ狂った。後肢で立ち上がり、蹄を狼どもに打ち下ろした。一匹が倒れた。が、下から馬の腹に摑まり、食らいついた。馬は狼を引きずりながらドアから飛び出した。蹄が階段を打ったかと思う間もなく、木材の折れる音がし、足を踏み外した馬が手すりを突き破り転落したのが、ジェビダイアにはわかった。床に落ちる音と、すさまじいまでの嘶(いなな)きが響いた。

馬を気にしている暇はなかった。狼がもう一匹いる。両手の拳銃が狼の口めがけ火を噴いた。ピアノの白鍵のような牙が砕け、飛び散った。メアリは膝をつき、続けざまにコッキング・レバーを起こしては発砲し、よろめく獣の胸を驚くほどの正確さで射貫いていた。一弾は下に逸れたが、睾丸を吹き飛ばした。のけぞった狼は背中から壁に叩きつけられた。すぐに姿が変わりだした。鼻面が引っ込んだ。耳が小さくなった。毛が抜け落ちた。やがて狼に似た怪物が座り込んでいたところには、裸の征服者がいた。その体から肉がベーコンのように剥がれ落ちていき、残った骨も一握りの骰子のように床に転がった。

二人は待った。

息を整えた。

ドアの破られた戸口から目が離せなかった。

何も起きない。

ただ静まっている。

さらにしばらく待ってから、ジェビダイアはランタンを手に踊り場に出た。拳銃はすぐに撃てるようにしてある。何も襲いかかってはこない。

折れた手すりから、ランタンの明かりで下を見た。馬はバーカウンターで背骨を折って死んでいた。腹に食らいついていた狼はいない。火も楢の破片も受けなかったので、生き延びたのだろう。

ランタンを動かすと、狼の骨が二体ぶん、目に入った。メアリと階段で仕留めたやつらだ。よし、と彼は思った。通りで一匹。部屋で二匹。酒場で二匹。五匹を仕留めた。生き残っているのは二匹。その一方が〈狼王〉だ。

何かが動いた。白いような、灰色のようなものが。ドルだ。滑るように階段を上がってくる。

「なぜ隠れていた」ジェビダイアが尋ねた。「連中に危害を加えられることもないだろう」

「癖みたいなもんさ」踊り場まできたドルは言った。「そんなことないとわかっちゃいるが、また痛めつけられそうな気がしてね。理由もないんだが、まだ怖いんだ」

「で、どうしたんだ？」

「親分が来るのを知らせにきたのさ。俺にはわかるんだ。怒ってるのもね。子分はもう一匹しかいない。やつはあと五匹、作ることができる。あんたと、あの姐ちゃんから、二匹作ろうとするだろう。あんたが話してくれたから、俺も考えたんだ。手下が六匹いれば、それ以上は作れない。だが、今は目の前に新鮮な素材がある。狼二匹分のね。今のうちに、その銃で自分の頭を撃ち抜くんだ。あんたが助けてやった征服者（コンキスタドール）たちみたいにされないように。親分に摑まったら、あんたも狼の仲間入りだ。どんなに嫌でもな」

「警告には感謝する」ジェビダイアが言った。「あと二匹だけなのか？　もう他にはいないのか？」

「いないさ」そう言うと、ドルは帽子に手をかけ、ジェビダイアの脇をすり抜けて、壁に消えた。

ジェビダイアが振り返ると、メアリがライフルを手に、戸口に立っていた。

「ドルだよ」ジェビダイアは言った。

「聞いてた」メアリが答えた。「ねえ、ジェブ」

「なんだね」ジェブは彼女と部屋に戻った。

「もし駄目だったら、あたしを撃って」

「駄目はないさ」

「約束よ。撃って」

「大丈夫だ」

「約束してよ」

「もし万が一にだが、そのときは」

「あんたが負けたら、あたしが撃つから」

「ああ。結論を急ぐことはない。私は急がない。この夜を終わらせるだけさ」

会話を終えるや、階段を上る足音が聞こえた。ランタンの明かりは部屋をやさしく照らしていた。

窓から涼しい風が吹き込み、二人の背中を撫でた。「窓を頼む。蛾でも鳥でも蝙蝠(こうもり)でも、入ってくるものは撃て」

「撃てない」メアリが言った。「真ん前に立ってるようなのじゃないと、当たらない」

「今夜の腕前は見事だった」

「運がよかっただけ。目を開けてりゃ誰だってできるわ」

「来るやつが小さかったら、叩き潰せばいい」

二人はまた黙り込んだ。踊り場の床板が軋んだ。

ジェビダイアは上着で片手の汗を拭(ぬぐ)い、銃把を握りなおした。もう一方の手で同じことをした。

両手の拳銃を戸口に向けた。

闇のかけらが部屋の中に落ちてきた。それがどこから来たか、ジェビダイアには見えなかった。

かけらは油が流れるように動くと、大きくなり、形を取りはじめた。

それは狼の姿になり、牙を剝いた。驚きのあまり動けなくなったジェビダイアに、狼は襲いかかった。一撃で部屋の端まで弾き飛ばすと、窓に押しやり、突き落とそうとした。

落ちる。片足が窓枠に引っかかっているだけだ。狼は乗り出し、ジェビダイアの両脚を摑んで引き上げた。目の前でかっと開いた狼の口は、さながら地獄への入口で、息の臭いは死と腐敗そのものだった。やつは股間に牙を立てようとしている。

メアリが二度ライフルを発砲し、狼が手を放した。ジェビダイアは通りに仰向けに転落し、白い砂埃を上げた。強く地面に叩きつけられ、息が止まって意識が途切れた。

気を失ったのはほんの一瞬のようだった。が、二階からは悲鳴が聞こえた。痛む体を動かす。背中には火がついているようだ。身を起こし、座った姿勢で足を曲げる。怪我はないようだ。立ち上がった。二日酔いを十倍にしたかのように頭が痛んだ。

拳銃は二挺とも砂にまみれていた。両手に持ち直してホテルに戻りかけた。

悲鳴が銃声に取って代わった。ジェビダイアは窓を見上げた。窓から狼が乗り出し、鼻面から血を滴らせていた。狼は窓から這い出し、ホテルの外壁を駆け下りると、ジェビダイアに向かってきた。

ジェビダイアは発砲した。狼は左目を射貫かれ、路上に倒れた。

それでも狼は立ち上がり、なおも向かってくる。ジェビダイアは拳銃をホルスターに戻すや、狼の両肩を摑み、咬みつこうとするその顎を遠ざけた。身を引き、脚を上げて狼の腹を蹴り上げた。

体勢を立て直して拳銃を取ったとき、狼は路上に倒れていた。もう動かない。効果が出るまで間があったが、弾丸はまちがいなく急所を捉えていた。

狼から体毛が失せ、形が変わり、その姿は裸の征服者（コンキスタドール）に戻った。体から肉が剥がれ落ち、見る間にばらばらの骨になっていった。


拳銃の装填を済ませ、ホテルの玄関に向かうと、すぐには踏み込まず通りに立っていた。玄関は開け放たれている。両手に拳銃を構え、ジェビダイアは入っていった。メアリを思いながら、息を整え、階段を上りはじめる。階段は一歩ごとに軋んだ。踊り場で影が動いたように見えた。目を細めてみたが、形のあるものはないようだ。ただ、壁紙に黒い染みが一つあった。影のまま、壁にはりついて、狙う相手がいると直感した。

近づき、いったん立ち止まって、好奇心に駆られた犬のように壁の染みを凝視した。染みは動き、大きく膨らんだ。体長八フィートはあろうという巨大な狼が姿を現した。階段の上から、それは身を屈めてジェビダイアを見下ろした。

「待ちきれなかったんだな」ジェビダイアが言った。「焦ったか」

〈狼王〉は耳を動かし、舌なめずりをした。

「簡単には食われない」ジェビダイアは言った。

〈狼王〉は階段を駆け下りた。ジェビダイアの両手の拳銃が同時に咆吼し、狼は彼に体当たりをくらわせ、ともに階段を一階まで転落した。

ジェビダイアは立ち上がった。銃弾をまともにくらったからか、〈狼王〉は煙を上げながらも階段から動かず、彼はその姿をよく見ることができた。手下どもとは違っていた。大きさだけではない。その姿から湧き出る恐怖は比べるものがなく、サタンそのものを目の前にしているかのようだ。

そして、手下どもとは違い、〈狼王〉は楢の銃弾にも持ちこたえていた。ジェビダイアは足をひきずり、焼けつくような背中と脇腹の痛みを堪え、銃を構えたまま玄関まで後じさった。窓から落ち、階段からも落とされたが、まだ歩けるから大丈夫だと思っていた。だから人狼とも渡りあえる、というのは、過信だったか。

ジェビダイアは後退したまま通りに踏み出し、〈狼王〉は玄関いっぱいに仁王立ちしていた。後肢で立ち上がり、一歩ごとに陰茎と睾丸が時計仕掛けのように揺れた。外に出ようと頭を下げたとき、その歯から涎が糸を引いて滴った。

「一対一（サシ）で勝負だな、狼さんよ。あんたの親分のことは、私はよく知っている。二人ともな。天高くましますほうも、地の底深くおわすほうも。私はどちらも良く思っちゃいないがね」

〈狼王〉は後肢で立ったまま、玄関から突進してきた。ジェビダイアの拳銃が再び火を噴いた。急所を捉えたが、〈狼王〉の勢いは止まらなかった。

ジェビダイアは走った。体じゅうの筋肉が痛んだが、待ち受ける恐怖はそれにまさった。力のかぎり彼は走った。横転した駅馬車のそばで振り向くと、〈狼王〉は間近に迫っていた。首の後ろに熱い息を感じるほどに。

駅馬車に飛び乗ると、ジェビダイアは窓から中に這い込んだ。〈狼王〉は鼻面を車内に押し込んで吼えたので、震動に彼の体は痛みを覚えた。

ジェビダイアは両手の拳銃を撃った。立て続けに二射を見舞った。

〈狼王〉の鼻面が引っ込んだ。その隙に装填しはじめた。一方の拳銃に三発を込めたところで、〈狼王〉はまたも頭を突っ込んできた。ジェビダイアはさらに一弾を送り、額に煙を上げる穴を開けたが、〈狼王〉は怯まなかった。駅馬車に腕を突っ込んで、ジェビダイアの足首を掴み、引きずり出した。馬車の窓枠に頭をぶつけたひょうしに一方の拳銃を取り落とし、ジェビダイアはそのまま逆さ吊りにされた。

ジェビダイアを高々と差し上げた〈狼王〉は、顔を近づけてきた。ゆっくりと。己（おの）が勝利を誇るように。そして、口をかっと開いた。

ジェビダイアは離さずにいた拳銃を差し上げ、残った銃弾をすべて〈狼王〉の口に撃ち込んだ。

〈狼王〉は口を閉じた。鼻孔から煙が噴き出した。そのまま一歩、後ろによろめく。顎の骨の音が聞こえるほど大きく、口を開いた。その手が離れ、ジェビダイアは〈狼王〉の頭の上に落ちた。路上に転がり、落とした拳銃を拾った。片膝を立てて身を支え、空の弾倉に弾丸を込める。楢を封入した弾丸がまだあるのを喜ぶ一方で、手の動きが鈍く、装填にやたら時間がかかるのに苛立った。

おそるおそる目を上げると、〈狼王〉はゆっくりと後じさりしていた。その足が止まり、うつむいたかと思うと、首がもげ落ちた。首は通りに弾み、転がり、毛が抜け落ちてすぐに白い頭蓋骨になった。そして、胴体も倒れた。

ようやく楢の弾丸がその力を顕したのだ、とジェビダイアは思った。

地面をいちめんに覆っていた冷たい影が湧き起こり、通りに溢れた。ジェビダイアは立ち尽くしていた。首のあたりまで彼を覆った影は、すぐに風に吹き飛ばされ、あとには何も残らなかった。町の向こうの森にわだかまる影さえも消えていた。

〈狼王〉も消え失せていた。体毛が風に舞うばかりだった。彼の顔にまつわりつきかけたが、すぐに吹き飛んだ。

ホテルの玄関から、亡霊たちがその白い姿を現した。その中にはドルの姿も見えた。一群の霊魂は星空に向かってふわふわと舞い上がり、天の川を目指す渡り鳥の群のように見えた。その姿もすぐに消え、星々も蠟燭の火を吹き消すように見えなくなった。夜が明けたと思う間もなく、太陽は正午の位置にまで昇った。晴れた空に湧き上がった白い雲は、青い皿に盛り付けたマッシュポテトのようだった。

ジェビダイアは音のする方に目を向けた。

通りの北の端に立つ木に、小鳥たちが集まり、さえずっていた。羽根の色は赤、黄、青、金と鮮やかで、その木だけが秋の木の葉に彩られたかのようだった。小鳥たちは紙吹雪が舞うようにいっせいに飛びたった。太陽の光を受けてきらめく羽毛は、ジェビダイアにはこの世ならぬ不思議なものに見えた。

ホテルの部屋に戻ると、メアリがいた。彼女は床に横たわっていた。ライフルの銃口を顎の下に押し当てたまま。自分の手で引き金を引いたのだ。理由は見てわかった。全身に狼に咬まれた傷があった。彼女の判断は手遅れではなかったようだ。

ジェビダイアは通りにまずメアリを、それからマットレスを運び出した。ホテルの椅子を壊し、火を熾すとマットレスをかぶせ、彼女をその上に横たえた。駅馬車に寄りかかって、遺体がすっかり灰になるまで見届けた。火葬を終えると丘を登って、ドルが話していた墓地のある森に行った。奥に踏み込んでいくと、暴かれた跡も新しい塚があった。狼たちの墓だ。ポケットナイフで楢の枝を切り、シャツを細く裂いた紐で結んで、十字架を作った。七つの塚に一つずつ。念のために。聖書のページを破り、それぞれの十字架と一緒に墓に埋めた。これも念のために。

ジェビダイアはホテルに戻り、死んだ馬から鞍とサドルバッグを外すと、肩にかけた。そして、通りを南に向かって歩きはじめた。

背後から鴉が一羽、彼に影を落として、飛び去っていった。

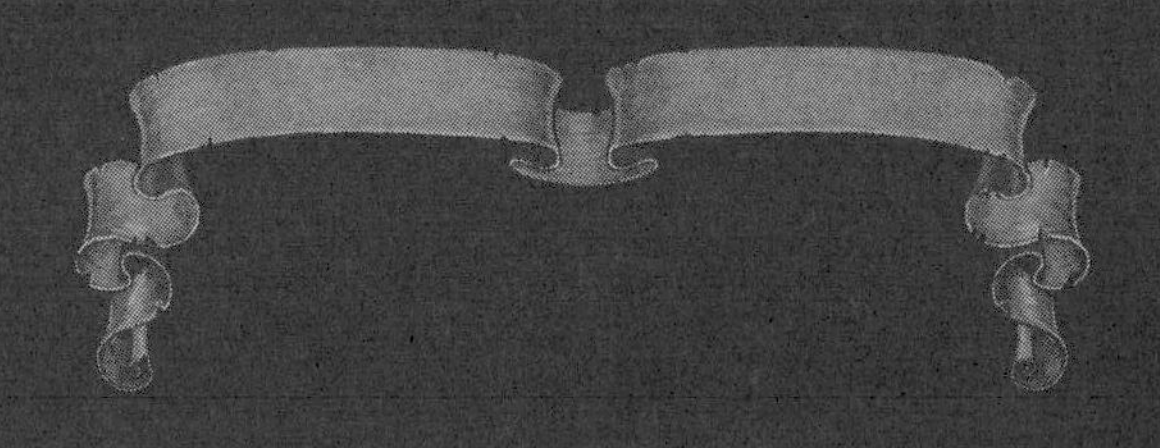

凶兆の空

THE CRAWLING SKY

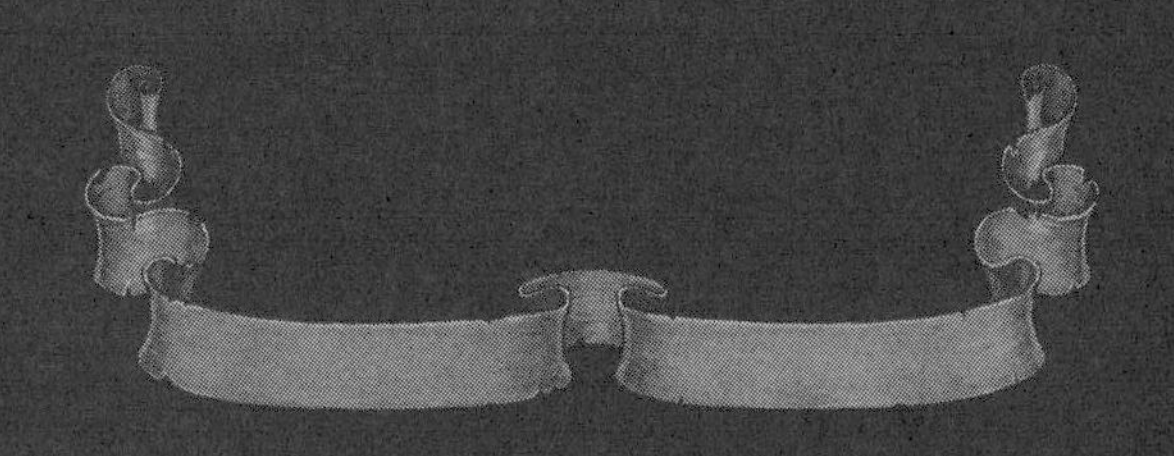

1　ウッド・ティック

ウッド・ティックは町というより、森がちょっと広めに開けたところというくらいの場所だった。肌寒い秋の日、鉄灰色の雲が低く垂れ込める空の下を、漆黒の馬に乗ったジェビダイア・メーサー牧師は、この町に入った。雲は空を這っているように、牧師には見えた。こんな雲の下では、ろくなことが起きない。前兆など信じる気もないが、これは凶兆であると、彼は経験から感じ取っていた。

目の前に開けたのは、町と呼ぶにはあまりにもの悲しい眺めだった。狭い粘土質の道を挟んで建つのは、取り残されたようなわずかな建物で、数えれば六軒、うち三軒は北風に押されて南向きに傾（かし）いでいる。

一軒の庭には石で炉が組んであったが、崩れても組み直す者はいないようだ。石は空薬莢のように放り出されたままだった。そのあいだから黄色っぽい草ばかりか、小さな木までが生えている。炉の石にはテントの切れ端らしい布がかけてあったが、釘付けされたまま長らく風雨にさらされ、黒くなっていた。

町の真ん中には、平たい屋根と木の格子を具えた荷馬車が一台あった。馬はいない。車輪は外され、馬車は車軸を地面につけて傾いでいた。大人になってからの悪相が今から見えるような小僧どもが五、六人、馬車に向かって石礫（いしつぶて）を投げつけ、中では男が一人、格子を摑んで悪態をついている。そばの傾いだ建物の、さらに傾いた軒先で、老人が一人、木の棒を削っていた。住人が二、三人、馬車の中の男にも小僧どもにも目を向けることなく、足早に歩き去っていった。

メーサー牧師は馬を下りると、傾いだ建物の前の馬つなぎ柱まで引いていき、棒を削る老人に目をやった。甲状腺腫でふくらんだ首に薄汚れた布袋を巻き、顎の下でくくっている。鍔の広い帽子で顔は影の下になっていた。隠しておくのがいい顔だった。見る者がたじろぐほどの悪相だ。神はまたも余計なことに力を向けたようだ。

「訊いてもいいかな」牧師は声をかけた。

「かまわんとも」

「あの男はなぜ閉じ込められている？」

「あれはこの町の監獄さ。他になくてな。ちゃんとしたのを建てたいところだが、ほとんど用もないもんでな。悪いことをしたやつは、すぐに吊るしちまうし」

「あの男は何をした？」

「馬鹿話のしすぎさ」

「それが犯罪か？」

「町の衆がそうだと言えば、なんでもさ。くだらんことばかり言いふらして、うるさいったらない。来た頃はまともなやつだったんだが、おかしくなっちまった。どうしてかは皆目見当もつかんが。化け物が出たから、かみさんと逃げようとしたが、かみさんが食われちまったんだってよ」

「化け物？」

「な、馬鹿話だろ」

メーサー牧師は檻と、石を投げつける小僧どもに目を向けた。石は速く、狙いは正確だ。

「石をぶつけても、何の得にもなるまい」

「神様がやつを石投げの的にしたくなかったら、戯言を言わないように、もうちっと賢くしてやったろうさ」

「私は神に仕える身だが、そう思わずにはいられないな。神の思し召しは無慈悲なものだ。人間ならもう少しましなことができるだろう。あの哀れな男を、石を投げるガキどもから救うくらいにはな」

「保安官がどう思うかな」

「保安官は誰だ？」

「たぶん、わしだろうさ。あんた、面倒を起こしに来たんじゃあるまいな？」

「頭がおかしいくらいで、人ひとり閉じ込めて石を投げつけるものではない、と言いたいだけだが」

「なるほど。ならば、あの馬鹿をどこへなりとも連れてってくれ。ここに帰ってこないなら、あいつを自由にしてやってもいい」

牧師はうなずいた。「引き受けた。だが、その前に何か食っておきたい。食事のできるところはあるか」

「町を出て一マイルばかり行くと、ミス・メアリの店がある。何か見つくろってくれるさ。あんたの胃が丈夫ならの話だが」

「おすすめはしない、ということだな」

「そうとも。むしろ止めるね。ちっと肉があるから、わしが焼いてやろう。安くしとくよ」

「金なら出せる」

「結構。わしは文無しだ。馬肉はじゅうぶん寝かせて、もう食い頃になってる。もっとも、一時間後に食ったら中毒るかもしれんがな」

「ミス・メアリのところまで行ったほうがよさそうだな」

「木の根と雑草のスープがお好みなら、それもよかろう。なんでも同じ味にしちまって、食えたもんじゃない。本人のご面相も似たようなもんだがな。それでもミス・メアリは自分まで客に出したがる。そっちがお目当てなら、止めはしないさ」

「わかった。あんたの馬肉にしよう。じゅうぶん火を通してくれるか見張らせてもらうが」

「よし。今これを済ましちまうからな」

「何を作っているんだ?」

「ただ削ってるだけさ」

「削ってどうする?」

「どうするも、暇つぶしに決まってるだろう。削るのは面白いじゃないか」

暗い秘密を打ち明けるかのように、老人はジャッドと名乗った。近くで見ると、外にいたときよりさらに見苦しい面構えだとわかった。毛穴の大きさときたら水がたまりそうなほどだし、鼻は何度も折れたようで、口をきくたび左右に動いた。歯はほとんどなく、わずかに残るのは煙草の脂（やに）で黒くなった虫歯ばかりだった。手と指は、いったいどこに突っ込んだのかと考えこんでしまうほどの汚れようだ。

傾いだ家の中には床板がなかった。奥に焜炉（こんろ）があり、曲がりくねった煙突が、屋根も天井もない一角から外に延びている。雨が降れば外も同然なのは、煙突の錆びようから見てとれた。そのあたりだけ磨り減ってたわんだ床板があるが、あと一押しで板が割れるか、白蟻があと一口齧ったら、焜炉は地面に落ちるだろう。壁の鉤には馬肉の塊がひっかけてあったが、真っ黒に蠅がたかり、蠅を払うと緑の黴（かび）に覆われているのが見えた。

「あんたの言う肉というのは、これか？」

「そうとも」汚れた袋の上から甲状腺腫を掻きながら、ジャッドは答えた。

「色が変わってるな」

「熟成させてたのさ。気に入らなきゃ止してもかまわんよ」

「自分で焼いたほうがよさそうだ」

「焜炉の貸し賃をもらうよ」

「いくらだ」

「四セント」

「黴びた肉を自分で焼いて四セントか」

「わしが焼いても手間賃は四セントさ」

「たいした手間賃だな」

「商売第一が座右の銘でね」

「衛生第一に替えるがいいさ」

「おっと。ご不満かね」

メーサー牧師は黒く長い上着の前を開き、二挺拳銃の銃把を見せつけた。「まあ、我慢もする時があるってことか」

ジャッドは拳銃をまじまじと見た。「話がわかるね、牧師さん。あんたの仕事はお説教だとばかり思ってたが、その銃はお説教より象狩りに向いてそうだな」

「象は見飽きた。子象たちもな」


牧師は馬肉に群がる蠅を追い払い、いくぶんましな部位を見つけて、そこをポケットナイフで切り取った。油じみたフライパンから虫けらを払い落とし、肉を載せた。焜炉に火を熾す。肉を焼く仕度はすぐにできた。肉はじっくり火にかけ、中まで焼くことにした。表面が焦げるくらいに。しっかり火を通しておけば食中毒にはなるまい。

「ほかに仕事をしているのか?」牧師は尋ねた。

「今は馬肉だけだね」

「売り切ったり、腐って捨てたりしたあとはどうする」

「老いぼれ馬をあと二頭、年寄り驢馬を一頭持ってる。どれかが次の番さ」

「畑仕事はしないのか」

「鍬を使うのは性に合わなくてな。持ってるものがなくなったら、栗鼠かオポッサム、アライグマか何かを撃ってつなぐさ。ちゃんと料理すりゃ犬の肉だって悪くない」

「この町には何人住んでいる?」

「四十人ってところだな。あの馬鹿のノーヴィルを入れて四十一人か。ここまでの話でいくと、やつはあんたが連れてってくれるわけだが。まあ、やつは町には住んじゃいないがね」

「その中で子供は何人いる?」

「数えちゃいないな。みなメアリの子だ。いちばん上が十三歳で、末が六歳。産みっぱなしで、父親がわかる子は一人もいない。わしに似たのもいる」

「その子に幸あれ、だな」牧師が言った。

「ああ、まったくだ。何年か前にそのうちの二人が死んだ。一人は馬に頭を蹴られた。もう一人は川で流された。泳ぎくらい覚えておきゃ、死なずにすんだのに、馬鹿な子供だったよ。年頃の娘が一人いて、ノーヴィルと一緒に町を出たが、やつのところからもいっちまった」

肉は黒く焦げ、富豪のくゆらす葉巻よろしく煙を上げた。メーサー牧師は皿がないのに気づき、フライパンを皿代わりに、ポケットナイフで切って食べた。ひどく固く、馬よりはスカンクの肉のような味がした。餓えの角が丸くなる程度におさめて、牧師は残りをあきらめた。

もう足りたのか、と尋ねられ、そうだ、と牧師が答えると、ジャッドは残りを素手でかっさらい、狼よろしく食いちぎった。

「おっと、こいつぁ旨えや」ジャッドは言った。「あんたを料理人に雇いたいね」

「そうはいかない。このあたりの住人は何をして生計を立てている?」

「木こりさ。木を切って運び出す。東テキサスじゃ誰もがその仕事をしてるさ。どこも木ばっかりだしな」

「切る木がなくなる時がくるだろう」

「木は育つさ」

「人間のほうが育つのは早い。それに、多すぎる」

「そこなんだよな、牧師さんよ。まったく、あんたの言うとおりだ」

ノーヴィルを解放するためにジャッドと外に出ると、小僧どもはまだ石を投げていた。牧師が石を拾って投げつけると、一人が頭にまともにくらい、倒れた。

「おい」ジャッドが言った。「子供に何をするんだ」

「こぶをくれてやった」

「まったく、おかしな牧師だ」

こぶをもらった小僧は立ち上がり、頭を抱えて泣きわめきながら走り去った。

「とっとと帰れ、性悪小僧」メーサーは声をかけた。「背中に当てようと思ったんだが、大外れだな」

二人は馬車まで歩いた。木の格子は馬鹿でかい南京錠で閉ざしてある。この男はなぜ格子を蹴り壊して逃げなかったのか、と牧師は思っていたが、近くで見て理由がわかった。彼は馬車につながれていたのだ。床に固定された輪と、足首の留め具のあいだを、鎖がつないでいる。ノーヴィルの頭にはいくつもこぶができ、下唇は腫れ、そこらじゅうから出血していた。

「人間にすることじゃないぞ」メーサー牧師が言った。

「あんたが肉を焼いて食うのをやめなかったら、やつはもう十(とお)かそこらは石をくらったろうさ」

「ごもっとも」牧師は言った。

2　ノーヴィルの話――松林の家

ジャッド保安官は錠を開けて馬車の中に入ると、ノーヴィルの足の留め具を外した。ノーヴィルは裸足のまま外に出ると、空を見上げて背筋をのばし、そのまま歩きだした。ジャッドは軒下から古びたブーツを出して彼に渡した。ノーヴィルはブーツを履き、馬車の脇を回って、牧師に目を向けた。

「助けてくださって、ありがとうございます」ノーヴィルは言った。「ぼくは狂っちゃいない。見たままを知らせただけなのに、こいつらときたら聞こうともしない」

「頭のおかしなやつの話が聞けるか」ジャッドが言った。

「何を見たんだね？」牧師が尋ねた。

「こいつに馬鹿話をさせるな。また閉じ込めるぞ」ジャッドが言った。「こいつを連れて出ていく約束だ。あんたはもう、ここにいちゃいけない」

「腹具合が悪くてすぐには動けない」牧師は答えた。「あの肉、外に出たがってるぞ」

「吐くのは出ていってからにしてくれ。馬鹿野郎を忘れずにな」

「この男の馬は？」

「あんたの後ろに乗せな。乗せてとっとと行っちまえ」

「ノーヴィル」牧師は声をかけた。「乗るんだ」

「頼みます」ノーヴィルは足早に牧師に続いた。

メーサー牧師は馬の綱をほどくと、鞍(くら)に乗った。ノーヴィルに手を伸ばし、後ろに乗るのを手伝った。ノーヴィルは牧師の腰につかまった。「胸を張れ。出ていくときは堂々と、だ」

「早く行けと言っとるだろう」ジャッドが自宅の玄関先からわめいた。

「急(せ)かされなくても行くさ、ジャッド保安官」メーサー牧師が言った。「あんたがどれだけ偉ぶろうと、私にはなんでもない。ただ、この町が不憫だ。焼き払って更地にしないかぎり何の価値もない、臭い町だからな」

「とっとと行っちまえ」ジャッドが言った。

「居たくもないが、自分に合った速さってものがある」

馬が歩きだしたとき、ジャッドが後ろから撃つ気ではないかと牧師は振り返ったが、馬肉の残りを食おうと決めたか、とうに家に引っ込んだあとだった。

町から三マイルほど離れた小川のほとりで、メーサー牧師は馬を止めた。二人が下りると、馬は水を飲みはじめた。馬が喉を潤しているあいだに、牧師は鞍を外し、飲み過ぎて腹が重くなる前に小川から引き離した。そして、サドルバッグからブラシを出し、馬の体を丁寧に梳(くしけず)った。

ノーヴィルは草を一本口にくわえ、木の下に座った。「ぼくはおかしくなんかない。見たものを見たとおりに話しただけなんだ。どうして助けてくれたんですか？　気がふれた若僧だと思ったでしょうに」

「神に負わされた使命があるのでね。好んでしているわけじゃないが、それが役目だ。私は闇を狩る者にして、光をもたらす者。鉄鎚にして金床。骨にして肉。剣であり、銃である。ものごとを正す神の使者だ。神の望むように正すのが役目だ。神と私が意を共にしているわけではないがね。私の知る神は、イエスが語る神ではない。ダビデの神であり、旧約聖書に書かれたとおりの、怒りゆえ獣も人も殺し、町を滅ぼす神だ。神はつねに妬み、怒り、その考えは私にはうかがい知れない」

「ぼくのことを、気が変だと思っているんじゃないか、聞きたかっただけなんです」

「悪を滅ぼすのが私の役目だ。だが、私は一人だというのに、邪悪なるものはあまりに多い」

「あの……ぼくが正気だって、信じてくれますか」

「何があったか、聞かせてくれ」

「頭がおかしいと思ったら、ここに置き去りにする気ですか?」

「その前に撃つさ……冗談だとも。もっとも、私は冗談を言うのは得意でない。面白くないだろう?」

牧師は馬をつなぎ、二人は木の下に座った。牧師の水筒の水を分けあったあと、ノーヴィルは話しはじめた。


「ぼくの父さんは、キャロライナで母さんを蕪のスープで殺し、ぼくと妹を馬車に乗せてテキサスに逃げてきました」

「スープで殺した?」

「そうなんです。スープにする蕪で頭を殴ったんです」

「蕪で殴って死ぬものか?」

「束にして置いてあったんです。母さんはスープを作る仕度をしているところで、蕪は切る前で葉もついていました。七つか八つ束ねてあって、ごつごつしたのも交じってました。父さんがそれで殴って、母さんは頭が割れて、脳みそが流れ出てしまいました。母さんは床に倒れて、その夜のうちに死んでしまいました。父さんは助けようともしませんでした。神様は母さんが蕪で殴られて死ぬことを望んではいない、だから助けてくれる、と言っていました」

「正直な話、神はそこまで慈悲深くはない……母親が蕪で殴られるところは見たのか？」

「はい。六歳のときのことです。妹は四歳でした。父さんは蕪のスープじゃなくて、蕪そのものが嫌いでした。死んだ母さんを床に横たえたまま父さんは家を焼き、三人でテキサスに移って、ほとんどは州の真ん中へんで暮らしていました。一年くらい前に父さんが死んで、それから妹がひどく咳をするようになり、良くなる様子も見せませんでした。結局、咳で死にました。だから、今度はぼくが家ごと焼きました」

「きみの歳なら、一人でいるのはむしろいいことだろう。いくつだ？　二十歳くらいか」

「二十一歳です。老けて見えるでしょうね。馬で旅をして、栗鼠やなにかを獲って暮らしていましたが、このあたりの森で誰も住んでいない小屋を見つけました。道から外れたところだったから、運がよかったと言うほかありません。森の中で、ちゃんと屋根があって、井戸まで掘ってある。誰かの家だと思って声をかけたけれど、返事がなかったので、ドアを開けてみました。長らく人が住んでいない様子でした。どこかに行ってしまったのでしょう。綺麗な小屋で、窓には本物のガラスがはまっていたし、誰が建てたかわからないけれど、立て付けも細工もきちんとしていました。家のまわりの木は切り払われていて、ちょっとした庭があるようでした。

住んでみることにしましたが、悪くはありませんでした。井戸はありましたが、覗き込んでみると石やら何やらで埋められていて、水は汲めません。でも、百フィートも離れていないところに小川が流れていて、源流の湧き水もすぐそばにありました。狩りの獲物もたくさんいたし、庭を畑にして蕪も作れました」

「蕪も好きなだけ食べられるというわけだ」

「母さんのスープが好きだったんです。味をまだ覚えているほどに。父さんはスープくらいのことで、あんなまねをしちゃいけなかった」

「同感だな」

「住むには申し分ないところでした。だから、井戸の掃除をすることにしました。毎日少しずつ、石を掘り出して。家の裏手からも水は湧いていたけれど、井戸のほうが近いし、石積みがしっかりしていたから、こっちから水が汲めたらいいな、と思ったんです。運ぶのも楽だし。

そんなときに、近くにウッド・ティックという町があるのを知りました。あのとおりのちっぽけな町ですが、一つだけ良いものがあって、町の男たちは誰もがそれを自分のものにしたがっていました。シシーって娘です。メアリの子供の一人でした。他の子供たちと違って、シシーは自分の父親を知っていました。布地の行商人で、ウールの六ヤードをお代にメアリを五分だけ買ったという話です。

とはいえ、シシーと付き合うのには何の苦労もありませんでした。町の男たちの面（つら）ときたらひどいもんだし、二人に一人は甲状腺腫みたいな、目に見える病気を持っている。シシーは十五歳で、ぼくより五歳下だったので、すぐに結婚を申し込みました」

「まだ子供だろう」

「このあたりじゃ、そうでもありませんよ。自分よりずっと若い娘と結婚する男も珍しくはないし。それに、シシーはじゅうぶん大人でした」

「胸が？　頭が？」

「どっちも。で、ぼくと彼女は結婚して、というか、結婚したことにして、あの小屋で暮らしはじめました」

「誰が建てたか、誰のものか、知らないままに？」

「シシーが話してくれました。こんな由来があるそうです。建てたのは誰かわからない。最初はおばあさんが一人で暮らしていたけれど、死んでしまった。そのあと、ある一家がこのあたりの土地を手に入れて移り住んできて、ひと月かそこらでいなくなった。末の女の子が一人だけ、ぼうっと歩いているのが見つかった。何かが這いまわったり吸い取ったりするなんて、うわごとを言いながら。メアリが引き取って、医者にもかからせたけれど、間に合わなかった。その子はまもなく死んでしまった。死ぬまでの二、三日のあいだに、五十歳も老けてしまったように見えた、という話です。

　町の連中が小屋を調べても、石で埋められた井戸のほかには、何も見つからなかった。そのあと、他の家族が移り住んできて、ときどき町にも来ていたのに、いつのまにか来なくなった。消えてしまったかのように。そのうち、町の衆の一人が、綯った縄や生皮の商いに小屋を使うようになって、でもやっぱり行方をくらました。そのあと、あなたみたいな伝道師が町に来て、ここには邪悪なものがある、と言ってしばらく小屋にいたが、堪えられなくなったか町に戻ってきて、あの小屋は焼き払い、跡地には塩を撒いて草木も生えぬようにし、誰も近づかないようにしなくてはならない、と言った」

「その伝道師は無事だったか?」

「そのあと納屋で首を吊りました。『私は知りすぎた』とだけ書き遺して」

「簡潔な遺書だな」牧師は言った。

「そのあとぼくが来て、シシーを連れてきたんです」

「なるほど、きみがここに住み、さらに女を住まわせた、と。あまり賢明な選択とも思えないが」

「話を聞いても信じられませんでしたからね」

「今はどうだ?」

「信じないわけにはいきません。今は帰って、シシーを弔いたい。だから、あの娘に何があったか、まず町の衆に知らせようとしました。でも、誰も聞いちゃくれなかった。頭がおかしくなったと決めつけて、檻に閉じ込めたんです。あなたが来てくれなかったら、今もまだあの中にいたでしょう。お礼の言いようもありませんが、ついでに家のそばまで馬に乗せていってくれませんか。それ以上のご親切は結構です。ぼくにはやらなきゃならないことがある」

「きみがしようとしていることは、そのまま私の使命でもある」

「化け物が、ですか?」

「そう呼ぶほかないだろうな。シシーのことを話してくれ。何があったのか」

ノーヴィルはうなずくと、水筒の水を一口飲み、蓋をひねって閉めた。深く息をつき、木に体をもたせかけた。

「シシーとの暮らしは、出だしは申し分のないものでした。ぼくは井戸の掃除をしていました。中に下りて、石をバケツに入れて運び出すだけですが、中には縄でくくって驢馬(ろば)に引かせるしかないような大きな岩もありました。結構深くまで来ても、まだ水が出てくるところまで届きませんでした。ようやく泥が見えてきて、棒を差し込んでみたらとんでもなく深いようだったので、あきらめて湧き水を運ぶのに戻しました。あとは、家の木材が朽ちたところを直したり、屋根板を新しく替えたり。シシーは庭に花壇を作って、それはもう、きれいなものでした。でも、あるときから急に、シシーは夜になっても眠れなくなってしまいました。家の外に何かがいる、窓から覗き込む顔を見た、と何度も言うようになって。でも、銃を持って外に出てみても、あるのは井戸から掘り出した石くればかりです。ただ二度目には、たぶん森の中から、誰かが見張っているような気がして、ぞっとしました。あんな感じがしたのは、生まれて初めてでしたよ。家に入ろうとしたとき、あとをつけられているような気がしました。立ち止まって振り返ろうかと思ったけれど、できませんでした。それだけのことができなかったんです。何か怖ろしいものを見てしまいそうな気がして。恥ずかしいのですが、逃げ込むように家に入り、すぐに戸締まりをしました。そのとき、外から何かの荒い息が聞こえました。

その夜以来、ぼくたちは日が沈んでからは外に出なくなりました。ぼくは窓のほとんどを板で塞ぎました。昼間は馬鹿馬鹿しいと思っていても、やはり夜になると、何かが家の外をうろつきまわっていて、屋根や煙突の上に登っているような気さえしていました。煙突から煙が絶えないよう、家の中が暑くなるのもかまわず暖炉に火を焚き続け、煮炊きの火は日中に外で焚くようにして、夕食には昼の残りの冷えたものを食べました。二人とも夜を怖がるようになりました。ただもう、びくびくするばかりで。眠るのは明るいうちの二、三時間になり、ぼくは畑仕事と狩りをしても、家とシシーから遠くならないようにと、気にしてばかりいました。

そのときに荷物をまとめて家を出ていくのが正しかったのでしょう。シシーとも、そうしようかと話し合いました。でも、勝手に居座ったにしても、ここはぼくたちの家、ぼくたちの土地でした。自分たちの頭がおかしくて、本当は何でもないんだ、と思いたかったけれど、何かがいる気がするだけじゃなくて、音も聞こえたし、臭いまでしました。夜になると、腐りかけた肉みたいな、澱んだ水みたいな臭いが漂ってきて、ドアの下から家の中まで入り込んできました。それは日に日に強く、はっきりとなっていきました。

ある朝、家を出ると、シシーの花壇の花が一本残らず引き抜かれていて、玄関先ではアライグマが首をもがれて死んでいました」

「首をもがれて？」

「切り口から腱がぴろぴろ出ていたんです。鶏の首をひねって引き抜いたみたいに。その切り口から誰か、いや何かが中身を吸い取ったようでした。気になって、胴体を切り開いてみたんです。血が一滴も残っていませんでした。変ですよね」

「たしかに」

「次の日は、驢馬がいなくなりました。跡も残さずに。逃げないと、と思ったのですが、行くあても、お金もありません。翌朝、外に出ると、玄関の階段にしておいた石に、泥の足跡がついていました。大きな、見たこともない足跡で、どんな動物のものとも似ていなかったけれど、指も踵もありました。足跡は草むらに向かっていました。拳銃を持って追ってみましたが、何も見つけられずじまいでした。足跡は途中で消えてしまっていたので。手掛かりなしです。

　その夜、寝室の窓をふさいだ板が割れる音がしたので、飛び上がって拳銃を取りました。何かが窓の板を一枚剥がして、ガラスに顔を押しつけていたんです。暗かったのですが、それが人間の顔じゃないことは、月明かりで見てとれました。目も口も違うものです。元の形は人間だったものが、ねじれるかひしゃげるか、その両方かで、変わってしまったようなやつでした。ゆがんだ顔は蒼白く、血みたいに赤い目は光っていて、窓ガラスがきれいだったぶん、すぐ目の前にいるみたいでした。思わず銃を撃って、高価なガラスを粉々にしてしまったけれど、そいつは銃火に驚いて逃げたか、消えてしまいました。

決着をつけてやる。そう思ってシシーに拳銃を持たせ、ぼくは薪割りの斧を持って外に出ました。シシーが戸締まりをするのが聞こえました。家の脇にまわったときに、何も着ていなくて、おかしな歩き方をしているやつを見たように思います。でも、ちらっとしか見えなかったので、そっちのほうに走っていきました。家のまわりをぐるぐる三周、子供の遊びにつきあってるみたいでしたよ。そのあと、何か白いものを見たけれど、そいつだとは思いませんでした。寝室の割れた窓からシーツがはみ出しているんだと思ったものでしたから」

「それが悪霊というか、きみの言う『化け物』だったわけか」

ノーヴィルはうなずいた。「玄関に走ったけれど、シシーに頼んだから、戸締まりはされたままでした。だから寝室の外に戻って、斧で窓を叩き割り、ガラスの欠片(かけら)であちこち切りながら中に這い込んだんです。

シシーはいませんでした。拳銃は床に落ちています。斧を投げ出して拳銃を拾ったとき、シシーの悲鳴が聞こえたので、居間に駆け込みました。やつは中にいました。やつは咬みちぎって……見たままをお話しします、牧師さん。そいつは蛇みたいに口を開いて、フォークを何十本も並べたような牙で、シシーの首を咬みちぎりました。やつは顎を左右に動かして、血があたり一面に飛び散りました。ぼくは拳銃でやつを撃ちました。五発撃って、みな当たりました。

でも、まるで堪えた様子はありませんでした。腹を撫でたくらいなものでしょう。やつはぼくに目を向けると……神様！　やつはかわいそうなシシーの首を吐き出すと、胴体の方を哺乳瓶みたいに持って血を吸いはじめたんです。

なさけないことに、足がすくんでしまいました。銃を取り落としてしまい、急いで斧を取りに行くと、やつは後を追ってきました。振り向きざまに斧をくらわしてやりました。刃が深々と食い込んだのに、血の一滴も出ません。ぼくはとっ捕まって放り投げられ、窓を突き抜けて、井戸から掘り出した石の山に仰向けに落ちました。やつは水が流れるみたいに窓から這い出して、こっちに向かってきます。手近な石を拾って、やつの細っこい胸に投げつけました。そうしたら、弾（たま）の五発と斧の一撃でもできなかったことが起きました。

　怪物は地獄の業火を吐き出すような声をあげて、これまで見せたことのない速さで井戸に向かって走りだしました。体じゅうの骨がばらばらになっているかのような動きでした。そいつが井戸に飛び込み、深いところで泥の跳ねる音がしました。

　ぼくは窓から家に入ると居間に行き、かわいそうなシシーの死体から目を背（そむ）けながら、暖炉の上の散弾銃を取り、ランタンに火を点して、玄関を出ました。

ランタンの明かりで井戸を照らしても、暗いばかりで何も見えません。怪物が摑みかかってきやしないか、縁石の上でこわごわ体をかがめてランタンを下げてみると、井戸の内側にはねばねばしたものがついていて、ずっと下の泥まで見えましたが、やつがその中に這い込んだのかどうかはわかりませんでした。

　その夜は森に身を潜めていました。朝になって帰ると、シシーを運び出して裏庭に埋めてやり、暗くならないうちに窓に板を打ちつけ直すと、玄関に錠を下ろして、散弾銃を抱えて居間の真ん中で、夜明けまでじっと座っていました。何の役にも立たないのはわかっていましたが、できることもありません。ただ銃を持っているばかりでした。

やつが家のまわりをうろついているのが、音と臭いでわかりましたが、中には入ってきませんでした。朝、勇気を奮い起こして外に出ると、シシーが掘り出され、食い散らかされていました。森の獣たちの仕業かもしれませんが、そうは思いません。今度はもっと深く穴を掘って、シシーを埋め直し、しっかり土を盛りました。木の棒を切って括った十字架を立てると、町まで行ってこれまでの話をしました。ぼくがシシーを殺したとは、誰も思ってはいませんでした。考えてみようともしないんです。ただ、頭のおかしいやつが来た、というだけで、ぼくを閉じ込めました。小屋の裏にシシーが埋められているか、確かめようともしません。無関心なんです。ぼくがシシーを連れて出たときも、誰も連れ戻そうとはしませんでした。あいつらが日頃、どんな女と一緒にいるかを思えば、それもそうかとしか思えませんが。ウッド・ティックで起きることは、日頃からわけのわからないことばかりです」

「話はそこまででいい」

3　井戸の底に潜むもの

日は傾きはじめてはいたが、馬に乗った二人がその家に着いた頃は、まだ明るかった。太い丸太を組んで建てた、頑丈そうな家だ。煙突の造りもしっかりしている。きちんと揃った屋根板は釘付けも丁寧そうだ。どこからどう見ても良い小屋で、通りかかれば立ち寄らずにはいられないだろう。

ノーヴィルは馬から下りるや、裏庭に走った。牧師も馬をつないでから、後に続いた。墓は掘り返され、十字架は引き抜かれて転がっていた。ノーヴィルと牧師は、しばし立ち尽くした。

ノーヴィルは膝を折った。「ああ、イエス様。シシーの墓は他のところに作るんだった。やつが掘り返して連れ去ってしまった」

「済んでしまったことだ」メーサー牧師は言った。「立ちなさい。悲しんでも事は進まない。あたりを調べよう」

ノーヴィルは立ち上がったが、今にも倒れそうだ。

「しっかりしろ」メーサー牧師が言った。「しなくちゃならないことがある」

シシーの遺体はかけらも見つからなかった。牧師は井戸に歩み寄り、身をかがめて中を見た。深い。マッチを縁石に擦りつけ、中に落とした。火は泥に落ちると、音を立てて消えた。

「信じてもらえますか」ノーヴィルは井戸から離れたところから声をかけた。

「信じるとも」

「ぼくにできることは?」

「何をするにしても、一人ではするな。私がついている」

「ありがとうございます、牧師さん。でも、何をすればいいのですか」

「まだなんとも言えない。中を見せてくれ」

小屋の中は広くはないが、二部屋があった。狭い方は寝室、石造りの暖炉があって、キッチンテーブルと何脚かの椅子を置いた広い方が居間だ。床や敷物だけでなく、壁や天井まで血まみれだ。牧師は暖炉に近寄り、目を留めた。「この石に何か描かれているのに気づいていたか?」

「なんですか?」

「見てくれ」メーサー牧師は石の一つを指さした。奇妙な絵が描かれている。棒人間を中心に、小さな記号が円を描いている。「見えているのはここだけだが、表に出ていない石も外してみれば、どこかに同じような刻印があるはずだ。ここの石はどれも井戸から掘り出したものか」

「ほぼ全部が。深い井戸でした」

「刻印には気づかなかった?」

「運ぶのに夢中でしたから」

「実際、よく見なければわからないだろう」

「あなたはすぐにわかったと?」

「いつも何かを探しているからな。それが私の仕事さ。銃で撃っても動きまわり、斧で切りつけても堪えなかった怪物が、石には弱かったという、きみの話を覚えていたんだ。これは防護の刻印にちがいない」

牧師は小屋の中をまわった。ベッドの下や壁など、隅々までを調べた。床板の具合を知ろうと、室内で飛び跳ねてもみた。血の染みついた敷物をしばらくじっと見ていた。敷物を持ち上げてみると、その下の床だけ、短い板を継ぎ合わせて張ってあるのが見えた。

牧師は敷物をよけ、ナイフの刃を板の隙間に差し込むと、こじ開けた。床下には収納庫のようなものが作られ、中には金属の箱が入っていた。さらに板を取りのけると、箱がはっきり見えるようになった。南京錠がかかっている。

「斧を貸してくれ」牧師が言った。

ノーヴィルが外から片刃の斧を取ってきた。牧師は斧の背を振り下ろし、一撃で錠前を外した。蓋を開けると、中には本が一冊収められていた。

「これをしまったやつは、なぜまた本に錠前が要るなんて思ったんでしょう」ノーヴィルが言った。

牧師はテーブルの前の長椅子に座った。ノーヴィルも向かい側に座った。牧師は本を開き、中を検分した。しばしのち、彼は顔を上げて言った。「この小屋を建てた者たちが誰であれ、私たちにとっては良い意図を持ってはいなかったようだ」

「そいつら、ぼくたちのことを知ってたってことですか」

「私たちというのは、人類のことだよ、ノーヴィル。小屋を建てたのは、この『ドーシェスの書』の持ち主だった連中だ。この本を探し求め、金を積んで買い、自分のものにするために人を殺した者までいるが、手にすれば必ず、闇の存在と契約を結ぶことになると言われている。私たちの神よりもはるかに暗い、闇を統べる存在と。契約を結べば、闇の力を意のままに操るか、闇に従う僕となるかのどちらかだということだ。闇を操るのは不可能だから、操られるほうにされるのだろう。そして、どんなに忠実に仕えても、闇は用の済んだ僕を使い捨てにする」

「よくわかりません」ノーヴィルが言った。

「この世界の向こう側にいる怪物どものことさ。やつらは、私たちには見えない世界にいる。そして、こちらに来たがっている。こういった本には、怪物どもをこちらに連れてくる呪文が書いてあって、自分の欲得のためにそれを使うやつもいるってことさ。で、その怪物の一匹がここにいるんだ」

「シシーの血を吸ったやつか」

「そのとおり」牧師は本を指さした。「ここを見てくれ。わかるか？　どの呪文も記号も手書きだ。触ってみるといい」

ノーヴィルは手を伸ばした。

「布かな」

「皮だよ。それも人間のな。それだけで、どういう本かわかるだろう」

ノーヴィルはあわてて手を引っ込めた。

「で、牧師さんはこのひっかき傷みたいなのを読めるんですか？」

「ああ。昔、英語に翻訳したのを読んで、原文が読めるよう独学したよ」

「この本を持ってるんですか」

「今はもうない。英訳した本は逃げたし、原典のほうは焼き捨てた」

「本が逃げたって？」

「それは重要なことじゃない。小屋を建てたのは、この本の持ち主だろう。何をしようとしたかはわからないが、そいつの企みはうまくいかなかった。程度の低い魔物を解き放ったくらいでな。魔物はそいつを追い出したか、シシーみたいに食ってしまったかした。魔物は呼び出されたまま、ここに残ったんだ。もともといたところがじめじめしていたから、普段は井戸に隠れている。そいつは飢えている。いつ何時でもね。程度は低いが、厄介なのはまちがいない」

「でも、何を思ってそんな怪物を呼び出したんでしょう」

「好奇心も愚かさも、欲も見くびってはならない」

「本に呼び出された怪物なら、本を焼いてしまえば消えるんじゃないですか」

「焼くこと自体は悪くはないが、解決にはなるまい。むしろ、本を使って滅ぼしたほうがいい。怪物を解放したのは、この本を持ってきたやつらだろう。解放してはならなかったと気づいて、石に防護の印を刻み、怪物を井戸に閉じ込めた。この小屋に住み着いた誰かが井戸を掘り直したから、怪物はまた出られるようになった。死んだ伝道師は、それに気づいて再び閉じ込めたのかもしれない。

そのあと、きみがやつを解放してしまった」

「だったら、また封印することができるってわけか」ノーヴィルが言った。

牧師はかぶりを振った。「できるが、いずれまた誰かが解放するだろう」

「井戸の縁石を崩して中に投げ入れ、上から土を盛ってしまえばいい」

「駄目だな。そうしておいても、いつかは偶然に掘り出されてしまうだろう。怪物を滅ぼさなくてはならない。いいから聞け。まだ明るい。私の馬を少し歩かせてから、鞍を外して小屋の中に入れてやってくれ」

「馬を中に?」

「今さら気にすることがあるか。馬をみすみす怪物の餌にするわけにはいかない。やつは私たちや馬を食おうとするだろうが、そう簡単に食われてたまるか」

「わかりました」

「馬に着けたものは外さずにな。井戸から掘り出した石も運び込め。他の石はいらない。運び込んだら積んでおけ」

「暖炉の石で足りませんか?」

「崩すのは手間だ。それに、一度は撃退したからといって、石だけで滅ぼせるとは限らない。私にはいくつか考えがある。さあ、ノーヴィル、急げ。もうすぐ日が落ちる。私たちの最初の敵は、闇だ」

ノーヴィルが馬を屋内に入れ、床の中央に石を積むと、牧師はそれまで読んでいた『ドーシェスの書』から顔を上げた。「私たちを囲むように、その石を床に円を描いて並べてくれ。それから、壁沿いにも並べて、馬を囲むんだ。馬が興奮したときのために、場所を広く取ってな。手綱は壁の大釘に括っておいてくれ」

「牧師さんは何をしているんですか」

「この本を読んでいる」牧師は言った。「信じてくれ。私一人では心細いだろうが、きみを怪物から守る」

ノーヴィルは石を並べはじめた。

テーブルを中心にして石の囲いを作り、つないだ馬のまわりにも石を並べ終えたのは、日没まで間もない頃だった。

メーサー牧師は本から目を上げた。「終わったか？」

ノーヴィルは言った。「ほとんどは。あとは、寝室の窓に板を打ちつけるだけです。たいした邪魔にもならないでしょうが。やつは狭い隙間をすり抜けますからね。でも、入ってくるまでに少しでも時間が稼げる」

「いや、窓はそのままにして、寝室の扉も少し開いておこう」

「大丈夫ですか」

「もちろんだとも」

牧師は石を一つ拾ってテーブルに置くと、表面の刻印と同じものをナイフで弾丸に彫り込んでいった。刻印は単純で、棒人間のまわりを曲線や螺旋が囲んでいるだけだった。だが、十二発の弾丸に彫り終えるまでに一時間を要した。

その弾丸を、二挺の拳銃に装填する。

「明かりをつけましょうか」ノーヴィルが尋ねた。

「つけなくていい。きみは散弾銃と斧を持っていてくれ。どちらも必要になるだろう。持ったら石の輪の中に入るんだ」

4 出現

石の輪の中に脚を折って座り、牧師は石の刻印を斧の刃にも彫った。散弾銃の弾丸にも、と考えたが、刻印は散ってしまえば力を失うから、彫っても無駄だろう。

二人のあいだに斧を置くと、牧師は散弾銃をノーヴィルに渡した。「この散弾銃には特別な力を加えることはできない。だが、仕留められなくても、やつを怯ませることはできる。撃てるときに撃て。そうでないときは、この輪の中で動かないでいるように。斧には刻印を写したから、使えるかもしれない」

「この輪だけで防げますか」

「完全には防げない」

ノーヴィルは固唾を呑んだ。


二人が座ったまま耳をすましているあいだ、時間はのろのろと過ぎていった。牧師はサドルバッグからフラスコを取り出した。「薬代わりに持ち歩いているが、冷えてきたから、一口だけ飲んで暖をとろう」


牧師とノーヴィルが一口ずつ飲み、牧師がフラスコをしまうと同時に、臭気が入り込んできた。納骨堂と肉屋の裏口と、便所が交じったような臭いだ。

「来た」ノーヴィルが言った。「やつの臭いだ」

牧師は唇に指を当て、静かにするよう促した。

外で物音がしたが、何の音かはわからない。それから、濡れた洗濯物が床に落ちるような音が、寝室から聞こえた。

ノーヴィルが牧師を見た。

メーサー牧師はうなずき、自分も聞いたと無言で答えると、二挺の拳銃の撃鉄を起こした。

明かりはなかったが、暗がりに目が慣れていたので、牧師にはものの形が見えていた。少し開けておいた寝室の扉がゆっくり動いている。隙間から、蘭の花びらのような形の、白くぼってりした手が這い込み、茎のような長い指が伸縮して、扉が開くとともに泥水が居間に流れ込んできた。

ノーヴィルが立ち上がる気配を見せたので、牧師は肩に手を置いて落ち着かせた。

扉がさらに開き、怪物が居間に入り込んだ。熱で軟らかくなった蠟でできているような体が、気味悪く蠢いている。死人のように白い体は泥にまみれていた。男とも女ともつかない。性別を示す特徴がなく、肢のあいだは河底の石のように滑らかだった。ひょろ長い体は、脚を運ぶたび膝が左右にぶれ、全身が四方に弾け飛んでしまいそうにぶるぶる震えた。頭はごく小さい。顔のほとんどは大きく裂けた口で、二つの目は細い隙間、鼻は穴が一つあるだけだった。しなしな曲がる脚の先は大きく広がり、四つ葉のクローバーのような形をしていた。身をよじらせ、くねり、大股で進んだり足を滑らしたりしながら、それは二人のすぐそばまで近づいてきた。屈み込み、臭いを嗅ぐ。一つだけの鼻孔が広がり、震えた。

嗅ぎつけられたか、と牧師は思った。もっとも、こちらもやつの臭いを嗅いでいるのだが。それは涎を垂らす口をかっと開き、飛びかかってきた。

怪物が結界に突き当たると、見えない壁に青い波紋が広がった。やつは撥ね飛ばされて腹這いに滑り、床に泥と粘液の跡を残した。

「岩の防護はきいている」と牧師が言う間もなく、怪物は再び向かってきた。ノーヴィルが散弾銃を撃った。弾丸はその体を貫通し、壁にあたってばらばらと音を立てた。やつの胸には穴があいたが血も流れず、すぐにふさがっていった。

メーサー牧師は立ち上がり、一挺の拳銃で胸を狙い撃った。弾丸は粘っこい音をたてて怪物の体に吸い込まれ、背中から飛び出すと、黒い粘液がほとばしった。だが、怪物は止まろうとしない。またも見えない壁にぶつかり、唸りながら後じさった。それから、円にそって後ろにいる馬に近づいていった。馬は怯えて後肢で立ち上がり、手綱があっさり切れた。そのまま蹄を踏み鳴らして石を蹴散らかしたので、怪物が入り込む隙間ができた。

牧師がまた撃った。怪物は豚のような悲鳴をあげて飛びすさった。だが、前に飛び出して牧師の首を鷲摑みにし、怯える馬に投げつけた。

ノーヴィルが散弾銃を怪物の口めがけて発砲したが、蚊を呑んだくらいでしかないようだった。やつは銃身を摑み、しがみつくノーヴィルを引きずって扉に直進した。

だが、石の列から外には出られない。馬が蹴り開いた方に向きを変えたが、体勢を立て直したメーサー牧師が背に二発を見舞った。怪物は前のめりによろけ、馬を守る結界の隙間から踏み出した。そのまま倒れて石の列に衝突し、悲鳴をあげると、骨も筋肉もないような動きで跳ぶように立ち上がった。石でついた頭の傷から体液が漏れている。

「すぐに戻れ」牧師が言った。「輪を閉じるんだ」

ノーヴィルは指示を待たなかった。すぐ結界の中に戻り、石を並べ直す。牧師は右足を踏み出し、左手で上着を脱ぐと後ろに投げた。右手の拳銃で狙いを定め、さらに二発を撃った。

二発とも命中した。額と喉に。濡れた布を叩きつけるような音を立てて、怪物は床に倒れた。だが、フライパンで炒られる地虫のようにのたうち、牧師のブーツを摑むや、すさまじい速さで立ち上がった。

メーサー牧師に銃身で頭を一撃されたが、怪物は怯まず摑みかかってきた。牧師はその手をかわし、顔面を殴りつけたが、怪物を怒らせただけだった。怪物は顎をがばっと開き、周囲に悪臭を撒き散らした。牧師がホルスターの拳銃を抜き、鼻孔に一弾を撃ち込むと、怪物は倒れて床に歯を突き刺した。

メーサー牧師は結界の中に駆け戻った。

振り返ると、怪物は巨大な蛞蝓（なめくじ）のように壁を上っていた。粘液を残しながら天井にたどり着き、昆虫のような動きで逆さまに這っている。

馬は怯えきり、隠れようとしてか部屋の隅に頭を押し込んでいた。怪物はその背に飛び降り、開いた口を馬の頭にすっぽりかぶせた。馬は後肢で立ち上がり、前肢で壁を蹴って、怪物の上に仰向けに倒れた。怪物は堪えた気配も見せず、馬を摑んで羽根枕のように易々と二つ折りにした。馬の頭骨が嚙み砕かれる音が響いた。馬は動かなくなり、怪物はその血を吸いはじめた。膨らんだ口の端から血が筋になってこぼれた。

牧師は拳銃をホルスターに戻すと、床の斧を拾って結界から踏み出した。それに気づいた怪物は馬を投げ出し、壁に張りついて走りだした。そして、牧師がその動きを目で追う間もなく、飛びかかった。

斧が一閃した。首を半ば断ち切られた怪物は、壁に身を叩きつけ、床に落ちた。細い赤い目をかっと見開き、立ち上がって寝室の扉から出ようとしたが、その動きはかなり鈍くなっていた。

怪物は扉の隙間から出ようとして体をひっかけ、牧師はその後頭部を斧で一撃した。怪物は倒れながら扉に爪を立て、音を立てて縦に切り裂いた。体が離れた。怪物は蛇のような動きで這い出していった。後を追った牧師は、怪物が窓から出ていくのを見た。斧を投げ出して拳銃を撃ち、外に出きる前に二発をくらわせたが、怪物の姿は見えなくなった。

メーサー牧師は窓に駆け寄り、外を見た。怪物はよろめき、倒れ、また立ち上がり、井戸に向かっていた。牧師は窓枠に銃身を当てると、さらに一弾を発射した。怪物は首の後ろから射貫かれ、崩れた。拳銃をホルスターに戻して素早く斧を拾うと、牧師は窓から外に出た。怪物は井戸まで這いずり、縁石に手をかけていた。牧師は刻印をした斧を、傷だらけの怪物の頭に、力のかぎり何度も振り下ろした。

空の色が明るくなっていった。牧師の荒い息遣いは北風のような音をたてた。日が高くなっても、彼は斧を振るい続けていたが、やがて息を切らせ、座り込んだ。

目をやると、怪物はもう動いてはいなかった。そばにはノーヴィルが刻印をした石を手に立っていた。

「あんまり見事だったんで、手出しできませんでした」とノーヴィルは言った。

牧師はうなずき、深く息をつくと「サドルバッグにフラスコがある」と言った。「持ってきてくれ。中身が薬だったかどうかは忘れた」

ノーヴィルがフラスコを持ってきた。牧師は中身をぐっと呷(あお)ると、ノーヴィルに渡した。

風が吹きはじめ、日は高くなり、牧師は怪物の残骸をさらに切り刻んだ。怪物はすっかり平たくなり、中身をさらけ出していた。馬の骨や血の塊や、得体の知れない、それでいて一目で胸の悪くなるような代物がこぼれ出していた。怪物の歯は、刃物を詰め込んだ箱をぶちまけたように、井戸の縁に散らばっていた。

枯れ枝や落ち葉を焚きつけにして怪物の死骸を焼き、深く掘って底に刻印の石を並べた穴に、その灰と歯と、燃え残りの残骸を埋めた。その上にも刻印の石を積んだ。

怪物の死骸を片付け終えた頃には、午後も遅くなっていた。牧師とノーヴィルはフラスコを空にし、その夜は家の中で誰にも邪魔されずに眠った。翌朝、牧師は『ドーシェスの書』に火をつけ、小屋ごと燃やした。小屋が炎を上げているあいだ、牧師は空を見上げていた。空模様は変わりはじめている。低く垂れ込めた雲はもうない。

牧師はサドルバッグを肩に掛け、ノーヴィルは当面の食料を詰めた枕カバーを担いだ。その場を立ち去る二人の背後には、火と黒い煙がまだ昇っていた。だが、それも夜には熾火になり、燃え尽きて、翌朝には灰が残るばかりだった。

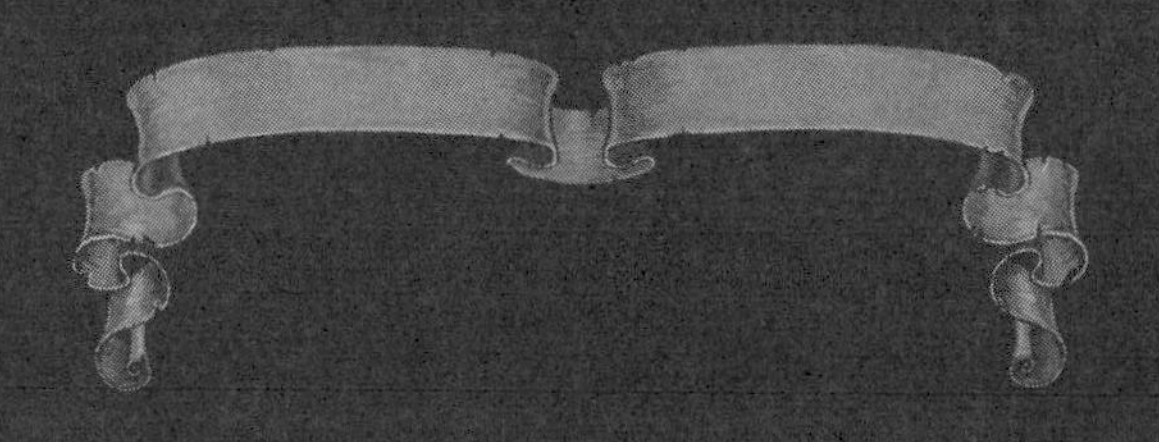

人喰い坑道

THE DARK DOWN THERE

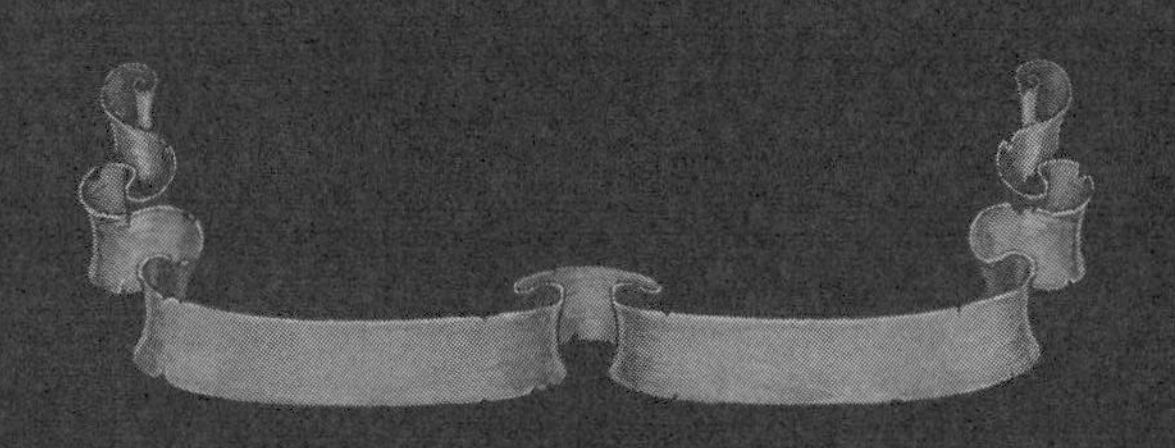

火の精よ　燃え立て
水の精よ　渦を巻け
風の精よ　吹き過ぎよ
地の精よ　営み勤めよ

――ゲーテ『ファウスト』

ジェビダイア・メーサー牧師は、目よりも先に鼻で気づいていた。やつらは道の両脇の草むらから出てきた。四人。拳銃を持った男が一人、散弾銃(ショットガン)が一人。あとの二人は掘削道具――シャベルと鶴嘴(つるはし)を持っていた。

すばやく上着に入った手が、三六口径のコルト・ネイヴィを抜く。一人が散弾銃を構える前にその眉間を撃ち抜いた。後頭部から飛び散った血と脳は、噛みつぶした苺を吐いたように真っ赤だ。拳銃の男が頭を狙ってきた。鞍(くら)の上で身をかわすと、コルトを低く構えて二度連射した。一弾は股間を撃ち抜き、もう一弾は胸に穴を穿(うが)った。

残りの二人が襲いかかってきた。一人がシャベルを振りまわすと、ジェビダイアは後ろ向きに馬から飛び降り、地面に転がった。立ち上がりかけると、鶴嘴の男が走ってくるのが見えた。膝をついて銃を構え、膝頭を撃った。帽子が飛び、男は悲鳴をあげて草むらに転げ込むと、首を切られた蛇のように弱々しくもがいた。

残る一人はシャベルを投げ出すと、ジェビダイアの馬に飛び乗り、そのまま走り去ろうとした。彼は立ち上がると、遠ざかるその背を狙い、撃った。男は何事もなかったかのように馬を走らせていた。が、すぐに手綱を放して落馬した。仰向けに地面に落ち、呻(うめ)いた。

ジェビダイアは膝を撃たれ、空に向かって悲鳴をあげている男に歩み寄った。

「貴様、俺の膝を撃ちゃがったな」

「ああ、撃ったとも」ジェビダイアは男の頭に銃口を向けた。

「殺られてたまるか」男は言った。

「それはそうだが、私のおさまりがつかない」

ジェビダイアは男の口を射貫いた。

これで五発だ、と彼は胸の内でつぶやいた。拳銃の男に近づく。死んでいる。散弾銃を手に岩に横たわる男も。太陽の光を受けた目は、もうまばたきもしない。

最後の男は地面に仰向けに横たわり、目を細めていた。牧師の影が自分に落ちるのに気づき、シャベルの男は彼に目を向けた。

「足が何にも感じねえ」男は言った。

「背骨を撃ったからな。これから地獄行きの仕度だ。きみたちは他の仕事をするべきだった。強盗は割があわない」

「俺たちは鉱夫だ」

「私にしたことは鉱夫の仕事ではない」

「鉱山には悪鬼がいる」

「ゴブリン？」

「神に誓って、いる。俺を助けてくれ」

「看取ってやろう。その前に教えてくれ」

「話せないね」

「好きにしろ。逃げた馬を追うのは楽しい仕事ではない。きみをここに置き去りにして、あとは太陽に任せておこう。その弾傷なら、すぐには死なない。あまり痛まないし、身動きが取れないだけだ。日が沈めばコヨーテも狼も出る。寒い夜を生き延びたら、禿鷹や鴉が、きみを食いに集まってくる。蟻もな。払いのけたくても手が動かせない。私だったら、そんな最期はごめんこうむるがね」

男は牧師をまじまじと見た。動かせるのは首から上の、目と口くらいだ。

「鼻がきかなくなってきた」男が言った。「影が動きまわっている」

「地獄の使いの影だよ。きみの準備が整うよりう先に、連れていこうと待っているんだ。鼻は気にするな。撃たれたときに漏らした小便の臭いがするくらいだからな」

「地獄？　地獄から来たやつらの影か？」

「私がそう思っただけさ。日曜に教会に行ったことなどないだろう。長いこと伝道師をやっていると、たいていの見当はつくようになるものでね」

「あんたは伝道師だ。どこからどう見てもな」

「もちろん」

「伝道師が人を撃つなんて、神様はお望みじゃないぜ」

「神を知らずによく言えるな」

「頼むよ、俺のためにに祈ってくれ」

「ゴブリンのことを教えてくれ」

「話したら祈ってくれるか？」

「たぶんな」

「鉱山はこの先にある。ずっと先の山だ。働いていたやつらはほとんど逃げ出した。が、まだ残って掘ってる連中もいる。俺たちも食い詰めなかったら、あんたを狙うようなまねはしなかった」

牧師の顔が曇った。「それはもういい」

「結局、こんな目に遭ったわけだ。ずいぶん暗くなったな。あんたも見えない」

「まだ持つだろう。影たちに連れられて地獄に着くまでには、いろいろあるしな」

「頼む、祈ってくれ」

「悪いな。馬を捕まえておかないと」

「置いていかないでくれ。お願いだ。お祈りを頼む」

牧師はうなずき、主の祈りを唱えた。

「落ち着いたか」祈り終えて、彼は尋ねた。

「ああ」

「死ぬ前に、ちゃんと知っておいたほうがいいだろう。神はいかさまの骰子(ダイス)を振る。人に赦(ゆる)しを与えようともしない。イエスが言ったようなやつじゃないんだ」

「もう送り出してくれよ、牧師さん。獣が俺を食いに来る前に」

「わかった」

牧師は拳銃で鉱夫の右目を射貫き、影たちのもとへと送り出した。

一時間ほどのち、藪に実ったベリーを夢中で食べている馬を見つけ、牧師は手綱を取って鼻面を撫でてやった。馬の肩には、シャベルで受けた傷があった。深手ではないが、乗って悪くするようなことはしたくない。牧師はしばらく馬を引いて歩き、馬と共に入れるほどの大きさの洞穴（ほらあな）を、日が沈む前に見つけた。枯れ草を集めて洞穴の前に積み、火を熾した。火は鞭を打つような音を立てて燃えた。牧師は拳銃に弾丸を込めた。それから、馬の鞍と手綱を外し、サドルバッグから馬ブラシを取り出すと、馬の体を丁寧に梳（くしけず）った。馬を洞窟の中につなぐと、火のそばに座って干し肉をゆっくり嚙み、水筒の水を少しずつ飲んだ。

闇の中に物音が聞こえ、どこから何の音がしているのか、と牧師は耳をすました。こんなに大きく火を焚くのは本意ではないが、強盗に転職した鉱夫がまだいるかもしれない。もっとも、強盗をさほど気にしているわけではない。気がかりなのはむしろ、瀕死の鉱夫が言っていたゴブリンのほうだ。ゴブリンにもいろいろいるようだが、一様に火を忌避するという。牧師は焚き火に枝を足し、また腰を下ろした。炎の向こうにいくつもの目が見えた。何ものかはわからないが、十や二十はいそうだ。黒い布地に立てた待ち針の黄色い頭のように、闇の中で動かず、こちらをうかがっている。

鞍につけた銃の鞘から使い込んだヘンリー・ライフルを抜き、撃鉄を上げて、もといた所に座り、目の動きを追った。少し、また少しと近づいてくる。牧師はライフルを構えると、照準を合わせ、そして撃った。近づいていた目は視界から失せ、他の目も闇に飛んだ火の粉のように、散らばって消えた。

座ってそのまま見ていると、一時間ほどで、また目が集まってきた。だが、ライフルで狙いをつけたところで、逃げてしまった。奥で馬が唸り、牧師は背を向けたまま声だけかけてなだめた。馬は洞穴には満足しているようだが、外の気配に不安を感じていたようだ。

一睡もできないうちに、空からの光は紫から赤に変わって峡谷に降り、まもなく黄金の輝きになった。気温が上がってくる。

牧師は馬に穀物を与え、自分も干し肉を噛んだ。集めた焚きつけはちょうど使い切り、焚き火は弱い残り火になっていた。なんとか一晩は保ったが、体は冷えきっていた。

夜に目の群がいたあたりに行くと、何かが地面を踏み荒らし、岩に登ったさまが、乾いた泥の跡から見て取れた。足跡は岩の合間を抜けて消えていた。短いが幅の広い足跡で、左右の跡のあいだには尾を引きずったような筋が見てとれた。

「ゴブリンか」牧師は声に出して言った。洞穴に戻り、馬用の毛布を広げて横になると、顔の上に帽子を伏せて二時間ほど眠った。起きると、サドルバッグから民間伝承の本を取り出し、読みはじめた。すでに知っていることを確認し、うなずいた。

馬の傷は自分の体重に耐えられる、と判断した牧師は、鞍をつけて乗り、曲がりくねった登り道に馬を走らせた。

鉱山のキャンプに近づくと、鉱夫たちの臭いがしてきた。かいては乾きを繰り返した汗。豆ばかりの食事のせいでひっきりなしの放屁と、ゆるんだ腹のせいで込みあう便所。牧師は鼻に皺を寄せた。山の上のほう、岩が黒い口を大きく開けているのが、採掘場なのだろう。人影はない。ゴブリンに追いやられたか。

キャンプに入ると、鉱夫たちの汚れたテントが目に入った。表が大きく開いた小屋があり、売りものなのか、酒を入れた水差しを並べている。木々のあいだに布を張ってあるのは、娼婦の居場所だろう。仕事が外から見えないようにしているのだが、馬に乗っていると女も男も、頭のてっぺんが見える。娼婦は服を着たまま前に手をつき、その後ろで鉱夫の頭が揺れていた。

キャンプに踏み込んですぐに見たのは、泥の中に倒れた裸の女だった。何頭かの豚が嗅ぎまわっている。近づくと、女がだいぶ前に死んでいるのがわかった。喉をざっくり切り裂かれている。彼女の仕事よりも、殺すほうが楽しいやつがいたのか。腐敗で膨れはじめた顔に豚が鼻をすりつけていた。牧師は鞍からライフルを抜くと、銃身で豚を突いて追い払った。そして、死んだ女を抱き上げ、泥から出して横たえた。

泥道の先に大きな板張りの建物があり、それより小さいが同じ造りの建物が並んでいる。大きなとは言っても、並んでいる中では、というくらいで、さほど大きいわけではない。牧師はその前で馬を下り、手綱をつなぎ柱に結わえた。

見渡すと、岩や木の陰から鉱夫たちが現れて、彼の――いや、馬のほうに歩いてきた。つないでおくと目を離した隙に馬がいなくなりそうな気がした。誰か一人が乗って逃げていくか、寄ってたかって食い尽くすか。

結わえた手綱をほどき、大きい建物の玄関を開けると、馬とともに中に入った。振り向くと、鉱夫たちは悲しげに肩を落とし、背を向けて来たほうに戻っていった。

屋内の臭いは、外とは比べものにならないひどさだった。中には寝台がずらりと並び、鉱夫が寝ている。女が横になっているのも、男と女がもつれあっているのもある。奥には樽に板を渡してカウンターが設えられ、その向こうにはバーテンダーなのか、ぼろぼろで穴だらけの帽子を頭に載せた男がいた。手斧で彫りだしたような、厳つい顔をしている。

牧師はカウンターに近づいた。男が言った。「馬を中に入れるな」

「おとなしくしている。入れてもかまわないだろう」牧師は言った。

「聞こえなかったか。馬は入れるな」

「入れたいから入れた。気に入らないなら、追い出せばいい」

「出ていってもらうのはたやすい」

「あんたが追い出すのか?」

「いや、やつらが」

男の指さす方に目をやった。精製してラードを取ったらニューヨーク・シティにじゅうぶん行き渡りそうな肥大漢が二人、近づいてくる。一人は突き出た腹を隠せない小さなシャツを着て、もう一人は足首に届かない短いズボンを穿いていた。

「賢くてもここでは役に立たないと、やつらは教えてくれるさ」帽子の男が言った。

「知性の向上の大切さを知っているのは、ここではどうも私だけのようだな」

「何を言ってるのかわからんね」

「ゆっくり考えてみるといい」

牧師は肥大漢たちに目を移し、馬の手綱を放した。「止まれ。二度も言わせるな」

小さすぎるシャツのほうがにやりと笑うと、歯がすっかりなくなっているのが見えた。「脅そうってのか」肥大漢の一人が言った。

「わかってもらいたいからね」牧師は言った。

肥大漢はポケットからナイフを出し、手首を一振りして刃を出した。

牧師は三六口径コルト・ネイヴィを抜くやいなや、肥大漢の突き出た腹を撃った。弾丸は見事に臍を射貫いていた。おがくずとごみを敷き詰めた床に、肥大漢はのたうちまわった。傍らの寝台を蹴倒し、寝ていた男を自分の上に落とした。飛び起きた男は、腹から血を流して悲鳴を上げる肥大漢の頭を二度蹴りつけた。

「起こすんじゃねえ」そう言った男は、拳銃を手に目の前に立っている牧師に気づいた。声も動きも止まった。もう一人の肥大漢は、短いズボンの足で踏み出そうとした姿勢のまま、足を上げて立ち止まっていた。

「銃声で起こしてしまったな」牧師はベッドから落ちた男に言うと、屋内を見渡した。銃声と、死にかけている肥大漢の悲鳴で、もう眠っている者はいない。

「腹を撃った」牧師は床でもがいている男を銃身で指した。「苦しいことだろう。助けてやるやつはいないか」

「野郎」短いズボンの男が、やっと足を下ろして言った。「弟になんてまねを」

「他にきょうだいは？」牧師が尋ねた。

男は床で苦しむ弟を見ていた。が、ようやく目を牧師に向けた。「何だと？」

「聞こえたろう」牧師は他に攻撃してくる者がいないか、周囲を見渡した。

「身内はこいつ一人っきりだ」

「そうか」牧師は言った。「なら、もうすぐ天涯孤独になる。もうなってるのかもな」

「くそ野郎」短いズボンの男が言った。

「用は済んだのか」牧師が尋ねた。

「あとだ」男は答えた。屈み込んで、腹を押さえる弟の両手をよけ、傷を見た。「ひでえ」

「もう保たねえ」弟が言った。「神様、痛てえよ」そう言うと、力なくもがいた。

兄は溜息をついた。壁に打ちつけた釘の緩んだ角材に手をかける。音をたてて引きはがすと、壁に隙間ができた。彼は弟のそばに戻った。

「ゼンダー、目を閉じな」

「ちくしょう」ゼンダーはそう言うと、兄に言われたとおり、目を閉じた。

角材を頭に三度振り下ろすと、ゼンダーは動かなくなった。短いズボンの男は角材を投げ出し、牧師を睨んだ。

「自慢のナイフで喉を掻っ切ったほうがよかったんじゃないか」牧師は言った。

「お前の番だ」男は言った。

「闇討ちはしないのか」

「動くな」

「しかたない」

ホルスターに拳銃を戻していた牧師は、再び素早く抜き、男の胸を撃った。男は血を撒き散らして床に倒れ、喘いだ。

「思ったことをいちいち口にするな」牧師が言った。「聞いたやつは覚えている」

見渡すと、中にいた者はみな立ち上がっていた。服を着ている者も、裸の者もいる。手で股間を守っている男もいた。

「その角材で助けてやるやつはいないか」牧師が言った。

動く者はいない。

牧師はバーテンダーに目をやった。「他に言いたいことはあるか。話は聞く。この騒ぎで馬が怖がってしまったが」

バーテンダーはかぶりを振った。

牧師は屋内の野次馬に目をやった。何が起きたのか、ようやくわかった様子だ。驚いて駆けまわり、寝台のひとつから寝ている男を蹴落とした馬を、牧師は取り押さえた。そのままカウンターまで引いていき、バーテンダーに手綱を差し出した。「持っていてくれ」

「はい」バーテンダーは手綱を握った。

「では、かかろう」牧師は倒れた男に歩み寄り、拳銃をホルスターに戻した。身を屈めて血のついた角材を拾う。「弾はやたらに撃たないものだ。自分でこれを使ったから、わかっているようだな」

男は牧師を見上げ、何か言おうとしたが、口から溢れた血が首を伝い落ちただけだった。

牧師は高々と角材を差し上げ、腰と膝まで動かして全身の力を込め、振り下ろした。角材が男の顎を捉えた。磁皿の上にうっかり座って割ってしまったような音がした。牧師はもう一度、角材を振り下ろした。二度目の音はさらに大きく響いた。

牧師は角材を投げ出した。「最初の男は正当防衛だ。二人目は保険のようなものだ。なめてかからないように。わかってもらえたかな」

わかってもらえたようだ。うなずいている者もいる。股間を押さえていた男は、手を離していた。

牧師はカウンターに戻った。「食べられるものはあるか」

「たいしてありません」バーテンダーが言った。「豆くらいしか」

「いくらだ」

「五ドル」

「豆一皿で五ドルか？」

「うちの値段です」

「交渉の余地があるな」牧師が言った。「五十セントでどうかな。適正価格だろう」

牧師の灰色の目を見返して、バーテンダーは言った。「適正ですね」

「結構。もう馬は私が見るから、まず豆を一皿。馬に飼い葉をやりたいが、ここではいくらだ？」

「おいくらにしましょうか」と、バーテンダー。

「そうだな。一ドルが妥当だろう」牧師が言った。「手数を増やしてすまないが、水もやってくれ。それから、ちゃんと番をして、盗まれないように。ヨブの憂き目を味わいたくはないからな」

「心してお世話します」

「こいつの母馬になった気持ちで頼む」

「かしこまりました」


牧師は一皿のベイクドビーンズと一杯の酒で食事を済ませ、馬をバーテンダーに託した。出かけ際に、馬は糞をしたが、大きく新鮮なことを別にすれば、宿舎の臭いに影響はなかった。

「掃除の判断はきみに一任する」と牧師は言い置いた。「してもしなくてもいい」

外に出た。少しは空気がいい。山の頂上近くで、あくびする口のように開いた黒い穴を、牧師は見上げた。後ろから足跡が近づいてきた。拳銃を手に振り向く。

「おっと」と言ったのは、格子縞のシャツとバギーパンツを身につけ、ベルトにコルト拳銃を差した、大柄で太った女だった。「余計な穴を開けないでよ。間に合ってるから。おしっこする穴の他は、どれも厄介事の種だけど。ここの男ときたら揃いも揃って、穴があったら突っ込みたがるやつばっかり。種豚みたいにでかくて、すぐカッとなるあたしが相手だっていうのに。どうせ、こんな見た目だし」

「神に与えられた体を貶めるなかれ、さ」

「あたしをお創りになるときは、神様はふざけてたのかも」

「あいつは遊んでばっかりだからな」

「気をつけな。あんたのしたことは見てたよ」

「宿舎では見かけなかったが」

「厄介事が起きると毛布をかぶって隠れるくらいの知恵はあるからね。入ってきたときから、只者じゃないのはわかった。でも、あのでぶ兄弟の仲間は、あんたの銃や帽子を取り上げてオカマを掘ったあげくに殺そう、なんて企んでる。気をつけて」

「放っておくさ」

「あんたはジム・ダンディばりの凄腕だけど、ここでは一人、多勢に無勢さ」

「なぜ忠告を?」

「あんたが殺った二人は、あたしの従兄だった」

牧師は険しい顔になった。「詫びて済むことではないな。だが、撃たなければ殺されていた」

「殺す気まんまんだった。だから、あんたが撃ったのは当然。あいつらがいなくなって、あたしはせいせいした。正直な話ね。ちっちゃな頃からおもちゃ扱いでファックされてたんだ。見境ないやつらで、あたしだけじゃない、犬も山羊も馬も牛も、あたしの母ちゃんまで、女と見ればファックよ。でも、信じられないことに、やつらにも友達がいた。穴の中でからまってるガラガラヘビみたいな卑怯者ぞろいさ。そいつらが仕返しをしたがってる」

「たしかにそれは問題だ。用は別にあるんだが」

「でも、あんた、鉱夫じゃないね」

「ああ、違うね」

「伝道師？」

「そのとおり」

「することは伝道師らしくないけど」

「大抵の伝道師は、信仰とはどういうものか知らないからな。私たちは全能なる神の親指の下にある。その神ときたら、慈悲深きこと怒れるアナグマのごとし、でね。そうと知ったら、何をどうすればいいか、わかるってものさ。何も与えようとしない者たちに慈悲を求めても無駄だ。だから私もそいつらには何も与えない。必要としている人のためにとっておく」

「イエス様も赦してはくれないの？」

「赦すのはあの男の勝手。赦さないのも私の自由だ。この世界で邪悪なるものを追うのが役目だからな」

「ここは悪いものだらけさ」

「ちがいない。だが、私が追っているのはまた別の悪だ。向こう側の世界や地獄から来たやつら。見えないところに棲む連中だ」

「あんた、気はたしか？」女は坑道の入口を指さした。「でも、あそこには何かいる。そんな話は何度も聞いた。本当かどうかは知らないけど」

「どうしてこんなところに？」

「あたしはここで料理番をしてた。でも、肉やら蕪やら、食材がなくなって、豆を煮るくらいなら誰でもできるから、お役御免になっちゃった。残ったのは男たちとファックすることだけ。でも、性に合わないから出ていこうと思ってる」

「いい考えだ」

「まずは自分で山を掘ろうと思った」女は続けた。「お化けの話は、銀の鉱脈を見つけたやつが広めたと、あたしは読んだ。邪魔されないで夜に掘れるように、割り込まれて自分の銀を巻き上げられないようにってね。あたしも夜に山に登ってみた。でも、坑道の中に何かいるみたいだったし、道々の藪でも、何かが隠れてごそごそしていた。見張られてるみたいだったから、すぐ逃げ帰ったね。

勇気があって銃が使えて、一緒にいてくれる仲間がいたら、鉱山の仕事ができるんだけどね。酷い殺しが続けて起きているようなところだから。もう何人もが、行ったきり帰ってこない。一人じゃ無理な話さ」

「酷い殺しというのは？」

「吐き気がしそうな死に様だよ。首が引き抜かれたり、ぶった切られたり。たぶん、でかい犬に襲わせてるんじゃないかな」

「なるほど」牧師は言った。「鉱山に、鉱夫とは違う何かがいるのは確かなようだな。正体のわからないやつが」

「調べに行ってみる？」

「行きたいね」

「だったら、牧師さん、一緒に行こう。あたしがいると役に立つよ。〝小さい連中〟が出る、と言いふらした屁こき野郎どもが、けちくさく掘ってるだけだとは思うけど。馬鹿げてるよね。銀を自分たちだけのものにしようと、作り話で怖がらせて近寄らせないようにしといて、それでも来るやつには犬をけしかけてるんだろう。汚いやりくちだね」

「そうかもな」牧師は言った。

「どうだい、寝泊まりするところがいるだろう。あたしにいい考えがある。こんなひどい場所だけど、とっておきの隠れ家があるのさ。豆は盗んで貯め込んであるし、ちょっと古いけどビーバーの肉もあるから、当面は食べるものに事欠かない。あんたには坑道に一緒に来てくれるほかには、何もしてもらわなくていい。お互いの身を守りながら、銀を探すってのは、どうだい？」

「異存はない。取引成立だな」牧師は手を差し伸べた。

「堅苦しいことは抜きよ」彼女はその手を握った。


餌をもらった馬を宿舎から出し、二人は暗い松林の曲がりくねった道を走った。この太った女を信用する自分は馬鹿かもしれない、とジェビダイアは思いかけたが、一人でもこの道を行くつもりでいた。あの鉱山に何がいるのか、確かめたかったのだ。

「そんなことになっているのに、どうしてみな留まっているんだ？」

「みんなじゃない。出ていった人たちもいる。残っている連中には、状況が変わるのを待つ根気と、坑道に入って銀を掘るだけの度胸があるのさ。強がりを言うばっかりで、日が暮れたら兎みたいに閉じこもっちまうやつらもいるけどね。鉱山なんかで働かなくても稼げるやつもいれば、あたしみたいにここから離れられない馬鹿もいる。だから、夜の坑道で仕事がしやすいように、人を怖がらせたり、都合の悪いやつを殺したりする連中がいても、おかしくはないね」

「隠れ家に酒は？」

「留守中に盗られてなければ、あるよ。ブッチを撃ってまで盗むやつがいるとも思えないけど」

「ブッチ？」

「あたしの犬さ。狼よりも凶暴なんだ。あたしの言うことならなんでも聞く。背中をさすってはくれないけど」

「きみの名前は？」

「あたしが生まれたとき、母ちゃんが『フラワー』って呼んでくれた。そのとき以来、ずっとフラワーさ。母ちゃんはいなくなっちゃったけどね。どこかで元気に暮らしていますように。でも、だからって怨んじゃいない。父ちゃんや男兄弟はろくでなし揃いだった。あんたに殺られた従兄たちよりちょっとマシなくらいさ」


馬は牧師とフラワーを乗せていたが、二人分の体重は相当な負荷だったことだろう。着いたところは木立の陰で、その先の細い道はほとんど見えない。岩に開いた大きな入口は、毛布でふさがれて、やはり人目につかなかった。毛布の上の端は岩にロープで括られ、下の端は木の釘で地面に留めてある。犬の吠える声がする。牛一頭をぺろりと食ってしまいそうな、巨大な犬の声だ。

牧師が馬を止めると、フラワーは飛び降りざまに言った。「ここで待ってて。ブッチをなだめてやらないと。しばらく留守にしていたから、機嫌を悪くしてる。落ち着かせたら声をかけるよ。気が荒いから、けっこう手間がかかるの」

「そうか」

「あんまり荒れるときは、おちんこを擦ってやると落ち着くんだ」

「声をかけるのは、すっかり済んでからでいい」牧師は答えた。

フラワーが毛布の向こうに入ると、犬は吠えなくなった。一分ほどで「もういいよ」と言う声がした。

牧師は馬を雑木につなぐと、銃把に手をかけたまま毛布をくぐった。中はかなり広いが、むっとする臭いがした。フラワーの体臭、古くなった料理の臭い、そして、犬の臭い。犬というよりは、巨大な黒い怪物だ。顔じゅう傷だらけで、片方の耳は嚙みちぎられて半分しかない。犬は黒い目を、銃口のように牧師に向けていた。

「かわいい子だね」牧師が言った。

「どこがよ。あたしにはかわいいやつだけどね。やさしいのはこいつだけだから。鶴嘴の柄なんて、パンをかじるみたいに咬み折っちまう。走れば早いし。筋肉の塊ってだけじゃない」

「見てわかったとも」

「もう大丈夫。すっかり落ち着いたし、あんたがあたしの仲間だってわかってる」

「落ち着かせるのに……あの……」

「あら、やだ。けっこう機嫌はよかったし。こいつを撫でてやっても大丈夫だよ」

「遠慮しておこう」

フラワーは大口を開けて笑った。奥歯が虫歯で石炭のような色になっている。痛くはないのだろうか。

「馬の世話をしておきたい」牧師は言った。「馬を外につなぎっぱなしにしたくはないんだが」

「まだ馬を持っていた頃に建てた、屋根つきの小屋があるよ。まだ建ってるから、あんたの馬を入れておくといい。この岩の脇をまわればすぐだよ」

夕食の仕度に、フラワーはビーバーの肉を焼きはじめたが、煙が洞穴に充満しかけたので、毛布を上げて炉を外に出した。肉を焼きながら、豆も煮た。そちらは、洞穴の奥に湧く水を鍋に汲み、火にかけるだけで済んだ。

ベイクドビーンズの味はなかなかのものだった。肉も、蛆が二、三匹ついていたくらいで、さほど古くはない。

フラワーは薪を割り足し、用の済んだ斧を丸太に突き立てると、もう一つの丸太を引きずってきて、腰掛けた。牧師は上着のポケットから、表紙に銀箔で十字架を押した、くたびれた小さな聖書を取り出し、膝に置いた。

「持ってると、やっぱり安心？」フラワーが尋ねた。

「ポケットの中で曲がっていたのを直しているだけだ。人や獣を殺すことや、近親相姦や強姦について書いた本だから、安心には縁遠い。だが、ここに書かれているのは私自身のことでもあるし、誰のことでもありうると信じている」

「イエス様のところは、そんなにひどいことは書いてないけど」

「だが、イエスは磔(はりつけ)にされた。ひどいことだ。あいつのことだ、いずれはそうなると知っていたのだろうがね。背負った代償は大きすぎた」

「イエス様は罪をあがなった、とは考えていないみたいね」

「罪を犯した人間を神は炎の剣で追いやった。旧約聖書に書いてある（創世記第三章第二十四節）。神は正しいことをするのではない。したいことをするだけだ」

「信じたくない話ね」

「そういうやつなんだ」

牧師は聖書を手に取った。「この本には力がある。だからいつも持っている」

そして、ポケットに聖書を戻すと、音をたてて燃える焚き火に目をやった。

「あんたさえよければ、これから鉱山に入ってもいい」

「持ち主は？」

「ウッド鉱産だよ。鉱夫は歩合給のはずなんだけど、採掘量を管理するやつは来もしない。みんな安い賃金でこき使われて、会社ばかりが丸儲けさ。腹が立つったらない。悪魔の小便でも一杯ひっかけて、それから行ってみないか」

「悪魔の小便？」

「ウィスキーだよ。一杯やったあと、ファック一発やりたくなったら、喜んでお相手する」

「遠慮しておこう」

「あたしが不細工なデブ女だから？」

考えていることは一致していたが、牧師はこう答えた。「仕事と遊びは分けておきたいんでね。それに、ただするためだけにする、というのは、私の信義に悖る」

「もっともだわ」フラワーは言った。「鉱夫どもに聞かせてやりたいね。さっきも話したけど、あいつらはするためにしかしない。あんたは親切で礼儀正しいから、お礼がわりに言ったまでさ」

「わかっているとも、フラワー。気持ちはありがたく受け取っておくよ」


坑道の入口を目指し、二人は馬で鉱山を登った。牧師もフラワーも装備にぬかりはない。牧師の手にはコルト・ネイヴィとヘンリー・ライフル、そしてボウイナイフ。フラワーの装備は二連式の散弾銃と、ベルトに差した旧式のコルト拳銃だ。坑道に近づくと、二人は馬を下りた。フラワーはそれぞれが持てるよう、灯油を満たしたランタンを用意していた。牧師が馬の手綱をとり、二人は道を上りだした。二人とも手にしたランタンには点火していない。今のところは月明かりでじゅうぶんだ。

「坑道にいるのは鉱夫だけだと思っているかもしれないが」牧師は言った。「人間じゃないやつらもいると思う。ここにくるあいだに、見てきたからな」

「人間じゃないやつらって？」

「地精(コボルト)だ」

「それ、いったい何もの？」

「地の底深く棲む連中だ。ちょっと見は人間に似たところがある。銀が好きなやつらだ。なぜかは知らないがね。人間と同じ理由で、かもしれない。やつらのことは、私も『ドーシェスの書』で読んで知ったくらいだが」

「それ、何の本？」

「魔術とか魔女術とか、悪魔学について書いてある」

「そんなことばっかり書いてあるんだ」

「まさにね」

「で、そいつらは地の底から這い出してくるって？」

「そうらしい。よくは知らないがね」今のところはこのくらいにしておこう、と牧師は思った。いきなり詳しく説明しても、ついてこられないだろう。銀の採掘をしているとか、女王がいるとか話しても、頭には入るまい。もっとも、自分とてわかっているわけではない。本で読んだ以上のことは知らないのだ。

「まあ、たいしたことじゃない」牧師は言った。「地面の底からはいあがってくる、人間嫌いな連中ということは、確かなようだ。人間を相手にする目的は二つしかない。奴隷か、食料か」

「食べるの？」

「そのとおり」

「人間を？」

「察しがいいな」

「どんな見た目？」

「背は低い。しっぽがある」牧師は言った。「このあたりにいるやつの、だいたいの特徴だがね。個々の特徴となると、見たことがないから、わからないが」

フラワーは片眉を上げた。「本当？　しっぽがあるの？」

「馬鹿馬鹿しいかもしれないが」

「そんなことないよ」

「機嫌を取りたいのか」

「まさか」

「まあ、出てくれれば見られるしな」

「そうね」

「やっぱり、機嫌を取ろうとしたろう」

「まあね」フラワーは言った。

坑道の入口に近い針葉樹に馬をつないだ。牧師はロープを切ってライフルにくくりつけ、肩にかけられるようにした。フラワーも散弾銃を同じようにかけた。ここからは徒歩だ。坑道の入口に鉱夫の死骸があった。だいぶ前に死んだようだ。首はなくなり、残った体もシャツとズボンとブーツの中で、すっかり骨になっている。かたわらには鶴嘴と木箱が落ちていた。

「犬は首を食いちぎるものかな」牧師が言った。

「犬だとしたら」フラワーが答えた。「ずいぶん肉を無駄にしたもんだね」

「見たところ、こいつを殺したやつらは、まず頭が好きで、次は脚らしい」ブーツを引き抜くと、中は空っぽで、ズボンから骨の端が突き出した。脚がない。「やはりな」

「たしかに、変わってる」

牧師は木箱を調べた。蓋をナイフでこじ開けてみる。「ダイナマイトだ」

「ちょっと、勘弁してよ」フラワーは後じさった。

「点火しなければ大丈夫だ」牧師が言った。

「吹っ飛ばされたやつが最後に言い遺しそうなもの言いね」フラワーが言った。

牧師はダイナマイトを四本取ると、上着のポケットに詰め込んだ。芯を反対側のポケットに収めた。ダイナマイトをもう一本取り、芯を差し込むと、ポケットに入れてすぐ取り出せるようにした。そして、マッチ箱を持っているのを確かめた。

「ここで待ってたほうがいいみたい」フラワーは言った。「しっぽのある小人なんていやしないし、いても怖くないけど、ダイナマイトを持った人と一緒にいるのは怖い」

「吹き飛ばされはしない」牧師が言った。「ダイナマイトは使ったことがある」

「吹っ飛ばされるまでは、どうとでも言えるさ」フラワーが言った。

「残るか？」

「えっ？　行くわよ。転ぶんじゃないよ」

「言ったとおりだ。簡単に爆発するものじゃない」

「吹っ飛ばされたら――」

「わかっている」牧師が言った。「もう言うな」

二人はそれぞれランタンを点した。

「ランタンをダイナマイトに近づけるんじゃないよ」フラワーが言った。

「外に火が出ることはない」牧師が言った。

「吹っ飛ば――」

「わかってると言ってるだろう」


　坑道の中では、ランタンはたいして役に立たなかった。掘りだした鉱石や、外に捨てる廃石（ズリ）を運ぶトロッコが通る幅の狭いレールをたどり、牧師とフラワーは奥に進んだ。深く踏み込むにつれ坑道は狭くなり、レールも途切れた。さらに奥に行くと、レールの断片が壁に立てかけてあった。鉄のレールは、黒く細長い甘草（リコリス）の菓子を引きちぎったように、捩れ曲がっていた。

　フラワーはランタンを近づけて、引きちぎられたレールを見た。

「信じられない」彼女は言った。

「人間業に見えるか？」牧師が尋ねた。

「わからないけど、しっぽのある小人がしたとも思えない」

さらに踏み込むと、坑道は行き止まりになっていた。

フラワーは高々とランタンを掲げた。「しっぽ小人はいないね。でも、変な臭いがする」

坑道の壁が動いた。ランタンの明かりでは気づかないほどに。だが、壁が震えだしたのは同じような色の生きものが立っているからだとわかった。ランタンの光ではよく見えなかったが、やつらは動きだすにつれ、次第にはっきりと見えてきた。肌の色は岩に似ていたが、動きに合わせ影をまとうように変わっていく。身長は四フィートで、蜥蜴のような尾を引きずっている。黄色い目は蛍火のような光を発していた。裸だからすぐわかった特徴がある。一匹残らず牡だ。天井に張りついているやつもいれば、岩の上をゴキブリのように走るやつもいた。

フラワーが言った。「しっぽ小人がいるっていうあんたの話を、今は信じられる」

牧師とフラワーは、ランタンを掲げて左右を照らした。何匹ものコボルトが、じわじわと輪を狭めてくる。

牧師が言った。「ためらうな。話してわかる相手じゃない」

フラワーはすばやくランタンを足元に置いた。散弾銃を構えた。銃声が轟く。コボルトの破片が坑道の壁に飛び散った。牧師の拳銃が咆吼した。フラワーの拳銃が唱和する。コボルトの一匹が投げた石がフラワーのランタンに当たり、足元に炎が広がった。さらに石が飛んでくる。拳銃を撃ち尽くした牧師は、ライフルに持ち替えた。コボルトどもはばたばた倒れていくが、後から際限なく現れてくる。追いすがるコボルトを蹴飛ばしながら、ランタンを手に後退する。牧師は弾丸の切れたライフルを投げ出し、ポケットから芯をつけたダイナマイトを取り出すと、ランタンの火をつけた。芯が燃えはじめた。

「ちくしょう」とフラワーは吐き捨てると、コルトでコボルトを殴りつけ、ダイナマイトから離れようとした。その動きは素早く、ちらつく導火芯の火明かりの中で、彼女は二人いるかのように見えた。牧師はコボルトの群にダイナマイトを投げ込んだ。ダイナマイトが落ち、芯が火花をきらめかせると、コボルトどもの動きが止まった。音と火花を立てているダイナマイトを、珍しげに見つめている。

牧師は後退した。

芯が燃え尽きた――

が、何も起きなかった。

鼠の屁のような音がしただけだった。

「不発だ」牧師が言った。「逃げろ、フラワー」

フラワーは走った。牧師は後を追った。が、コボルトどもが飛びかかり、足を摑んで引き倒し、手からランタンを叩き落とした。坑道の壁に灯油が飛んだ。

牧師の目に、燃える壁が映った。手で押さえつけられ、脇腹を蹴られた。肩を摑んだやつがいる。背の低いずんぐりした影が覆いかぶさってきた。

手に石を持ったコボルトだ。

石が振り下ろされる。

牧師は意識を失った。


頭蓋骨が膨らんで破裂しそうな頭痛と、家畜小屋のような臭いに目を覚ました。呻き声と、鶴嘴やシャベルを振るう音が聞こえる。光が目に映ったが、ランタンの明かりではないようだ。あたりをぼんやり照らす青い光だ。牧師は体を起こした。手首と足首が、銀の鎖で縛られている。鉱夫たちの姿が見えた。痩せさらばえてシャツも靴もなく、ズボンさえ身に着けていない者もいる。鶴嘴やシャベルで無心に坑道を掘っている。何人ものコボルトが、ときおり鞭で鉱夫の背中が切れるほど打ち据えたり、壊れた軍隊ラッパのような声で怒鳴りつけたりしていた。

弱く青い光は、天井から鎖で下がったり、坑道の壁に穿たれた窪みに据えられたりしているランプからだ、と牧師は気づいた。

目を巡らせてフラワーを探す。いない。逃げ遅れてコボルトどもに殺されたのかもしれない。

洞窟の奥には驚くべきものがいた。一目見たときは、それは洞窟に自然にできた岩の造形だと、牧師は思った。が、それは生きている肉の山だった。いびつな円錐形をしていて。広がる底辺は洞窟の床を覆いつくしている。全体は灰色で、さらに暗色の斑点があり、銀の鉱石があちこちに埋没しているようだ。肉塊の中にあるので汚物のように見えるが、一つ一つが銀塊だとしたら、かなり高価なものになるだろう。

円錐の頂点には、全体に比べるとひどく小さな、人間のものに似た顔があった。ぎょろりとした一対の黄色い目と、灰色の髪が見える。その下は細く短い首で、肩はなくそのまま肉の山につながっている。目を下に移していく。首のすぐ下、円錐の正面らしいところに、丸いふくらみがある。乳を滴らせているところを見ると、あれは乳房なのだろう。乳は腫れ物から流れる膿のように、肉塊の表面を伝い落ちている。コボルトが入れ替わり立ち替わり、敬虔な様子で近づいては、震える肉の山によじ登り、乳首に吸いついた。

女王だ。この怪物がコボルトの女王にちがいない。やつらは人肉だけではなく、母乳からも栄養を得ていたのか。女王はこの鉱山のコボルトすべての母なのだろう。

怒り狂った様子のコボルトが鎖を摑み、牧師を立ち上がらせた。鶴嘴を押しつけられる。これでコボルトの頭をぶち割ることはできるが、多勢に無勢だし、銃もナイフもないから、少なくとも今は最善の手ではない、と思った。

コボルトに鎖を引かれ、壁沿いの一角に連れてこられた。コボルトは壁を指さして唸った。何を言おうとしたかはわかる。ここを掘れ、ということだ。

牧師は鶴嘴の音も高く、銀の採掘を始めた。

作業を始めてほんの数分後、隣にいた男が倒れ、鶴嘴が落ちて大きな音をたてた。コボルトどもは蜜に群がる蜂のように男にたかった。男は壁から引き離された。牧師の目の前で、コボルトどもは男の首や足を引き抜いた。死者の断片を奪いあって争い、手にしたものに歯を立てていた。

だが、コボルトどもは喰らいながらも監視に戻ったので、牧師は作業に戻った。鶴嘴を壁に打ちつけると同時に、声が響いた。

「おい、そこのちびども。馬糞の山みたいな、そこのでかいのも聞きやがれ。気味悪い怪物どもめ。あたしゃ手加減はしないよ。もうこれまでだ。吹っ飛んじまいな!」

目をやると、坑道の入口にフローラが立っていた。片手で松明を掲げ、もう一方の手には導火線つきのダイナマイトを持っている。外に出てダイナマイトを取ってくると、彼を助けに戻ってきたのだ。

馬鹿な女だ。

押し寄せるコボルトにもひるまず、フラワーは松明で導火線に点火した。そして、ダイナマイトをコボルトの群に投げつけた。牧師はそれが消えるのを待った。

予想は外れた。

爆音と同時に、石くれと土埃と、コボルトの肉片があたり一面に飛び散った。

爆風で牧師も倒れた。耳が聞こえない。体を起こしたときに気づいた。ポケットにダイナマイトが入ったままだ。取り出しながらフラワーに目をやる。松明をかざしてはいるが、湧き出てくるようなコボルトの群に追い詰められつつある。

牧師は芯をダイナマイトに差し込むと、マッチで火をつけた。そばにいた男が言った。「おい、いったい何事だ？」

牧師は答えた。「逃げろ」

男は鶴嘴を投げ出し、言われたとおりにした。

点火した二本のダイナマイトを、一度に女王に投げる。女王は頭だけ突き出して平たくなっていた。流れるように動いて、洞窟の奥に逃げていこうとしている。投げつけたダイナマイトは肉塊に埋もれた。さらに一本は、コボルトの群に投げ込むと同時に爆発した。

青い閃光とともに石片と粉塵の嵐が起きた。気づくと地面に倒れていた。息が詰まる。石や死体の下敷きになっているようだ。ただ暗いだけで、何も見えない。

光が近づいてきた。

松明をかざしたフラワーだ。

彼女が手を伸ばし、腕を摑む。「行こう、牧師さん。他の連中はもう行っちまってる」

「あいつら、無事だったのか」

「無事なやつはね。外より楽なところに行ったやつらもいるよ。ダイナマイトさまさまってやつだね」

「ちくしょう、殺しちまったのか」

「あたしはどいつも見知ってたけど、あんたが悔やむ値打ちもない連中さ。さあ、そこから出なよ」

「私は絞首刑になるな」

「そんなこと、今は考えなくていい」

「足が動かない」

フラワーは牧師から手を離し、足元を松明で照らした。「岩が乗ってるだけだよ。松明を持ってて。これくらいならどかせる」渡された松明を仰向けのまま支えているあいだに、フラワーが岩を取り除いていく。やがて足が軽くなってきた。牧師は身を起こした。

フラワーが松明で彼の足先を照らした。「見てみなよ」

片足のブーツに、一匹のコボルトが歯を立てたまま死んでいた。

「往生際が悪いやつでね。どけた石で頭をぶち割ってやった」

コボルトを蹴飛ばし、フラワーの手を借りて立ち上がった。彼女は牧師に肩を貸し、空いた手で松明を掲げた。フラワーが入ってきた経路をたどって外に向かう。松明の明かりが、壁一面に飛び散った女王の残骸を照らした。出口近くで、牧師は女王の首につまづいた。上顎と、飛び出しかけた目だけが残っていた。

「けっ」松明の火を首にかざして、フラワーが言った。「ざまあみやがれ」

「フラワー」牧師が呼びかけた。「きみ、きれいだな」

洞窟から狭い坑道に抜けた頃には、牧師は自分の足で歩けるほどに回復していた。彼は洞窟に抜ける岩の裂け目を見た。「フラワー、ダイナマイトはまだ残ってるか?」

「あと二本ある」

「渡してくれ」

牧師にダイナマイトを渡すと、彼女は言った。「まだ耳鳴りがして、頭の中で鐘が鳴ってるみたい。先に行くよ。松明の火を追ってくれれば出られるから」

フラワーは足早に離れていった。牧師はダイナマイトに点火して裂け目に投げ込み、負傷した足が許すかぎりの速さで後を追った。背後で爆発が起き、彼はうつぶせに倒れた。顔を上げると、フラワーの松明が見えた。急いで立ち上がり、後を追った。

彼女に追いついた頃には、爆風で舞い上がった粉塵が坑道を満たしていた。二人は咳込みながら狭い坑道を通り、上っていくと、ようやく坑道が広くなった。

「よく見つけられたものだな」牧師が言った。

「鼻がきいただけさ」

「私のにおいを追ったのか？」

「違うって。あの女の怪物のだよ。ひどい臭いがしたろう。コボルトってのは鼻がないのかね。あの臭いを追ったのさ。敵はあたしより臭いやつだってね」

進むにつれて空気が澄んできて、徐々に外の光も届きだした。坑道の出入口が見えたとき、フラワーは松明を置いた。二人は外に出ると、地面に座り込んだ。

朝日が差している。夜は明けたばかりだ。鳥のさえずりが聞こえた。

「見つけといたよ」フラワーが上着の内ポケットから牧師の三六口径コルト・ネイヴィを取り出した。

「ありがとう、フラワー。こいつは手になじんでいるんだ」

「やつら、追ってくると思う？」フラワーが尋ねた。

牧師はかぶりを振った。「日中はない。今晩も出てこないだろう。ここの群はもう来ないだろうな」

「言いきれる？」

「そう言われると、ちょっと考えるがね。もっとも、あの本で読んだことが確かなら、やつらの力の源は女王だ。肉も食べるが、女王の乳がなくては生きていけない。本にはっきり書いてあったわけではないが、そう考えれば理に叶う。だから、私は確信している」

「自分の信じてることが正しいと思うの？」

「正直なところ、いつもそう思っている。やつらは乳を飲まないと生きていけない、と考えたし、女王はもう乳が出せない」

「頭も吹っ飛んだしね。足はもともとなかったみたいだけど」

「だから、もう終わりだ」

「小人どもはどうなる？」

「生き残ったやつらが死に絶えるまで、そう時間はかからないだろう。女王もコボルトも、互いを力の源泉にしていたからな。女王が死ねばコボルトも死ぬ。地上にも出る道は私たちが塞いだしな。もう終わったよ、フラワー。少なくとも、この鉱山ではね」

その夜はフラワーの洞穴で過ごした。犬は奥で静かに眠り、ランタンの明かりは消えている。涼しく、暗く、心地よい。牧師も眠りについた。

夜半、フラワーの声に目を覚ました。

「牧師さん」

「どうした？」

「あたし、あんたを助けたよね」

「ああ、助けてもらった」

「生きててよかったと思う？」

「もちろん」

「あたし、いいことをしたかな」

「まちがいなく」

「借りを作ったと思う？」

「返しようもないほどね」

フラワーはしばらく黙った。「返したい？」

「どうすれば返せる？」

「簡単なやりかたがあるよ」

「どんな？」

フラワーがランタンを点した。牛の毛皮のローブを脱ぎ捨てた。彼女は裸だった。日に焼けた顔と腕の他は、ビスケット生地のように白く、腿のあいだは暗く茂っていた。

「あたしが助けたから、あんたは今、ここにいられる。それを借りだと思うなら、こっちに来て返してよ」

牧師がためらったのは、ほんの一時だった。フラワーは正しい。借りは返すものだ。

しばしのち、いびきをかいて眠っているフラワーの腕の中で、牧師はつぶやいた。ちくしょう、悪くなかったじゃないか。臭いに慣れさえすれば。もっとも、ここではそうそう風呂も使えまい。

翌朝、牧師は馬を駆って鉱山を発った。半日ほど走ったところで、背後に蹄の音を聞いた。振り向くと、フラワーが騾馬に乗って走ってくるのが目に入った。あとから黒い大きな犬がついてくる。

牧師は待った。

「どうしたんだ、フラワー」

「どうしたってことでもないさ。未練があるなんて思われたくないし、いいことは一度だけでいい。あたしももう、鉱山にもあのしけた町にも用はないから、旅に出ることにしたんだ。だから、ちょっとのあいだ、道連れにしてもらおうと思って」

「ありがたいね。一緒に行こう。犬と仲良くできるか、自信はないが」

「大丈夫さ。こいつはあたしの言うことをきくから」

「その騾馬はどうした」

「盗んできた」

「まあ、いいか」牧師が言った。

二人は共に走り出した。

牧師が言った。「借りを返しきった気がしないんだ。次の場所に着くまでの何日かで、返していきたいんだが」

フラワーは満面に笑みを浮かべた。「その話、乗ったよ」

牧師はウインクで答えた。大きな黒い犬を従えて、二人は平原を駆けていった。

訳者後記

植草昌実

本書は、*Deadman's Road* by Joe R. Lansdale（Subterranian Press, 2010）の全訳である。翻訳にあたっては、Tachyon Publications のペーパーバック版（2013）も合わせて参照した。

『ボトムズ』や『テキサス・ナイトランナーズ』で好評を博したランズデールの、久々の邦訳になる本書は、牧師ジェビダイア・メーサーを主人公とした五つの物語をまとめた、まさに〝キング・オブ・パルプ〟本領発揮の〈ウィアード・ウエスト〉ホラーである。

メーサーは信仰を疑い、神に悪態をつきながらも、悪を滅ぼすことを自分の使命とし、行く先々で邪悪な存在と戦う。このシリーズの成り立ちについてはランズデール自身が序文で、〈ウィアード・ウエスト〉というジャンルと連作の背景については朝松健氏が解説で言及しているので、ここでは個々の作品について記しておきたい。

「死屍（しかばね）の町」"Dead in the West"

年刊誌 *Eldritch Tales*（Yith Press）の第一〇号（一九八四年）から第一三号（八七年）まで連載された。八六年六月、連載終了前に小出版社 Space & Time から単行本として刊行されている。本書のほぼ半分を占めるこの中編は、生ける死者との闘いに終始し、こと終盤の教会での戦闘場面は凄まじい。

南北戦争への従軍時期や、作中の実在人物への言及から、本作は一八七〇年代後半の事件で、メーサーの年齢は二十八、九歳だろう。信仰への疑念に揺らぐ若い牧師の心情が凄惨な作品に叙情味を持たせている。翻訳もその点を意識し、メーサーの口調に年齢と、社会的な立場を反映させてみた。

町医者の書斎にクトゥルー神話でおなじみの魔道書が並んでいるのは、『ウィアード・テールズ』系のパルプ・ホラーへのオマージュでもあるのだろう。実際、この連作はラヴクラフト的な世界観をも踏まえ、魔道書『ドゥーシェスの書』が牧師につきまとう。

なお、序文で触れられた本作のシナリオ版は、リチャード・チズマー、マーティン・H・グリーンバーグ共編のアンソロジー *Screamplays* (Del Rey / Ballantine, 1997) に収録後、兄ジョン・L・ランズデールと共著の〈ウィアード・ウエスト〉シナリオ集 *Shadows West*（Subterranean Press, 2012）に収められた。また、ジャック・ジャクスン画による本作のコミック版が、ダーク・ホース・コミックから一九九三年に刊行されている。

「死人街道」"Deadman's Road"

ダレル・シュワイツァーを中心としたホラー作家たちが、『ウィアード・テールズ』を一九八八年から二〇〇七年にかけて新たに発行していた。本作の初出は、その*Weird Tales*(Wildside Press)の二〇〇七年二・三月号。

「死屍の町」から約二十年を経て書かれたからか、メーサーの髪には白髪が交じり、拳銃は四四口径の二挺遣いになった。言動も不敵になり、前作の繊細さは影を潜めているので、本作以降は訳者もその変化を彼の口調に反映させてみた。

死んで怪物化したならず者の領域を、囚人を護送する保安官と共に突破するスリリングな一編で、生ける死者にさらに無気味な要素を加えた怪物も印象深い。前作の舞台、マッド・クリークのその後が語られるのも興味を惹く。

なお、保安官補の目的地であるナカドーチェスは、ランズデールが居を構える町でもある。

「亡霊ホテル」"The Gentleman's Hotel"

初出は短編集*The Shadows, Kith and Kin*(Subterranean Press, 2007)。序文に書かれているように、「死人街道」と本作は、初出では牧師の名が「レインズ」になっていた。

奸智に長けたモンスターの一群を相手に、廃墟と化したホテルでの籠城戦が展開する。本編は人狼もののアンソロジーに収録されたこともあるが、敵のイメージはむしろ、ロバート・R・マキャモン『ミステリー・ウォーク』にも登場した「シェイプチェンジャー」により近いようにも思える。

「凶兆の空」"The Crawling Sky"

息子キース・ランズデールとの父子共編アンソロジー、*Son of Retro Pulp Tales*（Subterranean Press, 2009）が初出。敵は異次元から召喚された怪物、『ドゥーシェスの書』も現れるというラヴクラフト風の物語で、実際にクトゥルー神話のアンソロジーにも収録されている。

なお、本作は『ナイトランド』第4号（トライデント・ハウス 二〇一二）に友成純一訳で収録されている。翻訳にあたっては邦題を踏襲し、友成氏の訳を参考にした。記して感謝いたします。

「人喰い坑道」"The Dark Down There"

初出は本書。メーサーの拳銃が「死屍の町」と同じ、三六口径コルト・ネイヴィ一挺に戻っている。荒れ果てた銀鉱山に巣くうコボルトとの激闘が坑道で繰り広げられる。

ランズデールの作品には個性の強い女性がよく登場し、本書でも「死屍の町」の町医者の娘アビーや「亡霊ホテル」の娼婦マリアの活躍ぶりが目を惹くが、本編のフラワーはことに忘れがたいキャラクターだ。

なお、本書の刊行後、ランズデールはメーサー牧師の登場作品を一編、発表している。ジョン・

ジョゼフ・アダムズ編のアンソロジー、*Dead Man's Hand: An Anthology of the Weird West*（Titan Books, 2014）に収録された"The Red-Headed Dead: A Reverend Jebediah Mercer Tale"だ。旅先で嵐に遭い、廃屋に逃れたメーサーが、その地下室に潜む怪物と闘う物語で、登場するのはメーサーと愛馬と怪物のみ。嵐の描写と対決場面が短い作品のほとんどを占める、緊迫感の横溢する好編である。機会があればぜひ邦訳したい。なお、この作品の献辞はロバート・E・ハワードに寄せられている。ハワードが創造したヒーローの一人、ソロモン・ケインもまた、自身の信仰に疑念を抱きながら宣教の旅を続け、行く先々で邪悪なものと闘う。ジェビダイア・メーサーの人物造形には、ソロモン・ケインが影を落としているようだ。

作中の聖書や詩文については、以下の訳書から引用した（収録順）。

・『原典訳　チベットの死者の書』川崎信定訳　筑摩書房　一九八九
・『舊新約聖書』日本聖書協会　一九五三
・コールリッジ「忽必烈汗（クーブラ・カーン）」平井正穂編『イギリス名詩選』岩波文庫所収　一九九〇
・キーツ「美しき非情の女」宮崎雄行訳『対訳キーツ詩集』岩波文庫所収　二〇〇五
・ゲーテ『ファウスト』柴田翔訳　講談社　一九九九

また、銃器関連の訳語については、小林宏明『図説　銃器用語事典』早川書房（二〇〇八）を参考にした。以上、各書の著者、訳者、編集者ならびに出版社に、ここに記して感謝いたします。

解説

朝松 健

エドガー賞受賞作『ボトムズ』で知られるジョー・R・ランズデールは、日本ではミステリ作家としてのほうが有名であろう。『罪深き誘惑のマンボ』をはじめとする〈ハップ&レナード〉シリーズはTVドラマ化されたほどの人気で、同シリーズは我が国でもネット配信で鑑賞できる。

しかし、ランズデールに「キング・オブ・パルプ」という異名のあることを知るのは日本では一部のホラー小説マニアだけであろう。

本書『死人街道』は、二挺拳銃を提げたさすらいのガンマン牧師ジェビダイア・メーサーを主人公としたシリーズの中短篇を集めたものである。

ガンマン牧師が流離(さすら)うのはただの西部ではない。魑魅魍魎の跋扈する魔界西部なのである。魔界西部を舞台にした「ウィアード・ウエスト」なるジャンルは日本の読者には初耳であろう。これは西部劇に怪奇小説やSFの要素を加えたもので、アンブローズ・ビアスの南北戦争に取材した怪談あたりを始祖とする。スティーヴン・キングの《ダーク・タワー》サーガを例に挙げれば理解して頂けようか。邦訳された身近な作品としては他に、ゼリア・ビショップ（H・P・ラヴクラフト補筆）「俘囚の塚」、ロバート・E・ハワード「失われた者たちの谷」「老ガーフィールドの心臓」ほか、リチャード・ブローティガン『ホークライン家の怪物』、ウィリアム・S・バロウズ『デッド・ロード』などがある。ウエスタン小説そのものに馴染みのない読者諸氏も菊地秀行氏の《ウエスタン武芸帳》シリーズや『邪神決闘伝』『ウエスタン忍風帳』、あるいは明治初頭の蝦夷地を舞台にした拙作『旋風伝　レラ＝シウ』を挙げれば、魔界西部劇（ウィアード・ウエスト）という概念がご理解いただけるだろう。ここにはウィットに富む警句もなければ、都会風のアイロニーもない。あるのはただ砂塵と汗と血、そして目に沁みる硝煙の臭いだけである。

だが、ここには生々しい怒りがあり、憎しみがあり、恐怖がある。神の眼があり、悪魔の誘惑がある。真の闇の暗黒がある。そして胸高鳴る冒険とガンファイトがあるのだ。

魔界西部にようこそ。

まず本書の作者ランズデールという人物を理解し、各作品をより楽しむために、次の五点を記憶してもらいたい。

一、ジョー・R・ランズデールは一九五一年生まれである。二、西部劇（ウエスタン）ファンである。三、彼の作家精神形成に多大な影響を与えたのは映画とテレビ番組と漫画（コミック）である。四、それらの中でも西部劇物と怪奇物の大ファンである。五、ウエスタン物の中でも特に彼が愛したのは映画"Curse of the

Undead"とコミック「ジョナ・ヘックス」シリーズである。

本書の序文でランズデール自身は精神形成に影響を受け「とりわけすばらしかった」テレビシリーズとして「ガンスモーク」「マーヴェリック」「西部のパラディン」「ローハイド」などを挙げている。一九五一年に生まれた少年が育った時代は映画もテレビも漫画も西部劇一色だった。これは昭和二十一年から昭和三十五年くらいまでに生まれた日本の読者諸氏も「そうだった」と共感してくれる筈だ。

ここで重要なのは「ローハイド」という作品である。南北戦争後テキサスには牛が余ってその値が暴落した。だが、これを他州に運べば高価で売れる。そのため数百、数千頭もの牛を運ぶのが家畜移動（キャトル・ドライブ）である。「ローハイド」は家畜移動（キャトル・ドライブ）のために牛の大群と共に旅するカウボーイ隊の物語である。「さあ行くぞ、出発」というフェイバー隊長の号令と共に流れるフランキー・レインの「ローレン、ローレン……」というテーマソングは世界的にヒットした。男たちの友情、旅先での恋、牛泥棒との戦い、ガンファイトなどが描かれた。なぜ昔のテレビ番組のことをここで延々と説明するかというと、この「ローハイド」の主役、フェイバー隊長を演じたエリック・フレミングは、ランズデールが心を摑まれた映画"Curse of the Undead"に、吸血鬼にやられるガンマン役で出演しているからである。ついでに言えばこの映画で吸血鬼を演じたマイケル・ペイトはオーストラリア出身で「ローハイド」にも五話だけ違う役で出演している。それだけではない。マイケル・ペイトは米国でテレビのウエスタンによく出演しており、ゲスト出演した主な作品を挙げれば「マーヴェリック」「ガンスモーク」等のランズデールが愛したウエスタン・テレビ番組である。いやいや、それだけではない。「ローハイド」のレギュラーにいつも寝てばかりいるカウボーイがいたが、このカウボーイを演じていたのが若き日のクリント・イーストウッドであった。イーストウッドは一九六四年、イタリアに呼ばれて主演した「荒野の用心棒」で大ブレイクし、マカロニ・ウエスタンを象徴するアイコンとなった。どうしてここでイーストウッドに寄り道したかと言うと、ランズデールが愛読したウエスタン・コミック「ジョナ・ヘックス」の主人公の最近の容貌が半面はイーストウッド、もう半面は無残な大火傷の痕というものだからである。ここに至って私がテレビのウエスタンについて長々と語り、「ローハイド」にも長々と語ったのか、お分かり頂けるだろう。なんとテレビ番組「ローハイド」こそは、ランズデールがジェビダイア・メイサーというガンマン牧師のホラー・ウエスタン・シリーズを書くにあたって直接的かつ間接的に影響を受けたすべての娯楽メディアをつなぐ切り替えポイントあるいは交差点だったのである。

蛇足ながらキングの「スタンド・バイ・ミー」の映画版で少年たちが口ずさむのは「西部のパラディン」のテーマソングだった。この一点だけでも米国の作家・脚本家・映画監督……いや米国人が如何にテレビ西部劇を浴びて育ったか分かるだろう。

その、生粋の米国人の書いた魔界西部劇が本書なのだ。これが面白くない訳がない。怪奇ファン、西部劇ファン、オールドグッドデイズを愛するすべての人にお勧めする次第である。

死人街道

2021年6月16日 初版発行

著者 ジョー・R・ランズデール
訳者 植草昌実

企画・編集協力 牧原勝志（『幻想と怪奇』編集室）

発行人 福本皇祐
発行所 株式会社新紀元社
〒101-0054 東京都千代田区神田錦町1-7 錦町一丁目ビル2F
Tel.03-3219-0921／Fax.03-3219-0922
http://www.shinkigensha.co.jp/
郵便振替 00110-4-27618

装画 サイトウユウスケ
装幀 坂野公一（welle design）

印刷・製本 中央精版印刷株式会社

ISBN978-4-7753-1883-6
定価はカバーに表示してあります。
Printed in Japan

DEADMAN'S ROAD